AF291117

WREADERS

Tablettenkinder

Melanie Petrovics

WREADERS TASCHENBUCH
Band 38

Dieses Buch ist auch als E-Book erschienen.

Vollständige Taschenbuchausgabe
Deutsche Erstausgabe

Copyright © 2020 by Wreaders Verlag, Sassenberg
Druck: BoD – Books on Demand, Norderstedt
Umschlaggestaltung: Emily Bähr
Lektorat: Hannah Koinig
Satz: Lena Weinert

www.wreaders.de

ISBN: 978-3-96733-074-8

KAPITEL EINS
Now

Ungeduldig klopfe ich mit den Fingern auf den hölzernen Tresen vor mir, während ich die Angestellte dabei beobachte, wie sie das Paket entgegennimmt und auf ihrem Monitor herumtippt.

Eine Horde Menschen steht hinter mir und sie verkürzen sich die Wartezeit, indem sie Gespräche mit wildfremden Menschen anfangen oder auf ihren Smartphones herumspielen, was eher der Fall ist. Aufmerksam nehme ich jede Regung in meinem Umfeld wahr und zucke bei der kleinsten plötzlichen Änderung zusammen. Eine Angewohnheit, die ich wohl für immer beibehalten werde.

„Ihr Paket sollte dann spätestens am Montag in Rikers Island ankommen, Mister Amount", teilt mir die junge Mitarbeiterin mit und lenkt so wieder meine Aufmerksamkeit auf sich. Zufrieden nicke ich und nehme meine Schlüssel und meinen Kaffeebecher in die Hand.

„Moment, Sir, ich bräuchte noch eine Unterschrift von Ihnen", stoppt sie mich, als ich mich schon längst auf den Weg machen möchte. Ein Augenrollen verkneife ich mir und schiele zu der Uhr, die über ihr hängt. Knappe zehn Minuten würden mir für den Weg zur High School bleiben.

Ich nehme ihr den Stift aus der Hand und kritzele noch schnell meinen Namen auf das Papier, bevor ich endlich gehen kann.

„Schönen Tag noch", ruft sie mir fröhlich hinterher. Meinem Geschmack nach viel zu fröhlich für diese Uhrzeit. „Ihnen auch", grummele ich lustlos und dränge mich an den schwitzenden, wartenden Leuten mit ihren Briefen und Paketen in der Hand vorbei, die es kaum abwarten können, endlich dran zu kommen.

Kühle, angenehme Luft kommt mir entgegen, als ich das Gebäude verlasse und mich auf den Weg zur nahegelegenen High School mache. Die Straßen sind – wie für New York üblich – stark befahren und an jeder Straßenecke sieht man, wie eine gestresste Person mit einer Aktentasche in der Hand oder dem Handy am Ohr hektisch in eines der vielen am Straßenrand parkenden Taxis, die nebenbei bemerkt unfassbar teuer sind, springt.

Ich beeile mich und trinke währenddessen meinen koffeinfreien Kaffee aus, das Einzige, was mir heute als Frühstück und Mittagessen reichen muss.

Als ich vor den Toren der riesigen Schule stehe, erinnere ich mich mit einem Lächeln an meine eigene Schulzeit zurück. Jede Schule ist gleich. Es gibt Gruppen, jeder hat seinen eigenen Platz im Rang der Schulhistorie und die zwei, die am Ende des Jahres mit Sicherheit Ballkönig und Königin werden, fallen besonders auf und werden vom Großteil der Schule bewundert und fasziniert auf dem Gang angestarrt. Ich seufze, bevor ich die Treppen hochlaufe und die schwere Eingangstür aufstoße.

Der Gang ist so gut wie leer, da der Unterricht bereits vor wenigen Minuten begonnen hat und sich um diese Uhrzeit nur die typischen Schulschwänzer in den Fluren herumtreiben würden, die es an dieser Schule nicht zu geben scheint. Mit Leichtigkeit finde ich das Sekretariat und klopfe an, bevor ich eintrete. Der Raum ist überraschend klein und es sitzt nur eine ältere Dame mit einer riesigen Hornbrille und hochgesteckten Haaren vor einem – scheinbar nicht mehr so neuen – Computerbildschirm. Der viel zu starke Geruch von Kaffee und einem eigenartigen Parfüm kommt mir entgegen und ich verkneife mir ein Husten.

Sie scheint mich nicht zu bemerken, weshalb ich mich kurz räuspere und ihre Aufmerksamkeit damit auf mich lenke. Verwirrt sieht sie hoch und beginnt zu strahlen, als sie mich entdeckt. „Na, hallo junger Mann", meint sie und steht auf, um auf mich zuzukommen. „Sie müssen Mister Amount sein. Guten Tag", sagt sie ebenfalls übertrieben freundlich und reicht mir die Hand. Am liebsten würde ich so tun, als gäbe es ihre Hand nicht, doch ich reiche ihr trotzdem meine und schüttele sie kurz.

„Mister Steward erwartet Sie schon. Die erste Klasse müsste auch bereit sein. Ich bringe Sie nur schnell zu ihm", informiert sie mich und drängt sich an mir vorbei zu einer Tür, die anscheinend an einen anderen Raum angrenzt.

Auch sie klopft vor dem Eintreten, öffnet die Türe und spricht dann leise mit der Person im Raum.

Ein dickerer Mann erscheint anschließend und beginnt zu lächeln als er mich entdeckt. Er sieht ein wenig aus wie ein knuddeliger, alter Opa und seine Krawatte erinnert mich an irgendeinen idiotischen Comic.

„Mister Amount, freut mich Sie kennenzulernen. Mein Name ist Mister Steward", meint er und reicht mir ebenfalls die Hand. Ich lächle ihn an und nicke. „Sie können mich Devin nennen. Ich schätze wir werden uns ab heute öfter begegnen", antworte ich und er lacht auf.

„Nun gut, Devin. Ich bringe Sie dann mal zu der ersten Klasse, damit sie nicht allzu lange warten müssen", mit einer Geste deutet er mir, das Sekretariat zu verlassen. „Wissen Sie, ich bin wirklich froh, dass Sie sich vorerst für unsere Schule entschieden haben. Ich habe Ihr Buch gelesen und bin begeistert und schockiert zugleich", sagt er, während er mich zum ersten Klassenzimmer führt.

Ich fasse es als Kompliment auf und lache. „Es hat mich eine halbe Ewigkeit gekostet dieses Buch zu schreiben. Es freut mich, dass Sie es gelesen haben", meine ich.

„Ich wollte mich vorerst darüber informieren, wen ich hier an meiner Schule Seminare und Informationskurse abhalten lasse. Zufälligerweise wurde mir das Buch sogar von einem Schüler empfohlen, Sie sind hier sowas wie ein kleiner Prominenter." Ich grinse vor mich hin, als ich neben ihm die Treppen hochlaufe. „Ich bin ehrlich gesagt ziemlich aufgeregt", gebe ich zu und er sieht mich verständnisvoll an. „Das müssen Sie nicht sein, es wird sicherlich ein voller Erfolg. Unsere Schüler sind sehr aufmerksam, also müssen Sie keine Angst vor Desinteresse haben. Soweit ich es mitbekommen konnte, werden Sie sehnlichst erwartet", antwortet er mir und steuert dann auf eine Tür zu.

„Ihr Auftritt wird hier drin stattfinden", er klopft dreimal an die Tür und tritt ein, ohne auf die Erlaubnis des unterrichtenden Lehrers zu warten. „Miss Cole, Devin Amount wäre jetzt bereit für den ersten Vortrag", sagt er und man hört die klackernden Absätze von Frauenschuhen. „Natürlich, immer nur herein mit ihm", höre ich sie und die Lehrerin erscheint lächelnd im Türrahmen vor dem Direktor. "Na los, kommen Sie. Sie werden bereits erwartet."

Zögernd laufe ich zur Tür. Bevor ich eintrete, wünscht mir der Direktor noch viel Erfolg und klopft mir auf den Rücken. Ich betrete das Klassenzimmer, welches mit allem möglichen Krimskrams gefüllt ist. Es ist meiner Meinung nach zu bunt und ich hasse zu viele Farben. Viele Schüleraugen mustern mich und ich setze ein Lächeln auf, um nicht unsympathisch rüberzukommen. Es sind so viele Gesichter, unschuldige, junge Gesichter von Jugendlichen, die nicht älter als 16 sind, die ich vor meinem Schicksal bewahren möchte.

„Meine lieben Schüler, das ist Devin Amount. Er wird bei euch heute den besagten Vortrag über Drogen, das Konsumieren dieser und über all die mitführenden Folgen, halten. Es wäre nett, wenn ihr ihm zuhört und natürlich eure Fragen, die wir schon im Vorfeld gesammelt und besprochen haben, stellt", meint die Lehrerin und leises Getuschel ertönt, welches schnell wieder verstummt. Die Frau gibt mir ein Zeichen, dass ich beginnen kann und ich räuspere mich kurz, bevor ich anfange, meine Geschichte zu erzählen.

„Wie ihr es wohl bereits mitbekommen habt, ich heiße Devin. Ich bin nicht viel älter als ihr, höchstens vier oder fünf Jahre. Vor nicht allzu langer Zeit musste ich mich selbst durch den langweiligen Alltag mit Mathe und Kunst quälen. Aber dann, Leute, habe ich den Fehler meines Lebens gemacht. Fehler sind nur Fehler, wenn man sie sich eingesteht und das musste ich wohl früher oder später tun."

Ich lasse meinen Blick durch die Menge gleiten. So viele Augenpaare, die mich mustern und denen ausgerechnet ich beibringen soll, wie beschissen Drogen sind und wie dumm es ist mit dem Konsumieren anzufangen. Ich atme kurz tief ein und denke nach. Ich habe mir meinen Vortrag gut durchdacht, durchstrukturiert und aufgeschrieben, doch jetzt verschwinden die Wörter und Neue tauchen in meinem Kopf auf, die unbedingt ausgesprochen werden wollen. „Wisst ihr was? Alles Gute kommt von Drogen, stand mal in irgendeiner ekelhaften, öffentlichen Toilette auf den Fliesen geschrieben. Scheiße, wenn es nur der Wahrheit entsprechen würde. Ich könnte euch jetzt sagen, dass ihr die Finger von dem Zeug lassen sollt. Von LSD, Gras, Heroin, Ecstasy, Meth und was es nicht sonst so alles gibt. Es gibt viel zu viel von dem Zeug, das Menschen verändert, kaputt macht und umbringt. Ihr müsst euch das vorstellen wie ein Stück Papier. Ihr seid das Papier und die Drogen der Gegner. Sie zerknüllen und zerreißen euch und dann zünden sie euch an.“

Ich mache eine kurze Pause und lache auf. Ein nervöses Lachen ertönt auch in der Klasse und manche rutschen auf ihren Stühlen hin und her. Vor ein paar Jahren wäre ich selbst noch so jemand gewesen. Verdammt, ich wäre es immer noch. Ein sorgenloser Teenager, dessen Alltag aus Schule, Freunde treffen und Zimmer aufräumen besteht. Ich könnte auf meinen Abschluss hin fiebern und dann die stressige Zeit verfluchen, die nur aus dem Lernen bestehen würde. Ich könnte selbst auf einem der unbequemen Holzstühle sitzen und jemandem bei seinem Vortrag zuhören, um dann meine irrelevanten Fragen zu stellen und spätestens am Nachmittag alles, was passiert ist, vergessen.

Ich fahre fort, nachdem die Stille im Raum nur durch das laute Ticken der Uhr gestört wird. „Ich möchte euch aber hiermit nichts aufzwingen. Weder eine Meinung noch eine Ansicht. Ich möchte euch warnen, auch wenn ich weiß, dass warnen Teenager nur dazu anstachelt, es zu tun. Und ich möchte euch wissen lassen, dass es, selbst wenn ihr in die Sache reinrutscht, immer noch Möglichkeiten gibt, davon frühzeitig wieder loszukommen. Ich denke jeder hatte hier bereits Kontakt mit Rauschmitteln, oder? Sollte es sich vertiefen, lasst euch helfen. Und um vielleicht ein Vertiefen zu verhindern, will ich euch meine Geschichte erzählen. Es ist eigentlich sehr intim, auch wenn ihr euch jetzt vielleicht denkt, ist der Kerl bescheuert? Er schreibt ein Buch darüber und meint dann vor den Schülern, es wäre intim, obwohl er so gesehen der gesamten Erdkugel, oder zumindest dem englischsprachigen Teil, die Möglichkeit gegeben hat, es zu lesen. Ich würde euch trotzdem einfach um eure Aufmerksamkeit bitten. Bei mir begann die Scheiße nämlich ungefähr in eurem Alter, mit 16 oder besser gesagt kurz vor 17. Und genau das ist der Punkt. Ich war jung, ein pubertierender Idiot und dachte ich wäre unverletzlich und das hat mich alles gekostet, was ich hatte.“

KAPITEL ZWEI
Before

Es ist laut im Klassenzimmer, während der Lehrer versucht, seinen Unterricht bis zum Ende durchzuziehen und sich nicht von den unaufmerksamen Schülern stören zu lassen. Man merkt ihm an, dass es ihn nervt, aber genauso merkt man den Schülern ihre Aufregung an. Es ist die letzte Stunde vor den heiß ersehnten Sommerferien, doch trotz diesen Umständen hat die Schulleitung sich für den Unterricht bis zur letzten Minute entschieden. Nervös zwirbele ich den Kugelschreiber in meiner Hand hin und her. Papierkugeln fliegen durch die Luft und lautes Lachen ertönt.

„Hey, pass doch auf, du Vollidiot!", höre ich meine beste Freundin Arwen neben mir aufschreien. Genervt von dem kindischen Verhalten ihrer Mitschüler knallt sie ihren Kopf auf den Tisch und gibt ein verzweifeltes Geräusch von sich.

„Komm schon, die letzten fünf Minuten überleben wir auch noch", motiviere ich sie, obwohl ich selbst das Gefühl habe, dass meine Nerven diese letzten paar Minuten nicht mehr durchstehen werden. Dem Unterricht folgt bereits niemand mehr und der Lehrer setzt sich seufzend hin und wartet ebenfalls auf den erlösenden Gong. Arwen streicht sich eine blonde Strähne hinters Ohr und nickt. „Eigentlich habe ich keine Lust auf die Ferien, irgendwie", gibt sie zu und ich mustere sie verwirrt. Arwen ist meine beste Freundin und ich würde lügen, wenn ich sagen würde, dass sie dies erst seit dem Kindergarten ist. Sie ist es seitdem ich denken kann und sie war die Erste, mit der ich im Sandkasten saß und Sandkuchen aß.

Eigentlich kann ich mir den Tag nicht besser vorstellen. Es ist kurz vor den Sommerferien, ich habe das Schuljahr über- und bestanden und wir würden alle vorerst unsere wohlverdiente Ruhe für eine längere Zeit bekommen, bevor wir dann unser vorletztes und somit schwerstes Schuljahr starteten.

„Wieso das denn?", frage ich, aber eine Antwort bekomme ich nicht mehr. Der allen bekannte Schulgong ertönt und unsere Klassenkameraden fangen lauthals an zu grölen. Entschuldigend sehe ich Arwen an. „Wir reden später im Bus", schlage ich vor, doch sie winkt ab. „Ich werde noch nicht nach Hause gehen. Wann anders vielleicht", sagt sie und beginnt ihre Tasche zu packen. Verwundert tue ich es ihr nach und stehe schließlich auf. „Na gut, bis dann", verabschiede ich mich und gehe ohne sie aus dem Raum, um so schnell wie möglich aus dem Schulgebäude flüchten zu können. Die Gänge sind voll und jeder Schüler versucht verzweifelt in die Freiheit zu gelangen.

Fluchend stürze ich mich in die Menge und kämpfe mich durch, um zur Bushaltestelle zu sprinten. Besonders jetzt sind die Busse meist rappelvoll und ich habe keine Lust auf eine lange Fahrt im Stehen. Auch jetzt ist der Platz bereits völlig überfüllt und ich fluche auf. Unter den Personen, die vor meiner Haltestation stehen, entdecke ich keine bekannten Gesichter, weshalb ich sicherheitshalber schon mal meine Kopfhörer und mein Handy hervorkrame. Seufzend warte ich auf den grünen Bus, der kurze Zeit später auch kommt.

Princeton ist groß. Und Princeton ist nicht nur groß, nein, Princeton lebt von Schulen und Bildungsstätten, weshalb der Bus so gut wie an jeder Ecke Halt macht und dann neue, aufgeregte Schüler und Studenten hereinstürmen und einem die Luft zum Atmen nehmen. Ich wohne eher abgelegen am Stadtrand, in einer ruhigen Wohnsiedlung für die langweiligen nullachtfünfzehn Menschen. Die Bewohner verkörpern das typische Bild eines Max Mustermannes und der Beruf Hausfrau ist am meisten vertreten. Auch meine Familie zählt zu den typischen, langweiligen Bewohnern und Bürgern Amerikas. Etwas weit unter dem Normalverdienst, sodass es ganz knapp für alle notwendigen Dinge, die anfallen, reicht, ein kleines Miethaus und vier Kinder. Vielleicht ist mein einziges Glück in dieser Familie die Tatsache, dass ich der Älteste bin.

Nach einer gefühlten Ewigkeit kommen wir auch endlich in meinem Viertel an. Der gesamte Bus ist nur noch spärlich befüllt und ich kann mich endlich für die letzten Minuten hinsetzen. Die Haltestelle taucht auf, die mir mehr als nur vertraut ist. Seit der Vorschule sind Arwen und ich immer mit dem Bus gefahren, was schon ein ganzes Stückchen her ist. Ich stehe auf und stelle mich an die Tür. Der Busfahrer winkt mir zu, bevor ich aussteige und fährt dann mit Vollgas weiter. Ich seufze auf, als ich unser Haus sehe. Ich habe keine Lust, nach Hause zu gehen, aber es gibt für mich auch keine andere Möglichkeit.

Ich bin genervt von meiner überfürsorglichen Mutter, meinem desinteressierten Vater und meinen drei nervigen, kleinen Geschwistern, die allesamt sowieso nur entstanden sind, um die verkorkste Ehe meiner Eltern wieder wenigstens ein bisschen auf die Reihe zu kriegen. Ob es funktioniert hat, ist eine andere Frage. Mum hat ihren Job als Chemielaborantin aufgegeben, was übrigens neben dem Putzfimmel noch den überaus ausgeprägten Beschützerinstinkt entstehen ließ, Dad arbeitet seit jeher lieber Überstunden durch, statt das Geschrei ertragen zu müssen und Streit ist nach wie vor immer noch vorprogrammiert. Dennoch zwinge ich mich dazu, meine Hausschlüssel herauszukramen und die Türe aufzusperren. Natürlich wird das Haus wieder nur von den Schreien des jüngsten Biestes erfüllt. „Bin da", rufe ich lustlos und werfe meine Jacke auf den Haufen.

„Devin, spielst du mit mir Monopoly?"

Ich rolle mit den Augen und sehe meine Schwester an, die motiviert auf mich zustürmt. „Camille, verzieh dich, ich bin gerade erst nach Hause gekommen", schnauze ich sie an und möchte gerade in mein Zimmer hoch, als mich meine Mutter aufhält.

„Devin, pass auf, wie du redest! Kannst du Jackson bitte wickeln?" Sie erscheint mit einer Schürze und einer Pfanne in der Hand im Türrahmen der Küche.

„Muss das sein?", frage ich verzweifelt und fange mir einen strengen Blick ihrerseits ein.

„Kann man dich nicht einmal um etwas bitten?", zickt sie sofort los. Einer der Gründe, wieso ich Unterhaltungen mit meiner Mutter so gut wie nie ertragen kann und sie auch soweit es ging mied.

„Ich weiß nicht mal, wie das geht.", werfe ich ein.

„Mum, ich kann das machen", meint Camille nun. Für ihre elf Jahre machte sie vermutlich mehr in diesem Haushalt, als der gesamte Rest der Familie in einem Jahr. Bevor meine Mutter noch weiter rummeckern kann, mache ich mich aus dem Staub und stürme die Treppen hoch in mein Zimmer. Wenigstens ein eigener Raum ist mir nach all den Biestern geblieben. Seufzend knalle ich die Tür zu und sehe mich um. Es ist ekelhaft ordentlich und die Bettwäsche neu. Wahrscheinlich musste meine Mutter ihr Bedürfnis zu putzen dieses Mal in meinem Zimmer ausleben. Ich werfe einen Blick aus meinem Balkonfenster. Direkt gegenüber befindet sich das Zimmer von Arwen. Ein Vorteil, den wir beide seit klein auf ausnutzen. Wenn etwas ist, kann die Person immer problemlos über den Balkon in das Zimmer des anderen gelangen. Unsere Eltern haben die architektonische Leistung nie für gut befunden, aber uns ist es immer nur mehr als recht gewesen.

Dieses Mal findet man kein Licht in ihrem Zimmer vor und man hört auch keine grottig schlechte, übertrieben laute Musik, weshalb ich davon ausgehe, dass sie immer noch nicht zuhause ist. Schulterzuckend werfe ich mich in mein Bett und der ekelhafte Geruch von Waschmittel steigt in meine Nase. Während ich krampfhaft versuche den Geruch zu verdrängen, überlege ich, was mit Arwen sein könnte. Seit Tagen – nein. Wochen – benimmt sie sich komisch und ist mehr als nur abweisend. Ich bemerke nachts oft, wie ihr Licht im Zimmer angeht und sie erst dann ihre Schuhe in die Ecke schmeißt und sich hinlegt. Das Geschrei in ihrem Haus kommt immer häufiger vor. Ein Faktor dafür ist der starke Alkoholkonsum ihres Vaters, aber noch nie gab es so oft Streit in der Familie wie in letzter Zeit. Ich habe bereits des Öfteren versucht, es anzusprechen, aber immer wieder wurde ich von Gewissensbissen aufgehalten, denn ich weiß selbst, dass man über die Probleme, die man in und mit seiner Familie hat, nur ungern redet.

Ich seufze und drehe mich auf den Rücken, um an die Decke zu starren. Ein weiteres Problem, welches mir zu schaffen macht, ist mein Geburtstag. In etwa zwei Wochen würde ich endlich siebzehn werden und meine Eltern haben mir bereits vor Wochen mitgeteilt, dass für meinen Geburtstag kein Geld übrigbleiben wird. Weder für meine lang ersehnte Gitarre noch für ein neues Skateboard. So ging es schon seit Jahren und Geburtstagsgeschenke fielen sowohl für mich als auch für Camille konsequent aus. Lediglich die zwei Kleinsten haben bis jetzt immer etwas bekommen, auch wenn es nur mal neue Klamotten waren. Ich hätte meinen Geburtstag auch gerne gefeiert, mit einer richtigen Party, so wie es alle meine Mitschüler tun. Jedoch reicht weder der Platz im Haus noch das Geld aus, um mehrere Gäste versorgen zu können. Außerdem hasst mein Vater jegliche Art von Besuch. Ich finde es unfair und unverständlich, wieso ausgerechnet ich nicht die Möglichkeit dazu bekommen habe, mein Leben so zu leben, wie es alle anderen Mitschüler auch tun. Die meisten von ihnen haben bereits ihren Führerschein und die, die es wirklich guthaben, sogar ihr eigenes Auto, welches sie von ihren Eltern geschenkt bekommen haben. Beides davon ist für mich in meiner aktuellen Situation unvorstellbar. Ich frage mich, ob ich wohl überhaupt jemals meinen Führerschein machen werde und seufze. Ich würde gerne irgendwo arbeiten oder aushelfen, um mir mein eigenes Geld zu verdienen und mich selbst weitestgehend zu versorgen, jedoch ist dies mit meinem Schulalltag überhaupt nicht zu vereinbaren, wodurch ich keine Möglichkeit habe, mich selbst zu finanzieren.

Versunken in Gedanken bemerke ich nicht, wie die Stunden verstreichen und der Tag zu Ende geht. Eine Erleichterung, da einerseits die Ferien nun endlich wirklich begonnen haben und andererseits der Tag rum ist. Ich möchte schlafen, aber irgendwas in mir hält mich davon ab. Das Vibrieren meines Handys reißt mich aus den Gedanken und ich krame es aus meiner Hosentasche heraus. Eine Nachricht von Arwen, dass sie gleich rüberkommen wird. Ich runzle die Stirn und stehe auf, um ihr die Balkontür zu öffnen. Ihre steht bereits weit offen und ich sehe, wie sie ihre Zimmertür absperrt und den Schlüssel hinter ihrem Spiegel an der Wand befestigt. Die mir allzu bekannten, wütenden Schreie ihres Vaters sind gut hörbar.

Als sie sich ihrem Balkon nähert, fällt mir ein weiteres Detail auf. Die sonst so langen, hellblonden Haare meiner besten Freundin sind plötzlich schulterlang, fransig und rosa. Mit offenem Mund starre ich sie an, während sie von ihrem Balkongeländer zu meinem klettert. „Ich halte das nicht mehr aus dort", zischt sie und läuft an mir vorbei in mein Zimmer, in dem sie sich auf mein Bett fallen lässt. Ich ziehe die Augenbrauen zusammen und mustere sie. Außer der neuen Frisur ist nichts Neues an ihr aufzufinden. Sie trägt ihren ausgeleierten blauen Onesie, den sie mal bei einem Sale ergattert hat und ihre Füße stecken in dicken Kuschelsocken.

„Was hast du mit deinen Haaren gemacht?", frage ich verwirrt und trete näher an sie heran, um die Frisur kritisch zu begutachten. Ich würde nicht behaupten, dass es schlecht aussieht, nur ist es verdammt ungewohnt und irgendwie unpassend. Arwen ist noch nie ein rosabegeistertes Mädchen gewesen. Die hellen Haare hatten sie immer wie einen Engel wirken lassen und so ist Arwen auch bei allen bekannt. Das neue, kurze Haar ließ sie frech und irgendwie rebellisch wirken.

„Oh", meint sie und streicht sich über die Haare. „Ich habe sie färben lassen. Gefällt es dir? Mein Vater hat deswegen gerade schon so einen Terror gemacht. Als wäre es mir nicht selbst überlassen, welche Farbe meine Haare haben." Sie rollt mit den Augen.

„Wieso hast du sie dir gefärbt? Ich dachte, dir gefällt dein Blond", frage ich sie und sie zuckt mit den Schultern.

„Es sind gewisse Gründe, die du vielleicht nicht unbedingt verstehen würdest."

Ich lache auf und gebe ihr einen freundschaftlichen Klaps auf den Oberarm. „Komm schon, Arwi, wir haben uns mal geschworen, dass wir uns alles erzählen werden, egal, wie peinlich es ist", erinnere ich sie an unseren Schwur aus der zweiten Klasse. Sie schmunzelt ebenfalls. „Na gut, aber es ist eine längere Geschichte." Ich nicke und sehe sie gespannt an.

„Und du musst sie dir bis zum Ende anhören, okay?"

Wieder nicke ich nur und warte darauf, dass sie mit dem Erzählen beginnt. Sie räuspert sich und schiebt sich eine Strähne hinter die Ohren. Ihre altbekannte *Arwen-Geste.*

„Vor mehreren Wochen, ich schätze mal so vor einem Monat circa, hatte ich wieder mal Streit mit meinem Vater. Es war, als du wegen den letzten Prüfungen deine Tage in der Bibliothek verbracht hast, um zu lernen. Deswegen konnte ich nicht zu dir und auch sonst schienen bei dir alle weg zu sein, weshalb ich von meinem Balkon aus runtergeklettert bin. Frag mich nicht, wie ich das geschafft habe, es ist für mich ebenfalls unerklärlich. Ich hätte es nicht mal für möglich gehalten, dass es funktioniert."

Verwundert hebe ich die Augenbrauen an und verkneife mir ein Lachen. Arwen ist die unsportlichste Person, die ich kenne, und die Vorstellung, wie sie an einem Seil von ihrem Balkon hängt oder ähnliche akrobatische Künste anwendet, ist göttlich.

„Ja, ich weiß, was du denkst. Aber lass mich ausreden. Also bin ich da runtergeklettert und wusste letztendlich nicht, wohin. Ich meine, es war schon recht spät und ich denke, eigentlich habe ich auch niemanden, außer dich. Ich denke es nicht nur, es ist eigentlich wirklich so. Also bin ich einfach in den nächsten Park gegangen und habe mich auf eine Bank gesetzt. Während ich da saß und grübelte, kam dann auf einmal eine Person auf mich zu, ein Kerl. Erspar dir die Ansagen, ich weiß, es hätte sonst was passieren können. Die Situation kam mir auch gruselig und gefährlich vor. Aber er kam und setzte sich einfach neben mich und schwieg. Und genau das hat mir in dem Moment so gutgetan. Zu wissen, dass ich nicht allein bin, aber auch nicht reden muss und somit niemandem eine Erklärung schuldig bin. Irgendwann hat er mich gefragt, was ich hier tue und ich habe ihn von der Seite gemustert. Er sah verdammt gut aus und ich war irgendwie fasziniert. Er sah einfach anders aus als alle. Er hatte so eine unfassbar besondere Ausstrahlung. Ich habe ihn hier noch nie gesehen, ich kannte ihn auch nicht. Wir redeten und ich erzählte ihm so viel, obwohl ich das so gut wie nie tue. Er hörte sich alle schweigend an, unterbrach mich nicht und versuchte gar nicht erst, mich zu belehren. Er hörte es sich einfach an und stand auf meiner Seite. Diese Bestätigung tat einfach gut, denn sonst fallen mir alle in den Rücken. Wir tauschten unsere Nummern aus und nach diesem Abend fingen wir an, uns ab und zu zu treffen. Ich fühlte mich irgendwie freier mit ihm und konnte lachen und das sorgenfrei. Es ist wirklich unfassbar witzig und hat einen tollen Humor. Vor ein paar Tagen sind wir dann zusammengekommen. Er hat mich gefragt, ob ich seine Freundin sein will, kannst du dir das vorstellen? Das hat mich wirklich glücklich gemacht und er meinte, er möchte versuchen, mir das Leben etwas leichter zu machen und mich das vergessen zu lassen, was mir so viele Probleme bereitet. Er schlug dann vor, dass ich einfach mal zum Friseur gehen soll. Er sagte, dass ich etwas Neues brauche, etwas, was mich verändert und lockerer werden lässt. Und vor allem selbstbewusster. Dann dachte ich mir, vielleicht könnte ich mal etwas ausprobieren, dass ich noch nie gemacht habe. Kurz und farbig. Die Farbe hat er vorgeschlagen, er war der Meinung, dass es gut zu meinen Augen passen würde. Deswegen die neue Frisur. Ich fühle mich auch wirklich irgendwie befreiter und einfach anders. Ich möchte einfach Vieles in meinem Leben umkrempeln, da ich bis zu diesem Zeitpunkt wirklich unzufrieden und unglücklich mit allem war. Mit mir, meinem Leben, mit meinen Familienverhältnissen. Ich denke, es tut mir gut, mal etwas zu wagen. Eine Veränderung zu wagen. Es ist natürlich ein großer Schritt, alles umkrempeln zu wollen, aber ich denke, nur so wird es mir besser gehen", seufzend beendet sie ihre Erzählung und sieht mich gespannt an.

„Du willst mir also sagen, dass du vergeben bist?", überrascht sehe ich sie an und Arwen nickt schüchtern. Noch nie hatte sie mit ihren sechzehn Jahren eine feste Beziehung, geschweige denn Interesse an irgendeiner Person.

„Wieso hast du mir nicht früher davon erzählt?", frage ich und schlage ihr mit meinen Kopfkissen ins Gesicht. Sie lacht kurz, wird aber schnell wieder ernst. „Es gibt da etwas, bei dem ich mir nicht sicher bin, ob du es akzeptieren würdest und damit klarkommen könntest", murmelt sie und ich sehe sie fragend an.

„Mein Freund nimmt Drogen, Devin"

Verwundert sehe ich sie an und kann mir daraufhin ein Lachen nicht mehr verkneifen. „Seit wann stehst du denn auf die Sorte harter Typ, hm?", provoziere ich sie und spiele dabei auf ihre Schüchternheit an. Tatsächlich ist Arwen schon immer ziemlich schüchtern und einfach sehr lieb gewesen. Eigentlich habe ich sie schon immer mit einem durchschnittlichen Kerl mit Brille und Dreitagebart und einem Job mit Durchschnittsgehalt in einer Zwei-Zimmer-Wohnung gesehen. Es hätte zur ihr gepasst und sie hätte die guten Lebensverhältnisse mit einem tollen Mann, der sie unterstützt, wirklich verdient.

Die Sache widerspricht sich in jeder Ecke und Kante. Nie hätte die Arwen, die ich kenne, einen Drogenabhängigen gedatet, da sie weiß, was Suchtmittel aus Personen machen können, immerhin erlebt sie es an ihrem eigenen Vater mit. Auch hätte sie sich niemals auf eine Typveränderung eingelassen, nur weil ein Junge ihr das vorschlägt. Meine Arwen ist stolz, so unglaublich stolz und möchte immer ihr eigenes Köpfchen durchsetzen. Ich frage mich, ob das nun ihre Art und Weise ist, um ihrem Vater eins auszuwischen.

Jedoch reagiert sie anders auf meine Aussage als geplant und sieht mich wütend an. „Was ist denn daran jetzt so lustig?", fragt sie zickig und verschränkt ihre Arme vor ihrer Brust, um das Ganze noch zu verstärken. Ich höre auf zu Grinsen und räuspere mich. Ich möchte keinen Streit und sehe sie besänftigend an. „Nichts. Ich finde es nur komisch.

Es passt einfach nicht zu dir. Du lügst mich auch wirklich nicht an?", hinterfrage ich. Sie schüttelt heftig den Kopf, sodass ihre Haare hin und her fliegen. Ich runzle die Stirn. „Ich befürworte es nicht, aber es ist ja schließlich deine Sache. Nur versprich mir, dass du seinetwegen nicht damit anfängst. Drogen sind echt scheiße und das alles soll ein ziemlicher Teufelskreis sein", meine ich und sie beginnt zu lächeln.

„Versprochen. Keine Sorge, er würde niemals versuchen, mich dazu zu bringen, Drogen zu konsumieren. Er ist sogar dagegen, er meinte, ich wäre ihm zu wichtig und er möchte mich nicht daran kaputt gehen sehen. Du solltest ihn kennen lernen, Devin. Ihr würdet euch gut verstehen, er steht auf diese komische Musikrichtung, die du auch gerne hörst. Ehrlich, dafür könnte ich ihn umbringen. Aber er ist einfach nur richtig cool", schwärmt sie und ich nicke.

„Sein Name ist Levi und er wohnt eigentlich in einem ganz anderen Viertel. Es war ein schöner Zufall, dass wir uns getroffen haben. Ich denke, das war wirklich Schicksal. Er ist in mein Leben getreten als ich ihn am meisten gebraucht habe, obwohl wir beide zu diesem Zeitpunkt nicht wussten, dass wir uns gegenseitig überhaupt brauchen", fährt sie fort und ich mache mich innerlich auf eine qualvolle Unterhaltung bereit. Es ist komisch, ausgerechnet Arwen schwärmen zu hören.

Wahrscheinlich wäre das noch stundenlang so weiter gegangen, doch sie wird von unserer lauten Türklingel unterbrochen. Sie stockt und sieht mich an. Als ein weiteres Mal geklingelt wird und meine Familie nicht den Anschein macht, der Person die Türe öffnen zu wollen, stehe ich seufzend auf und springe runter zur Haustüre. Arwen folgt mir langsam und ich höre ihre Schritte auf der Treppe.

„Ist Arwen bei dir?", fragt ihre Mutter, die besorgt auf unserem Grundstück steht. Arwen atmet tief durch und springt den letzten Treppenabsatz runter, um sich neben mich zu stellen. „Was ist?", zickt sie ihre Mutter unfreundlich an. Diese verändert ihren Gesichtsausdruck und seufzt auf.

„Komm heim. Jetzt. Du kannst nicht immer weglaufen, wenn dir etwas nicht passt, Arwen. Werde doch bitte erwachsen. Dein Vater sitzt im Wohnzimmer und hat sich auch beruhigt, versprochen. Wir können es jetzt normal gemeinsam klären", versichert sie Arwen, doch diese sieht sie nur skeptisch an und lacht dann verächtlich auf. „Ja, klar, so beruhigt wie immer, oder? Du musst mich nicht anlügen, Mum. Ich weiß doch, wie er ist. Außerdem gibt es nichts zu klären. Die Haare sind ab und das kann ich nun wirklich nicht mehr rückgängig machen."

Ich stöhne genervt auf und schiebe Arwen sanft Richtung Ausgang. Unterhaltungen wie diese konnte sie mit ihrem sturen Kopf stundenlang führen. Natürlich weiß ich, dass sie oftmals Streit mit ihrem Vater hat und eigentlich möchte ich auch nicht, dass sie sich zu oft in seiner Gegenwart aufhält, wenn er betrunken ist, jedoch kenne ich ihre oftmals viel zu besorgte Mutter und weiß, dass sie sich in solchen Momenten für Arwen einsetzt und zumindest versucht, sie vor den Wutausbrüchen und Schlägen ihres Vaters zu schützen. Würde Arwen nicht nach Hause gehen, würde sie sich die ganze Nacht schreckliche Sorgen machen und könnte so am nächsten Tag nicht arbeiten gehen.

„Geh schon, Arwen. Es wird spät und du musst so oder so irgendwann wieder heim. Sollte dennoch etwas sein, gibst du mir einfach Bescheid und dann kommst du rüber, dann können wir eine kleine Übernachtungsparty schmeißen", ermutige ich sie. Ihre Mutter lächelt mich dankbar an, doch von ihr ernte ich nur einen bösen Blick, bevor sie die Arme verschränkt und an ihrer Mutter vorbeitrampelt. „Verräter", zischt sie leise, während sie die Türschwelle überquert. Ich habe Arwen an dem Tag nach Hause geschickt. Ich bin ihr in den Rücken gefallen, so wie sie mir vor wenigen Minuten noch erzählt hat. Vielleicht war es der erste Fehler, vielleicht war es auch ein Schritt in eine falsche oder sogar richtige Richtung. Oder vielleicht war es doch nur eine nicht durchdachte Geste mit Folgen.

KAPITEL DREI

„Ich habe es verstanden, nerv mich nicht!", rufe ich wütend und stürme die Treppen runter. Schnell werfe ich mir eine Jacke über und ziehe mir Schuhe an, bevor ich aus dem Haus laufe und hinter mir die Tür zuknalle. Möglichst laut, damit auch alle mitkriegen konnten, dass ich das Haus verlassen habe. Kaum ist die ganze Familie für ein paar Tage daheim, schon gibt es dauerhaft Streit und Stress.

Auch wenn ich mich anfangs sehr auf die Ferien gefreut habe, habe ich bereits jetzt genug. Ich möchte mir gar nicht ausmalen, wie anstrengend und chaotisch die noch bevorstehenden Wochen sein werden. Von Ruhe und Entspannung kann man in diesem Haushalt nur träumen. Genervt von meinen Eltern und meinen kleinen Geschwistern entferne ich mich von unserem Haus und laufe in irgendeine Richtung, um runterkommen zu können. Kurz werfe ich noch einen Blick zu Arwens Haus. In ihrem Zimmer brennt kein Licht und ich seufze. Seit Tagen ignoriert sie mich, da sie mir den Rauswurf anscheinend immer noch übelnahm. Außerdem kommt sie scheinbar nur noch selten nach Hause. In den letzten Tagen habe ich sie nur zweimal dabei erwischt, wie sie ihr Zimmer betrat, nach neuen, frischen Klamotten griff und ihre alten Sachen achtlos auf den Boden warf. Daraufhin schloss sich die Tür und sie verschwand wieder. Ich bin mir ziemlich sicher, dass sie wusste, dass ich sie sehe, jedoch macht sie mir bis heute mehr als deutlich, dass sie im Moment nichts mit mir zu tun haben möchte.

Im Nachhinein tut es mir leid, dass ich sie rausgeworfen habe. Ich hätte ihr beistehen müssen. Vielleicht hätte ihre Mutter es sogar akzeptiert, dass Arwen die Nacht bei uns verbringt, wenn ich zu ihr gehalten und der Mutter die Gefahr des vollalkoholisierten und wütenden Vaters vorgehalten hätte. Das schlechte Gewissen nagt an mir. Ich überlege, ob ich sie anrufen soll und entscheide mich letztendlich dafür, da sie die letzte Person ist, mit der ich Streit haben möchte. Ich drücke die Kurzwahltaste, ihre Nummer ist die einzige dort Eingespeicherte. Das Tuten ertönt und ein Rauschen folgt, dass sich durch meinen Gehörgang zwängt und mir Kopfschmerzen bereitet. Verwirrt blicke ich auf das Display und sehe an der Minutenanzeige, dass sie bereits abgehoben hat.

„Arwen?", frage ich verwirrt und warte auf eine Antwort. Es hört sich an, als würde sie in der U-Bahn sitzen. Das Signal verschwindet immer wieder und dann folgt das penetrante Rauschen. „Devin? Was willst du?", meldet sie sich endlich zu Wort und ich atme erleichtert aus. „Bist du noch sauer auf mich?", frage ich unnötigerweise, um mir meine Bestätigung zu holen. Ich höre sie seufzen. Im Hintergrund ertönt eine monotone Stimme und meine Vermutung mit der U-Bahn bestätigt sich. „Nein, bin ich nicht. Ich bin zurzeit nur echt mies drauf. Ich habe nicht wirklich Lust darauf, mich mit Menschen auseinanderzusetzen. Und ich habe auch keine Lust mehr auf das ganze Theater bei mir", meint sie. Sie scheint die Bahn zu verlassen, denn ihre Stimme wird immer klarer.

„Glaubst du, ich etwa? Ich hatte gerade wieder so einen Streit mit meinen Eltern. Sie können mir langsam echt gestohlen bleiben", erzähle ich ihr und erinnere mich dabei an den Auslöser des Streites.

Mein Wunsch, nach der Schule woanders studieren zu können; angeblich sei es zu teuer für sie, zu aufwendig. Und man würde meine finanzielle Hilfe brauchen, studieren sei nur was für hilflose Kerle mittleren Alters. Mein Vater meinte sogar, er hätte sogar bereits mit seinem Chef geredet, damit ich direkt nach meinem Abschluss ebenfalls in seiner Firma arbeiten kann. Er nannte es eine finanzielle Sicherheit für die Familie und ignorierte komplett meinen Wunsch, nicht das Leben in einer Arbeiterfamilie weiterführen zu wollen. Es macht mich traurig, dass meine Eltern mir offensichtlich dasselbe traurige Schicksal wünschen, welches ihnen widerfahren ist. Meine Noten sind zwar mehr schlecht als recht, jedoch würde ich alles dafür tun, um studieren gehen zu können. Ich stelle mir meine Zukunft anders vor. In einer anderen, etwas größeren Stadt in meinem eigenen Haus und einem guten Arbeitsplatz mit überdurchschnittlichem Verdienst. Das wünschen sich alle, meinte mein Vater. *Alle möchten das, Junge, aber so funktioniert es nicht. Sowas gibt es nicht, wach auf und fang an klar zu denken.*

Am liebsten wäre es ihnen wahrscheinlich, wenn ich die Schule kurz vor meinem Abschluss abbreche und sofort zu arbeiten beginne, da das Geld momentan immer knapper wird.

„Ich treffe mich gleich mit Levi", sagt sie und ignoriert meine Aussage. Seine Existenz hatte ich nach dem letzten Gespräch verdrängt. „Oh, na dann möchte ich dich nicht weiter stören. Melde dich einfach, wenn du mal wieder zuhause bist oder wenn du reden möchtest."

Ich höre sie seufzen. Zähneknirschend laufe ich in Richtung Park.

„Möchtest du mitkommen? Ich sagte doch, ihr müsst euch kennen lernen. Wir könnten uns sehen und du könntest ihn kennenlernen", schlägt sie vor und ich bin unsicher, was ich davon halten soll.

Mit einem Junkie und der besten Freundin an einem regnerischen Tag irgendwo draußen rumhängen kommt für mich aber eher in Frage, als entweder allein planlos durch die Gegend zu laufen oder nach Hause zu gehen. Nach Hause gehen steht dabei überhaupt nicht zur Option. Ich gebe mich geschlagen und entscheide mich dafür, etwas mit den beiden zu unternehmen und den besagten Freund kennenzulernen.

„Meinetwegen. Ich bin im Park, dort, wo wir immer sind", informiere ich sie und sie verspricht mir, in ein paar Minuten hier zu sein. Nachdem sie auflegt, empfängt mich gähnende Leere und eine unangenehme Stille. Ich suche mir eine Bank aus, auf der ich mich niederlasse und warte. Der Park ist leer und keine einzige Menschenseele tummelt sich um diese Uhrzeit noch in unserer Gegend draußen herum. Ich hole mein Handy aus der Hosentasche und beginne, irgendein altes Spiel zu spielen, um mir die Zeit zu verschlagen.

Am liebsten würde ich einfach den nächsten Zug nehmen, der in irgendeine Stadt fährt, die von hier aus nur sehr schwer zu erreichen ist. Einfach, um neu anfangen und alles ändern zu können. Aber nicht einmal für eine Busfahrt, eine lächerliche Kurzstrecke, reicht das Geld meiner Eltern, obwohl mein Vater Tag und Nacht weg ist.

Die Zeit vergeht unglaublich schnell und ich gewinne bereits im fünfzehnten Level, als ich auf die Uhr schaue. Aus dem besagten gleich scheint nichts zu werden, denn bereits mehr als eine halbe Stunde ist verstrichen und es gibt noch keine Spur von Arwen. Anscheinend erschien ihr das Treffen mit Levi wichtiger. Vielleicht hat sie mich auch einfach vergessen. Um ehrlich zu sein verspüre ich eine kleine Spur von Eifersucht. Bis jetzt gab es immer nur mich und Arwen, Arwen und Devin. Es gab bei jeder Kleinigkeit nur uns beide, schon bereits in der Grundschule, wenn mal wieder ein Referat oder anderweitig Gruppenarbeit anstand. Egal, wer Hilfe brauchte, er bekam sie vom anderen und egal, was war, man unterstützte sich immer gegenseitig. Doch jetzt scheint das Vergangenheit zu sein, Levi hat sich erfolgreich meinen Platz geangelt und es stimmt anscheinend doch, das typische Erwachsenwerden nimmt neben Freizeit und Ausreden auch noch Freundschaften und die Kindheit. Eigentlich habe ich immer davor Angst gehabt, dass uns ein Partner oder neue Freunde trennen werden, jedoch hat sie mir immer versichert, dass es niemals der Fall sein wird und auch von meiner Seite aus kann ich sagen, dass nichts und niemand Arwen ersetzen könnte. Umso mehr schmerzt es zu wissen, dass ich wohl doch leicht zu ersetzen bin. Es enttäuscht mich, dass sie mich so im Stich lässt.

Gerade als ich aufstehen und gehen will, klingelt mein Handy und ich starre verdutzt auf die auf dem Display angezeigte Nummer. Es ist nicht – wie von mir angenommen – Arwen, sondern ihre Mutter. Verwirrt gehe ich ran und melde mich.

„Devin? Weißt du, wo Arwen hinwill?", höre ich sie schluchzen. Verdutzt lasse ich mich wieder auf meine Bank nieder. „Nein, ich weiß nichts. Wieso, was ist passiert?", hinterfrage ich. Im Hintergrund ist die aufgebrachte Stimme des Vaters zu hören. „Sie war gerade hier, ist mit einem alten BMW in schwarz, diesem Sportmodell, gekommen. Sie ist ins Haus gestürmt, mein Gott, sie ist seit zwei Tagen nicht mehr nach Hause gekommen und dann kommt sie plötzlich reingestürmt, völlig hektisch und außer Atem. Ich habe gefragt, was denn los sei, aber sie hat nur nach einem Koffer oder einer Tasche gefragt und ist dabei bereits zu ihrem Zimmer gelaufen. Ich war verwirrt und konnte deswegen überhaupt nicht reagieren und ihr Vater hat schon wieder begonnen, sie anzubrüllen wegen ihren Haaren und weil sie nicht nach Hause gekommen ist. Ich habe nur gesehen, wie sie Klamotten in eine Tüte gepackt hat und dann ist sie wortlos an uns vorbeigelaufen und hat die Tür hinter sich zugeknallt. Ich habe nur noch gehört, wie eine Autotür geschlossen wird und kurz darauf ein Motor anspringt. Weißt du, was sie macht? Oder wohin sie mit den Klamotten will? Mit wem ist sie denn überhaupt unterwegs?", erzählt sie mir hektisch und ich komme kaum mit. „Ich verstehe nicht ganz. Wieso macht Arwen das?"

Das würde auch die Verspätung erklären. „Nein, tut mir leid. Ich weiß selbst nicht, wo sie ist oder wo sie hinmöchte", gebe ich ehrlich zu und runzle meine Stirn. Was zur Hölle hat Arwen vor?

„Oh Gott, was, wenn sie etwas Unüberlegtes tut?", schluchzt ihre Mutter und ich versuche sie zu beruhigen. Aus dem Augenwinkel bemerke ich einen Wagen, der sich dem Park nähert. Das einzige Auto auf der Straße. „Ich muss auflegen, aber ich melde mich, wenn ich etwas von ihr weiß", versichere ich ihr und lege ohne ein weiteres Wort auf. Mit zusammengekniffenen Augen beobachte ich den Wagen, der sich mir in einem relativ hohen Tempo nähert. Beim genaueren Hinsehen bemerke ich, dass es ein BMW ist, der genauso aussieht wie Arwens Mutter ihn beschrieben hat.

Nervös springe ich auf und laufe ihm entgegen. Der Fahrer bremst abrupt und die Beifahrertür wird aufgerissen. Ich erkenne den rosafarbenen Haarschopf von Arwen und sie rennt mir aufgeregt entgegen.

„Arwen, was zur Hölle machst du? Deine Mutter hat mich gerade angerufen und..."

Sie unterbricht mich, indem sie mein Handgelenk packt und mich zum Wagen zerrt. „Ich weiß. Mach dir keine Sorgen. Devin, wir verschwinden von hier. Ich habe alles geplant und wir werden jetzt endlich gehen. Steig ein.“

KAPITEL VIER

Verwirrt sehe ich sie an. „Bitte was?"

„Komm schon, Devin. Wir wollten doch schon so lange weg, ich weiß doch, dass du auch keine Lust mehr auf das alles hier hast. Bitte, komm mit mir mit", fast flehend versucht sie mir die Sache schmackhaft zu machen.

„Wir können doch nicht einfach so Hals über Kopf verschwinden, was denkst du dir da dabei? Wie stellst du dir das vor?", fahre ich sie an und sie weicht zurück. Ihre Miene verhärtet sich und sie hebt ihre Schultern an, ein Zeichen dafür, dass sie sich angegriffen fühlt.

„Verdammt, ich will das nicht mehr. Ich will nicht mehr Angst davor haben müssen, nach Hause zu gehen und ich will nicht ständig unter Druck gesetzt werden. Levi hat eine Unterkunft für mich. Für uns und es wäre dumm, diese Möglichkeit nicht zu nutzen", sagt sie hart. Erst jetzt fällt mein Blick auf den Fahrer des BMWs. Ein junger Kerl, höchstens volljährig, mit einer braunen Locke im Gesicht und einer Sonnenbrille auf der Nase, trotz der Dunkelheit. „Es ist mir egal, ob du mitkommst oder nicht. Ich werde gehen und du wirst meine Entscheidung nicht ändern können. Ich wollte dir die Möglichkeit jedoch nicht vorenthalten und sie dir anbieten", meint Arwen nun. Sie dreht sich ruckartig um und läuft zielstrebig auf den Wagen zu.

Mit offenem Mund sehe ich ihr dabei zu, wie sie die Beifahrertür aufreißt und im Inneren verschwindet. Ich fluche kurz und sprinte zum Auto. Hektisch reiße ich eines der hinteren Türen auf und lasse mich auf den Sitz fallen. Ich kann sie nicht einfach alleine gehen lassen, das könnte ich niemals mit meinem Gewissen vereinbaren.

Ein ekelhafter Geruch, eine Mischung aus Minze und Rauch, empfängt mich. Ich sehe, wie Arwen mich durch den Spiegel vorne ansieht. „Ich wusste, dass ich auf dich zählen kann." Grinsend lehnt sie sich zurück. Grummelnd schnalle ich mich an und reibe mir über das Gesicht. Ich male mir die Folgen unserer kleinen Reise und die damit zusammenhängenden Probleme aus. Dass wir nicht weit kommen werden, bevor uns unsere Eltern oder schlimmstenfalls die Polizei wiederfindet, ist mir bewusst. Ich möchte mir gar nicht vorstellen, was für Probleme das mit meinen Eltern geben wird. Meine Gitarre kann ich mir wohl nun endgültig abschminken.

„Ich habe nicht mal Klamotten oder meine Zahnbürste dabei. Ich habe gar nichts mitgenommen. Ich kann nicht einfach so weg", nörgele ich, während bereits die Lichter unserer Stadt in einem viel zu schnellen Tempo an mir vorbeiziehen.

„Darüber musst du dir keine Gedanken machen", mischt sich nun auch erstmals Arwens neuer Freund ein. Seine Stimme ist viel zu rau und etwas Spott schwingt in ihr. „Wir treiben für dich alles auf, was du brauchst, das ist das kleinste Problem."

Augenrollend starre ich weiter aus dem Fenster. Irgendwas an dem Kerl ist mir verdammt unsympathisch. Die Art, wie er spricht, die Art, wie er mich durch den Rückspiegel ansieht. Alles kommt mir so unfassbar arrogant und selbstsicher vor.

„Ich bin so aufgeregt", gibt Arwen zu und zappelt auf dem Sitz vor mir herum.

„Keine Sorge, Babe, das wird das Beste, was du jemals erlebt hast. Die Reise deines Lebens", schmunzelt Levi. Ich verkneife mir ein Würggeräusch und bereue es, mit eingestiegen zu sein. Auch wenn ich keine Lust mehr darauf habe, komme ich mir gerade so unfassbar bescheuert vor. Wohin soll das führen? Nach ein paar Tagen werden wir wiedergefunden und danach wird alles noch schlimmer sein, als es bisher bereits war. „Wo fahren wir überhaupt hin? ", frage ich. Levi blickt mich genervt durch den Rückspiegel an. Seine Sonnenbrille hat er bereits abgelegt, da er wahrscheinlich selbst gemerkt hat, dass es im Dunkeln nicht das Schlauste ist, mit ihr zu fahren.

„Lass dich überraschen, mein Freund."

Ich will etwas Patziges auf seinen Spitznamen mir gegenüber erwidern, aber ich verkneife mir es, um Arwen die Tour nicht mit meiner misstrauischen und mittlerweile genervten Art zu versauen. Zumindest wird sie ein paar Tage Ruhe vor ihrem Vater haben und das gönne ich ihr. Ich beschließe, meine Klappe zu halten und darauf zu vertrauen, dass sie es wirklich durchgeplant hat und es am Ende kein riesiger Reinfall sein wird. Seufzend beobachte ich die Lichter außerhalb, die immer weniger werden. Ein Zeichen dafür, dass wir uns der Landstraße und somit der darauffolgenden Autobahn nähern. Ich bemerke aus dem Augenwinkel, wie Levi nach einer kleinen Tüte neben der Handbremse greift. Sie ist gefüllt mit rosafarbenen, fast pinken Tabletten und ich blicke schnell weg. Ich fühle mich unwohl, zugegeben sogar mehr als das. In einem Auto mit einem Fremden und einer verrückten besten Freundin mit viel zu hoher Geschwindigkeit und mit Drogen abgefüllt Richtung Autobahn fahren stand noch nie auf meiner Bucket-List. Ich würde mich gerne darüber beschweren, wie unfassbar unverantwortlich ich es finde, mit zwei minderjährigen Personen als Beifahrer unter Drogeneinfluss Auto zu fahren, jedoch verkneife ich es mir. Ich möchte nicht wie ein Spießer wirken und ich möchte auch niemanden verärgern. Ich weiß nicht, wie Levi darauf reagiert, wenn er auf seinen Drogenkonsum angesprochen wird und ich habe schon mal gelesen, dass sich der Körper eines Menschen so sehr an den Konsum gewöhnen kann, dass er normal funktioniert und die Personen ein völlig normales Leben führen können und selbst nicht mal mehr den Rausch bemerken. Vielleicht ist er gerade in einem normalen Zustand, so wie Arwen und ich und ist in der Lage, das Auto zu fahren, beruhige ich mich selbst. Arwen würde mich auch niemals in die Gefahr bringen, wenn sie es nicht selbst besser wüsste und ihm nicht vertrauen würde. Und da sie es offensichtlich tut, schließe ich mich ihr an und schenke dem mir eigentlich unbekannten Jungen mein vollstes Vertrauen.

„Ihr könnt euch schlafen legen, wenn ihr wollt. Die Fahrt könnte etwas länger dauern", meint Levi und ich sehe Arwen nicken. Misstrauisch lehne ich mich zurück und befehle mir selbst, die Augen offen zu halten. Vertrauen ist gut, Kontrolle ist aber immerhin in den meisten Fällen doch besser.

Doch auch mir fallen irgendwann, nach langem Denken und Beobachten, die Augen zu.

Geweckt werde ich schließlich von leisen Stimmen, die zu mir durchdringen, und dem penetranten, bissigen Geruch von Benzin. Während ich mich langsam gerade aufsetze, massiere ich meinen verspannten Nacken und sehe mich um. Es scheint zwischen vier und fünf Uhr morgens zu sein, man kann erkennen, dass die Sonne bereits bald aufgehen möchte und Levi scheint an einer Tankstelle Halt zu machen. Ich blicke nach vorne und sehe Arwen, wie sie essend auf die Rückkehr von Levi wartet, der gerade für das Tanken bezahlt.

„Denkst du, es ist richtig, was wir hier tun?", flüstere ich ihr zu und sie hält inne. Selbst das Kauen unterbricht sie. Sie atmet einmal tief durch, bevor sie mir eine Antwort gibt. „Es fühlt sich falsch an, aber dennoch hatte ich nie etwas im Sinn, dass mir korrekter vorgekommen ist als das hier. Ich halte es zuhause nicht mehr aus und das hier ist meine einzige Chance, diesem Wahnsinn zu entkommen."

Ich schweige und lehne mich wieder zurück. Mein Nacken macht mir zu schaffen, während mein Magen beginnt zu knurren. Wortlos reicht mir Arwen die Hälfte ihres Brötchens, etwas, was wir seit dem Kindergarten tun. Essen wird ausnahmslos und ohne Aufforderung geteilt, vielleicht steht es ja irgendwo ganz klein gedruckt in unserem imaginären Beste-Freunde-Kodex. Als Levi wieder einsteigt, gelangt ein kalter Windstoß trotz Hochsommer in den Wagen und ich bekomme eine Gänsehaut.

„Na sieh mal einer an, der Kerl ist auch schon wach", lacht er und ich fühle mich von ihm provoziert, obwohl ich mir nicht sicher bin, ob es seine Absicht oder einfach seine Art ist.

„Wo sind wir?", frage ich grummelnd.

„Kurz vor der letzten Ausfahrt der Autobahn, an der wir vorbeifahren müssen, um an unser Ziel zu gelangen. Ich meide Autobahnen lieber, wir sind eher auf Landstraßen gefahren, aber um diese kommen wir nicht herum. Danach sind wir aber am Ziel, gedulde dich, Kumpel", sagt er und fügt noch ein Zwinkern hinzu. Seine dämliche Sonnenbrille hat er bereits wieder aufgesetzt und ich fühle mich dumm, weil ich nicht von ihm provokant angezwinkert werden möchte, aber mich nicht wehren kann, da ich Arwen auch nicht die Laune verderben will. Ich nehme mir vor, mir dabei Mühe zu geben, mit Levi klarzukommen und rede mir ein, dass es einfach seine Art ist, so mit Menschen zu reden und umzugehen. Während er den Motor startet und wir die Tankstelle verlassen, bemerke ich das Vibrieren meines Handys. Überrascht krame ich es aus meiner Hosentasche und überfliege die Nachrichten meiner Mutter, die auf dem Startbildschirm angezeigt werden. Ich bin schon des Öfteren aus dem Haus gestürmt, wenn es mal Streit gab, aber dass ich die ganze Nacht nicht mehr nach Hause komme, kam noch nie vor. Ich stöhne genervt auf, muss mir aber auch eingestehen, dass es mir irgendwie gefällt. Wenigstens ist es ihr aufgefallen, dass ich noch nicht nach Hause gekommen bin, denn Sorgen machte sich meine Mutter um mich so gut wie nie. Es ist, als würde ich für sie nur existieren, wenn sie wieder Hilfe im Haushalt braucht oder wieder mal mit den kleinen Biestern überfordert ist.

„Schalt sofort das Ding aus", befiehlt mir Levi. „Ich weiß ja nicht, ob du nicht in diesem Jahrhundert geboren bist, aber um dich einmal kurz zu informieren: Dein Handy kann problemlos geortet werden. Sollten eure Eltern die Polizei wirklich informieren, würde man uns innerhalb von Minuten finden und ich habe absolut keine Lust drauf, dass wir wegen dir schon innerhalb von 12 Stunden gefunden werden. Schalte es aus und schmeiß es aus dem Fenster."

Zuerst sehe ich ihn wütend an, jedoch muss ich mir eingestehen, dass er recht hat. Ich fühle mich hilflos wie ein kleines Kind, dass sich seinen Eltern gegen seinen Willen unterwerfen muss, als ich seinen Befehl befolge und mein Smartphone ausschalte. Jedoch bringe ich es nicht übers Herz, es einfach so wegzuwerfen und stecke es in meine Hosentasche. Ich bin mir nicht sicher, ob es die richtige Entscheidung ist. Möchte ich wirklich nicht gefunden werden?

Es ist still im Wagen, man hört nur das gleichmäßige Atmen und die normalen Autobahngeräusche, die von draußen zu uns durchdringen. Ich warte und zähle in meinem Kopf die Minuten, während wir uns anscheinend einer Stadt nähern. Immer mehr Lichtpunkte tauchen vor uns auf. Sie sehen so unerreichbar und fern aus, und doch scheinen sie zum Greifen nah zu sein.

„Ist das New York?", spricht Arwen meine Gedanken aus und Levi lacht leise. „Exakt. Das, meine Lieben, ist das sagenhafte und legendäre New York, auf das wir zusteuern", meint er und Arwen stößt einen kleinen Freudenschrei aus. Auch mein Herz macht einen Hüpfer, und doch wird mir im nächsten Moment klar, was das bedeutet.

Es gibt kein so schnellen Rückweg mehr, wir sind knappe 60 Meilen von Zuhause entfernt und selbst wenn ich mich jetzt dazu entschließen möchte, die kleine *Reise* abzubrechen, müsste ich mir erstmal Gedanken machen, wie ich wieder ohne Geld oder Ausweispapiere heimkommen will. Irgendwie freue ich mich aber dennoch, so weit entfernt von Princeton war ich noch nie und es ist aufregend ausgerechnet auf New York zuzufahren. Ich sehe, wie die Massen an Häuser und Wolkenkratzer auf uns zukommen und uns verschlingen.

„Wir fahren in einen kleinen abgelegenen Stadtteil, nicht weit entfernt von der Downtown", informiert Levi uns. Automatisch fallen mir all die Reportagen und Berichte ein, die immer im Fernsehen ausgestrahlt werden. Der Problemteil New Yorks ist die Bronx und ich kann mir nur zu gut vorstellen, dass Levi dort seine Bekannten hat. Irgendwo müssen die Drogen schließlich herkommen.

„New York. Wow, da wollte ich schon immer mal hin", schwärmt Arwen. Sie scheint förmlich mit der Nase an der Scheibe zu kleben. Auch ich bin fasziniert vom Anblick der noch vollen, lauten Straßen und den vielen Lichtern, an denen wir vorbeifahren. Menschen sitzen lachend vor Geschäften und halten ihren Snack in der Hand, während sie sich amüsieren. Trotz der Uhrzeit sind noch massenhaft Personen unterwegs. Levi lacht wieder leise auf, es hört sich an wie ein Husten. Raucherhusten. „Glaub mir, du wirst es lieben. New York, so hat es meine Schwester immer beschrieben, ist wie ihre persönliche Tür ins Wunderland, ihr Schrank zu Narnia und ihre Brücke nach Therabitia."

KAPITEL FÜNF

„Bevor wir ankommen, muss ich jedoch noch ein paar Regeln aufstellen. Ihr müsst mir versprechen, dass ihr mit niemandem sprecht, der nicht zu uns gehört, geschweige denn irgendwem verraten könnte, wo wir uns befinden. Es ist zwar ein vergessener Stadtteil, jedoch gibt es einen Haufen Menschen, die uns schaden wollen und uns, ohne zu zögern, verraten würden. Das Haus, in welchem ihr unterkommt, hat nur einen Eingang und einen Ausgang. Bei einer Durchsuchung werdet ihr sofort festgenommen, dies kann ohne jegliche Vorwarnung geschehen und auch, wenn ihr unschuldig seid. Mitgehangen, mitgefangen", erklärt uns Levi und sieht mich dabei scharf an. Ein Schauer läuft mir über den Rücken. In was für eine Situation habe ich mich gebracht?

Ich blicke aus dem Fenster. Die Häuser sind längst nicht mehr das Highlight New Yorks. Sie sind dreckig und grau, viele sind bereits halb abgerissen worden und Fensterscheiben wurden eingeschlagen. Es wird immer ruhiger, während wir einen Berg hinauffahren. Die Geschäfte und Menschen verschwinden langsam und je weiter wir fahren, desto einsamer fühlt es sich an. Ich erblicke einen Haufen Ruinen und vereinzelt billige Gemäuer, die einen trostlosen Eindruck machen. Es macht mich irgendwie traurig, das zu sehen und ich möchte mir nicht vorstellen, was die Menschen durchmachen mussten, die hier wohnten und was passiert sein muss, dass so viele Häuser einfach verlassen und zerstört wurden.

„Wo zur Hölle sind wir hier?", spricht Arwen meine Gedanken aus, jedoch sieht sie nicht so skeptisch aus wie ich. Langsam fahren wir auf eine Einfahrt zu.

„Eine alte Wohngegend. Niemand möchte hier noch wohnen, außer ein paar alten Leuten und feierbedürftigen Menschen gibt es hier nichts. Früher war hier mehr los, aber die Armut hat die Leute aus New York vertrieben. Es war ideal für uns, schön, abgelegen, still und vor allem ist es so gut wie mietfrei. Es gibt niemanden, der sich über den Partylärm beschwert oder hinterfragt, wieso wir in diesem Haus wohnen", meint Levi und parkt seinen Wagen präzise ein. Ich sehe, wie eine Haustüre aufgeht und ein Mädchen mit wilden, braunen Locken im Türrahmen erscheint. Sie guckt nicht weniger misstrauisch zurück und scheint mir direkt in die Augen zu sehen.

Schnell wende ich meinen Blick ab und begutachte das Gebäude. Es ist eines der wenigen, welches noch halbwegs in Ordnung aussieht.

„Na los, wir sind da. Steigt aus", fordert uns Levi auf und hört sich wie ein kleines Kind an, welches sich auf seinen Eisbecher freut. Nur noch das Klatschen und der Partyhut fehlt. Er steigt aus und lässt mich und Arwen alleine.

„Wo sind wir denn hier gelandet?", flüstere ich, doch sie schweigt und steigt stattdessen auch aus. Zögernd folge ich ihnen, obwohl meine Beine am liebsten wegrennen würden. „Medea, was geht! Na, geht es dir gut?", ruft Levi glücklich und scheint dabei das Mädchen zu meinen. Sie schaut ihn jedoch nur kalt an und mustert uns danach. „Wer ist das? Wen hast du schon wieder mitgebracht? Was soll das, Levi?", fragt sie hart und ihre Stimme klingt so scharf wie Messerstiche. Wie ein herzliches Willkommen klingt es in meinen Augen nicht.

Levi hält an und wartet bis wir ihn einholen, danach legt er einen Arm um Arwen und grinst. „Das ist Arwen, meine Freundin", er macht eine Handbewegung in meine Richtung. „Und das da ist Devin, ihr Kumpel. Die beiden hatten keine Lust mehr und du weißt doch, wie ich bin. Ein Retter in der Not", erklärt er. Jedoch scheint es das Mädchen nicht zu beeindrucken. „Weiß Logan davon?", hinterfragt sie. Levi schüttelt den Kopf und rollt mit den Augen.

„Nein, aber er kann ja gleich davon erfahren, meinst du nicht? Sind die anderen da?"
Unverändert schaut sie uns misstrauisch aus ihren kalten, blauen Augen an. „Nur Hatice." Sie steht mit verschränkten Armen an der Tür und scheint uns nicht reinlassen zu wollen.

Immer noch mit einem Arm um Arwen läuft Levi Richtung Haustüre, schiebt sie ein wenig zur Seite und betritt das Gebäude. „Willkommen zuhause, Babe. Es ist nicht das Schönste, aber mit den anderen ist es mehr als cool hier zu wohnen. Es ist fast wie in einer WG", sagt er und ich höre Arwen kichern. Fast automatisch rollen Medea und ich mit den Augen, weswegen ich grinsen muss und schließlich auch ins Haus gehe. Sie sieht mich an, während sie nervös auf ihrer Lippe herumkaut und schließt die Tür.

Levi hat recht, es ist tatsächlich nicht das Schönste. Der Flur ist lang, sehr lang, an den Wänden sind Haken angebracht worden, um Jacken aufhängen zu können. Neben siebzig Prozent Jacken auf dem Haken befindet sich der Rest quer verteilt auf dem Boden. Die Wandfarbe splittert ab und hier und da fehlen ein paar Fliesen. Dann gibt es eine Abzweigung in eine relativ große Küche, aber auch die scheint nicht mehr die Neuste zu sein. Die Farbe blättert auch langsam von den Möbeln ab und in der Ecke steht eine Eckbank, aus der bereits der Schaumstoff quillt.

„Und das ist das Herzstück, unser Wohnzimmer. Hier schlafen wir auch alle, nur Logan hat ein eigenes Zimmer, weil ihm das Haus eigentlich gehört, diesen Luxus wollte er sich genehmigen", meint Levi und führt uns in den riesigen Raum. Er nimmt unglaublich viel Platz ein, es scheint, als würde das Geschoss nur aus diesem Wohnzimmer bestehen. Ein großes, altes Sofa steht in der Ecke mit einem ebenso alten Couchtisch und einem kleinen, wahrscheinlich tragbaren, Fernseher. Die andere Hälfte ist gefüllt mit Matratzen, jeder scheint eine eigene zu haben.

Ich zähle zehn Stück, was bedeutet, dass drei schon mal wegfallen. „Wie viele wohnen hier?", frage ich. „Momentan sechs. Einer ist raus", antwortet mir Medea leise und ich nicke.

„Da hinten ist das Bad und da die besagte Zimmertür von Logan. Er mag es absolut nicht, wenn man es ungefragt betritt."

„Die anderen Stockwerke dürfen nicht betreten werden, es ist nicht mehr sicher", fügt noch Medea zögernd hinzu.

In dem Moment ertönt eine Klospülung und ein fast schwarzhaariges Mädchen kommt aus dem Bad. Sie stockt, als sie uns sieht und glotzt uns dabei wortwörtlich an. Ihre Augen wandern zu Levi und ihr Gesicht verzerrt sich kurz. „Was soll diese Scheiße, Levi? Wen hast du angeschleppt?", fragt sie mit einem scharfen Unterton. Erneut bekomme ich das Gefühl, dass wir hier ganz und gar nicht willkommen sind.

„Das ist Hatice und die solltet ihr nicht ernst nehmen. Wenn sie mal nicht vollgedröhnt ist, kann sie ganz schön zickig werden." Die besagte Person rollt mit den Augen, dreht uns den Rücken zu und verlässt den Raum. Bei Levis Worten wird mir unwohl zu Mute. Sie rufen mir in Erinnerung, dass hier jeder um mich herum Drogen nimmt und ich somit davon umgeben bin.

„Ich bin wieder da", ertönt nun eine männliche Stimme und alle im Raum drehen sich Richtung Haustüre. Medea wirft Levi einen Blick zu, der Schadenfreude pur ausstrahlt.

„Logan, mein alter Freund", lenkt Levi ein und läuft an uns vorbei. Zögernd folgt ihm Arwen. „Ich habe Freunde mit, sie bleiben hier."

Ich bleibe im Türrahmen stehen und mustere den blonden Typen mit zwei Einkaufstaschen in der Hand. Er sieht völlig perplex zu uns und dann wieder zu Levi. Auch er scheint nicht auf unsere Ankunft vorbereitet zu sein und ich fühle mich immer mehr wie ein ungebetener Gast. „Wann verstehst du endlich, dass ich keine Herberge bin, du Vollidiot?", fährt er ihn an. Medea stellt sich neben mich. Ich rieche Rauch an ihr, einen etwas Süßlichen, von dem mir leicht übel wird.

Eine Diskussion beginnt, aus der ich mich zurückhalten will und wegen der ich in das Wohnzimmer laufe. Zögernd lasse ich mich auf dem Sofa nieder und starre die Wand an. Ich frage mich, was meine Eltern wohl gerade tun. Was meine Schwester wohl gerade für Aufgaben übernehmen muss.

„Wieso seid ihr hier?"

Ich hebe den Kopf an und sehe das Mädchen von vorhin, Hatice. Ich starre sie an und zucke mit den Schultern.

„Wie heißt du überhaupt?", fragt sie genervt.

„Devin."

„Gut, Devin, ihr passt hier nicht rein. Es ist das beste, wenn ihr jetzt wieder umdreht und dorthin zurückgeht, woher ihr gekommen seid."

Ich höre Levi immer noch lautstark mit Logan reden und nicke.

„Ich will hier gar nicht sein", sage ich und sie lacht verächtlich auf. Sie wendet sich ab und lässt sich auf einer Matratze, die auf den Boden liegt, nieder. Es scheint ihr Bett zu sein, denn sie lässt sich nieder und kramt unter ihrem Kissen herum. Hervor holt sie einen Löffel, soweit ich es erkennen kann, eine Tüte und irgendeine Flüssigkeit. Schnell wende ich den Blick ab. Ich kann und möchte das nicht sehen.

„Bist du abhängig?", fragt sie mich und ich schüttele mit dem Kopf. Sie lacht leise. „Ich weiß echt nicht, was ihr hier wollt."

Ihr Feuerzeug klackt und sie beginnt, das Pulver mit der Flüssigkeit auf den Löffel zu träufeln und zu erhitzen. Ich möchte nicht hinschauen, doch ihre Bewegungen faszinieren mich auf irgendeine Art und Weise.

„Was ist das?", frage ich nach. Mit Drogen habe ich mich noch nie großartig beschäftigt.

„Heroin, was denn sonst, du Idiot?", lacht sie und packt weiter Sachen unter ihrem Kissen hervor.

„Also Devin, es ist abgemacht. Ihr bleibt hier!", ruft Levi und kommt zu mir. Siegessicher grinst er mich an und reicht mir die Hand. „Willkommen daheim!"

Ich fühle mich nicht wohl dabei, einfach hier zu bleiben, ohne etwas dafür zu tun. Ich nehme mir vor, mich später in eine Ecke zu verziehen und darüber nachzudenken, wie ich nach Hause komme und was ich meinen Eltern sagen werde.

„Ich bin Logan", meint der Blonde, während er mich vom Türrahmen aus anstarrt. Damit scheint das Thema abgeschlossen zu sein und jeder widmet sich seinen eigenen Problemen. Ich fühle mich wieder fehl am Platz und bleibe auf dem Sofa sitzen.

„Ihr könnt euch übrigens eine Matratze aussuchen. Die drei da sind leer. Aber Arwen kann meine benutzen", sagt Levi und lächelt dabei Arwen an. Sie erwidert es stumm. Ich sehe sie an, möchte sie fragen, was mit ihr los ist, doch ich schaffe es nicht. Sie scheint mich zu ignorieren und blickt einfach nur leer in den Raum. Ich möchte mir keine der Matratzen aussuchen. Allein der Gedanke daran, was auf diesen Matratzen bereits passiert sein könnte und wie lange sie schon so dort liegen lässt mich würgen. Seufzend stehe ich auf und gehe in den Flur. Ich höre, wie Geschirr klirrt und blicke in die Küche.

„Kann ich dir helfen?", frage ich zögernd Medea, die gerade den Abwasch zu machen scheint. Sie zuckt leicht zusammen und wirft mir einen Blick über die Schulter zu. „Wieso willst du denn helfen?"

Ich sehe sie ratlos an. „Ich kann hier nicht tatenlos rumsitzen. Außerdem kann ich auch nicht einfach so hierbleiben, ohne was dafür zu tun."

Sie zögert zuerst und nickt danach. Ich trete neben sie und greife nach einem Geschirrtuch. Eine Spülmaschine scheint es nicht zu geben.

„Ihr solltet abhauen. Ihr werdet hier kaputt gehen", sagt sie schließlich nach einem Moment der Stille und ich sehe, wie ihre Hände zittern, während sie mir einen weiteren Teller reicht.

KAPITEL SECHS

Durch die staubigen, meist mit Jalousien bedeckten Fenster scheint nur noch schwach das Licht herein und ich merke, wie der Tag sich dem Ende zuneigt. Er vergeht langsam und so zäh wie Kaugummi und selten habe ich so einen Tag wie den heutigen erlebt. Die Atmosphäre in dem gesamten Haus macht mich irgendwie hibbelig und ich möchte einfach nur noch weg.

Ich sitze auf einer Matratze, die ich letztendlich nach langer Untersuchung auf Flecken und anderem ekligen Zeug doch für mich ausgesucht habe, und warte auf die Nacht, um endlich schlafen zu können. Ich möchte nicht mehr wach sein.

Ich frage mich, was mich dazu getrieben hat, einfach einzusteigen und wegzufahren. Und ich frage mich, wieso Arwen es einfach akzeptiert. Es scheint sie keineswegs zu stören, dass wir mehrere Meilen von Zuhause weg sind, ohne unseren Eltern Bescheid gegeben zu haben. Es ist nicht immer leicht zuhause und es gibt auch mehr als genug Probleme. Aber es wäre mir lieber, nun in meinem viel zu ordentlichem Zimmer im frisch bezogenen Bett zu liegen als hier. Ich ekele mich vor mir selbst, vor dem Bettlaken, von der Strickdecke und dem kleinen Kissen, das mir Medea gegeben hat, obwohl sie mir hoch und heilig versprochen hat, dass sie frisch gewaschen sind. Ich ekele mich vor dem ungeputzten Fußboden, dem fleckigen Sofa, der alten Küche. Ich ekele mich auch gewisser Weise vor den Menschen hier, die ich innerhalb eines Tages schon so oft mit Drogen in der Hand erwischt habe. Sie tun mir leid, aber irgendwie empfinde ich auch eine gewisse Abneigung ihnen gegenüber. Auch merke ich immer noch, dass wir hier nicht willkommen sind. Besonders das schwarzhaarige Mädchen macht es mir mit abfälligen Blicken mehr als deutlich. Ich frage mich so Vieles, während Arwen es einfach akzeptiert und annimmt.

Ich höre, wie die Haustüre geöffnet wird und Leute reinkommen. Unter den Stimmen höre ich auch die von Arwen heraus und Logans. Sie scheinen sich zu verstehen, Arwen scheint sich hier, aus mir völlig unerklärlichen Gründen, wohl zu fühlen.

Irgendwas in mir schmerzt bei dem Gedanken daran, dass sie dort draußen mit den anderen ist, während ich hier sitze. Sie hat mich heute seit der Ankunft kein einziges Mal gefragt, wie es mir dabei geht.

„Was machst du denn hier allein?", fragt mich Medea mit einem leichten Lächeln, als sie den Raum betritt. Sie wirkt fröhlich, aufgesetzt fröhlich.

„Ich bin nicht so der Gesellschaftsmensch", lüge ich und sie nickt nachdenklich. Auch die anderen kommen ins Wohnzimmer und lachen fröhlich. Mittendrin Arwen, in den Armen von Levi. Neben Hatice ist eine weitere Person, ein neues Gesicht.

„Hey, ich bin Chris", stellt dieser sich freundlich vor und reicht mir dabei die Hand. Vielleicht wurde ich einfach zu gut erzogen oder vielleicht würde das schlechte Gewissen an mir nagen, denn ich schüttle seine warme, leicht verschwitze Hand, obwohl ich überhaupt keine Lust darauf habe, weitere von ihnen kennenzulernen.

„Samstagabend ist immer Gruppentreff. Vielleicht solltest du nicht unbedingt dabei sein", beginnt Medea, doch Levi unterbricht sie und sieht mich danach mit einem ekelhaften Grinsen auf den Lippen an. „Er soll hierbleiben, wenn er aufgenommen werden möchte, Medea", meint er und so habe ich keine andere Wahl, als mich zu fügen und mich ebenfalls auf der riesigen Couch niederzulassen, wie es die anderen tun. Von Arwen bekomme ich nur einen seitlichen Blick zugeworfen, der alles andere als Interesse ausstrahlt.

Ich rutsche immer wieder nervös hin und her, während mich Medea, die neben mir sitzt, nur mitleidig ansieht. Ihre Warnung hat sich in meinem Kopf festgesetzt und irgendwie bekomme ich Angst vor dem, was kommen würde.

Und dann beginnen sie mit dem Auspacken, während im Hintergrund der Fernseher, der mit einem der Handys verbunden wurde, irgendein Lied aus dem Genre Rock abspielt.

Während Hatice wieder ihre mir bekannten – nennen wir sie Werkzeuge – auspackt, holt Chris eine kleine Tüte raus. Kleine, bunte Pillen, die auf dem Tisch verteilt werden.

„Auf unsere neuen Mitbewohner und eine geile Zeit!", sagt dieser Chris, wirft eine Pille leicht in die Luft, fängt sie geschickt auf und befördert sie sich in den Mund. Er schluckt und grinst in die Runde. „Leicht dosiert mit ein wenig Geschmack. Neues Zeug auf dem Markt, die Anderen fanden es echt cool."

Meine neuen Mitbewohner tun es ihm nach, Tablette für Tablette verschwindet der Stoff und ich mustere sie nur geschockt. Es wirkt, als würden sie nur gewöhnliche Kopfschmerztabletten schlucken, oder Schüßlersalze, die ihren Fettabbau ankurbeln sollen.

Doch die Wirkung, die dann kurze Zeit später bereits ihre ersten Anzeichen mit sich bringt, verschlägt mir die Sprachen. Genauso geschockt, aber auch fasziniert, werden sie von Arwen beobachtet und was mir auffällt ist, dass auch Logan sich im Hintergrund hält. Er hat kein einziges Päckchen angerührt. Ich höre ihnen beim Reden zu und halte mich bewusst im Hintergrund, während Hatice sich nach ihrem Schuss entspannt zurücklehnt und abwesend in die Runde blickt.

Nach einer Weile beginnt die Stimmung etwas lockerer zu werden. Man spürt es, man atmet es regelrecht ein. Es fühlt sich an, als würde man passiv rauchen, oder sich sozusagen triggern lassen.

Auch ich fühle mich irgendwie lockerer, obwohl ich weiterhin das Gespräch mit den anderen vermeide. Die scheinen aber längst in Partystimmung zu sein, denn, was es auch immer war, was sie genommen haben, es zeigt eine starke Wirkung. Ich beobachte gebannt Arwen, um zu verhindern, dass sie am Ende auch noch was nimmt, doch nach kurzer Zeit ist sie damit beschäftigt, sich von Levi die Zunge in den Hals stecken zu lassen.

„Was ist das alles?", frage ich, um wenigstens über ein bisschen was von dem ganzen Bescheid zu wissen.

Medea blickt mich an, sie sieht leicht schläfrig aus, obwohl ihre Hände wiederum zwischendurch zucken. Es sieht aus, als würde sie jeden Moment losrennen wollen und ihre Pupillen sind leicht geweitet. „Chris hat Ecstasy mitgebracht. Das hatten wir schon lange nicht mehr, in letzter Zeit gab es nur Speed und Gras, das kriegen wir am billigsten und das Geld war knapp", erklärt sie mir. Ihrer Antwort nach scheint sie beim vollen Bewusstsein zu sein, was mich ein wenig beruhigt, da ich dem Rest dieser Truppe kein Stück vertraue.

Ich bemerke, wie Logan mich konzentriert anstarrt und wegguckt, als ich zurückblicke. Immer noch ist er neben mir und Arwen der einzige, der nichts genommen hat. Es fühlt sich grausam an und die Feier, wie sie es nannten, schien kein Ende zu nehmen. Ich frage mich, woher Chris so viel Geld für all die Drogen, die er minütlich aus seiner Jackentasche zaubert, hat. Stolz präsentiert er den Inhalt der Tüten, als wären sie ein Preis oder eine Auszeichnung. Es ist komisch, zu sehen, wie jemand sein Geld für derartiges ausgibt, wenn man selbst immer Mangel daran hatte und damit mehr als vorsichtig umging. Die anderen beobachten ihn mit einem bewundernden Blick und blicken gierig wie die Geier auf die Drogen. Genauso schnell verschwinden die Tütchen aber wieder in seiner Jacke. Es scheint, als habe er Angst um seine kleinen Schätze, was bei den Blicken wirklich gerechtfertigt ist.

Es hört auf, spaßig zu sein, als Hatice die Erste ist, die plötzlich aufspringt und ohne Vorwarnung zum Badezimmer stürmt. Erschrocken springe ich mit auf und blicke die anderen an, als man ihre Würggeräusche vernimmt. Keine reagiert darauf oder denkt auch nur im Geringsten darüber nach, nach ihr zu sehen.

„Was ist mit ihr?", frage ich sichtlich besorgt. Ob ein Krankenhausaufenthalt für diese Gruppe von Vorteil sein würde?

„Sie hat wahrscheinlich zu hoch dosiert", meint Levi, der zurückgelehnt auf der Couch sitzt. „Entspann dich."

Ich runzele die Stirn bei seinen Worten, denn es scheint, als würde es ihn überhaupt nicht interessieren, dass eine Freundin sich gerade die Seele aus dem Leib kotzt. Kopfschüttelnd mache ich mich auf den Weg zur Badezimmertür, doch werde aufgehalten, bevor ich überhaupt die Möglichkeit dazu kriege, sie zu öffnen.

„Lass es lieber, sie möchte in solchen Momenten lieber alleine sein, glaube mir", sagt plötzlich Logan hinter mir und ich lasse meine Schultern sinken. „Es passiert öfters, dass man kotzen muss, wenn du es zu hoch oder auch zu niedrig dosierst, das ist völlig normal."

Ich schnaube auf und versuche, nicht allzu verächtlich zu klingen. Ich höre, wie die Lautstärke des Fernsehers aufgedreht wird und mir somit nicht die Chance auf eine Antwort gibt. Logan wirft einen Blick auf das Sofa, an dem sich alle sichtlich amüsieren, und packt mich dann am Arm, um mich in den Flur und schließlich in die Küche zu ziehen.

„Natürlich ist es völlig normal, ich meine, ich dosiere auch häufig meine illegalen Drogen falsch", zische ich und lasse mich auf die Eckbank nieder. Logan kommentiert es mit einem Seufzer und schenkt sich Wasser in ein Glas ein.

„Du wirst dich daran gewöhnen. An den Umgang damit. Laut Levi werdet ihr länger hierbleiben, du wirst damit klarkommen müssen", meint er gleichgültig. Wieder grummele ich nur und starre auf den Tisch.

„Wieso hast du nichts genommen?", stelle ich die Frage, die mir die ganze Zeit schon auf der Zunge brennt. Logan lässt sich gegenüber von mir am Tisch nieder. „Ich nehme keine Drogen", antwortet er und sieht mich dabei so unglaublich gelassen an, als wäre es die normalste Sache, irgendwelche Junkies zu beherbergen, wenn man selbst nicht abhängig ist. Mein Gesichtsausdruck scheint ihm meine Frage regelrecht ins Gesicht zu schreien, denn er lacht nur leise.

„Ich habe sie genommen. Aber ich habe mir selbst damit so viel zerstört, dass ich aufgehört habe, bevor ich tiefer sinken konnte", meint er.

„Wieso wohnen sie dann alle bei dir?" Er seufzt. „Das ist eine verdammte lange und zugegeben auch irgendwie traurige Geschichte, Devin. Hier hat alles, was du hinterfragst, einen traurigen Hintergrund", antwortet er mir. Ich stütze mein Kinn auf meinem Handrücken ab, froh darüber, einen Gesprächspartner gefunden zu haben, der erstens nicht total drauf ist und zweitens, als normaler Kerl Anfang zwanzig durchgehen könnte.

„Ich habe Zeit. Und zwar verdammt viel Zeit", sage ich. Logan sieht mich zuerst mit zusammengezogenen Augenbrauen an, seufzt aber dann schließlich und lehnt sich zurück, in der Hoffnung, auf dem alten Holzstuhl eine gemütliche Position zu finden. „Du bist ziemlich neugierig, Devin. Neugierde kann töten, besonders hier. Besonders bei uns und besonders in dem Bereich, in dem wir uns bewegen." Es klingt wie eine Drohung oder eine Warnung an mich, eine Aufforderung, meine Klappe zu halten, bevor sie von jemand anderem geschlossen wird. Skeptisch sehe ich ihn an und hoffe, dass er mir seine Aussage erklärt.

„Ich war jünger als du und Arwen es seid, als ich hier ankam. In diesem Haus haben damals andere gewohnt, Drogenabhängige, die ich noch nicht kannte. Es waren verdammt viele, zu der Zeit konnte man noch das gesamte Haus nutzen. Ich bin durch Zufall hierhergekommen. Durch Levis Schwester, sie hat keine andere Position gehabt, wie Levi gerade im Moment. Sie hat Neue angeschleppt, immer wieder, und ich war einer von ihnen. Medea auch, falls dich das interessiert. Und irgendwann bekam ich die Verantwortung, für dieses komplette Haus, das mittlerweile kaum bewohnbar ist und für alle, die hier wohnen und sich von meinem Geld ernähren. Ich gehe arbeiten, weißt du. Nachdem ich mich selbst Wochen, Monate lang mit einem eiskalten Entzug gequält habe, habe ich eine Ausbildung angefangen. Ich wollte nicht für immer der Idiot bleiben, der bereits mit 15 sein gesamtes Leben verkackt hat. Ich konnte aber auch nicht alle einfach so im Stich lassen. Diese Leute hier, sie haben nichts. Nichts, außer sich selbst und die Anderen. Sie haben auf mich gezählt und ich habe es einfach nicht übers Herz gebracht, ihnen den Rücken zu kehren und mein eigenes Leben so zu führen wie ich es möchte." Er schweigt kurz und setzt einen mitleidigen Blick auf, als würden ihn die Erinnerungen mehr als nur quälen.

„Ich würde zum Beispiel gerne wissen, wie es meinen Eltern geht. Oder meinen alten Klassenkameraden, die damals genauso wenig Lust auf die Schule hatten, aber es dennoch durchgezogen haben, nicht wie ich. Feige wie ich war, bin ich einfach abgehauen", flüstert er und ich bin mir nicht sicher, ob das überhaupt für meine Ohren gedacht war.

„Was hast du damals genommen?", frage ich vorsichtig und merke, dass meine Neugierde aufdringlich und nervtötend ist, abstellen kann ich sie trotzdem nicht.

Er lacht leise und starrt auf seine Finger. „Heroin, so wie Hatice. Manchmal, wenn sie sich wieder eine Dosis spritzt, fühlt es sich an, als würde es ebenfalls durch meine Venen schießen. Ich habe es früher aber eher geschnupft, das mit den Spritzen fand ich dann doch irgendwie zu widerlich. Jedes Mal denke ich an mich, wenn ich Hatice sehe. Wenn sie länger nichts kriegt und ihre Hände anfangen zu zittern und zu schwitzen. Das erinnert mich immer an den Entzug. Er war grausam. Gelegentlich hatte ich Selbstmordgedanken, weil ich dachte, ich würde den Mist nicht überstehen", gibt er zu. Ich nicke verständnisvoll, obwohl ich nichts zu sagen habe. Ich konnte noch nie etwas mit Psychologie und dem Umgang mit geschädigten Personen anfangen.

Denn das ist Logan in meinen Augen, schlagartig und von einer Sekunde zur anderen. Er ist nicht mehr der, der hier von allen respektiert wird und das Sagen hat. Er ist nicht mehr der angsteinflößende Kerl, der einen mit einem Blick mustert, der das Blut in den Adern zum Stehen bringt. Jetzt, wo er in sich zusammengesackt und mit leeren, gequälten Augen auf dem Stuhl mir gegenübersitzt, ist er nur noch ein verletzter Junge, der sich selbst zerstört hat. Vielleicht ist es ja so. Vielleicht schädigen nicht die Drogen einen, sondern die Person sich selbst, zumindest vom psychischen her.

Ich räuspere mich, stehe auf und klopfe ihm brüderlich auf die Schulter, um nicht ganz tatenlos den Raum zu verlassen. Vielleicht auch, um ihm ein kleines bisschen für sein Vertrauen und seine Zeit zu danken, denn das ist nicht selbstverständlich. „Wo willst du hin?", fragt er noch, als ich aus der Küche laufen will.

„Ich halte es ehrlich gesagt nicht mehr hier aus. Ich gehe mich mal draußen umsehen", sage ich und greife nach meiner Jacke. So schnell wie möglich verlasse ich das Gebäude, fast fluchtartig, um das Gefühl loszuwerden, gefangen zu sein.

Vor der Haustüre stehend sehe ich mich um. Seit unserer Ankunft bin ich nicht draußen gewesen und mittlerweile ist es bereits stockdunkel. Eine verrückte Idee in einer unbekannten Stadt irgendwo in einem zwielichtigen Viertel nachts rumzulaufen. Ich seufze und lasse mich unkontrolliert von meinen Beinen steuern. Es scheint wirklich so, als wäre Logans Haus das Einzige in der Gegend, das bewohnt ist. Ich fühle mich wie in einer Geisterstadt, Silent Hill bei Nacht. Aber mir gefällt es, mir gefällt die plötzliche Ruhe und die angenehme sommerliche Brise, die sich in meine Knochen zwängt. Ich bekomme Lust, zu laufen, zu rennen, als gäbe es kein Ziel und kein Halt. Das habe ich ja auch nicht. Weder ein Ziel noch einen Halt. Ohne irgendeinen Einfluss auf meine Beine zu haben, beginne ich anfangs recht stolpernd und dann in meiner Bestzeit zu sprinten, ziellos. Meine Lunge sticht nach einer Weile, jeder Atemzug tut weh, aber meine Beine tragen mich weiter bis tief in die Dunkelheit. Das Einzige, was ich vor mir sehe, ist meine Dummheit. Wie konnte ich nur Hals über Kopf abhauen? Ich spüre die Sorge, die meine Eltern wohl in sich tragen müssen, aber zweifle auch daran, ob sie sich überhaupt sorgen. Ich sehe meine Schwester vor mir, die schon so jung lernen musste, mit anzupacken und ihre Kindheit zu vergessen. Ich sehe meinen Vater, der mit einem Bier in der Hand auf dem Sofa sitzt, während meine Mutter hektisch hin und her rennt, da immer wieder etwas ihre Aufmerksamkeit erweckt. Und jetzt sehe ich auch diese gebrochenen Menschen vor mir, diese Mitbewohner, die aufgrund desselben Fehlers dort gelandet sind, wo sie jetzt sind.

Es war ein Fehler zu gehen, aber es fällt mir erst jetzt auf. Erst, wenn etwas weg ist, merkt man, was man eigentlich hatte.

Ich bleibe stehen und schnappe nach Luft. Wahrscheinlich ist es kein schöner Anblick und ich hoffe, dass mich hier tatsächlich niemand sieht. Wie soll ich nach Hause kommen? Soll ich Arwen alleine lassen? Ist das gerecht, wenn ich sie im Stich lasse? Soll ich meinen Eltern Bescheid geben? Ich sehe mich um, aber es sind immer noch nur alte, dunkle Häuser zu sehen. Ich hätte mir niemals vorstellen können, dass es in New York, dem Big Apple, Viertel gibt, die so aussehen. Hier und da sieht man jedoch schwache Lichter, die durch die Fenster scheinen oder sogar von der Innenstadt aus bis hier her strahlen, was mir Hoffnung gibt. Hoffnung darauf, dass ich hier nicht einzig und allein eingesperrt bin.

Ob Arwen sich wohl auch eingesperrt fühlt?

Nachdem gefühlte Stunden vergangen sind und ich das Gefühl bekomme, dass meine Beine mich nicht mehr lange tragen können, versuche ich zum Haus zurückzufinden. Dies entpuppt sich als schwerere Aufgabe, als gedacht, denn die Abbiegungen und Straßen habe ich bei meinem voreiligen Sprint natürlich nicht beachtet. Alles sieht gleich aus und es jagt mir ein wenig Angst ein. Bereits ein kleiner Teil der Sonne ist zu sehen, was mir die Sache um Einiges erleichtert.

Es dauert lange, bis ich schließlich nach Minuten voller Gedanken das alte Haus mit seinen hölzernen Rollladen sehe. Ich möchte mir gar nicht erst ausmalen, wie es wohl von Innen nach der kleinen Party meiner neuen Mitbewohner aussieht. Vorsichtig drücke ich die Tür auf. In diesem Moment freue ich mich darüber, dass diese den ganzen Tag über offen zu sein scheint. Es ist still im Haus, verdammt still. Und dunkel, was selbstverständlich ist.

Ich ziehe so leise wie möglich meine Schuhe aus und taste mich mit den Fingern der Wand entlang durch den Flur.

Ich höre ein lautes Aufatmen und Klirren, als ich an der Küche vorbeikomme und zucke zusammen.

„Verdammt, musst du mich so erschrecken?", flüstert Hatice wütend und sammelt die großen Scherben ihrer Tasse auf. Sie sieht ehrlich gesagt scheiße aus – wie eine Leiche.

„Was machst du hier?", frage ich sie und sie sieht mich verwirrt an. „Das sollte ich eher dich fragen, es ist vier Uhr in der Früh und du schleichst hier durch das Haus", meint sie vorwurfsvoll. Erst jetzt spüre ich deutlich den Mangel an Schlaf, denn mir fallen schon allein beim Reden fast die Augen zu.

„Ich war draußen", antworte ich ihr und sehe sie danach auffordernd an.

„Ich kann nicht schlafen. Passiert mir öfter", achselzuckend dreht sie mir den Rücken zu und kramt nach einer neuen Tasse.

Ich nicke, obwohl sie das wohl nicht sehen wird, und mache mich ans Gehen. Wieder taste ich mit meinen Fingern die Wände ab und gelange so schließlich ins Wohnzimmer. Der ekelhafte, säuerliche Geruch von Kotze steigt mir in die Nase und ich muss automatisch würgen. Zum Glück bleibt mir der Anblick des Wohnzimmers erspart.

Vorsichtig versuche ich in die Richtung meiner Matratze zu laufen oder zumindest dahin, wo ich sie vermute. Als ich schließlich gegen den weichen Schaumstoff laufe, lasse ich mich langsam sinken. Ungewaschen und erschöpft lege ich mich hin und höre den anderen beim Atmen zu. Irgendjemand scheint leise zu schnarchen und ich würde meine Finger darauf verwetten, dass es Arwen ist. Ich muss leicht grinsen, da ich mich an unsere zahlreichen Übernachtungen erinnere, die immer unterhaltsam und vollkommen bescheuert waren.

Ich schließe die Augen und versuche zu schlafen, doch irgendwas hält mich davon ab.

Nach kurzer Zeit höre ich auch die leisen Schritte von Hatice, die sich mir nähern und schließlich an mir vorbei zu ihrem Schlafplatz gehen. Auch sie scheint wegen dem Geruch kurz Würgen zu müssen, denn ich höre sie kurz und leise husten. Es ist ekelhaft und alles andere als das, was ich mir unter meiner ersten elternfreien Wohnung vorgestellt habe. Die Probleme, die ich davor als Probleme empfunden habe, kommen mir plötzlich so mickrig vor.

Seufzend drehe ich mich auf den Bauch. Ich beschließe, mir zu Liebe einfach meine Gedanken abzuschalten und meine Nachtruhe nachzuholen.

KAPITEL SIEBEN

„Devin, verdammt", ich spüre die leichten Tritte in meiner Magengrube. „Wach auf, wir müssen gleich los."

Verwirrt öffne ich langsam meine Augen und halte mir die Hand vor mein Gesicht, um das Blenden der hellen Strahlen zu vermeiden. „Was ist denn?", murmele ich und sehe die Silhouette von Arwen vor mir. Ruckartig setze ich mich auf und sehe mich im Raum um. Mein Orientierungssinn scheint zunächst verloren, sodass ich mir kurz in Erinnerung rufen muss, wo ich überhaupt bin. Es stinkt nach einem billigen Waschmittel und ich danke der Person, die aufgeräumt hat, dafür, dass ich von diesem Anblick verschont geblieben bin. Allgemein sieht der Raum anders aus als gestern, viel steriler und ordentlicher. Ich bemerke Levi, der ungeduldig im Türrahmen wartet und höre Medea im Flur lachen.

„Wohin gehen wir?", frage ich Arwen verwirrt, die anfängt zu grinsen. „Sie haben noch ein bisschen Geld. Wir gehen in die Stadt, um Sachen zu kaufen. Du möchtest doch bestimmt auch Wechselklamotten oder zumindest eine Zahnbürste. Das erste Mal New York!", freut sie sich und wirft Levi einen Blick zu. Ich brauche einen Moment, um ihr Gesagtes zu verarbeiten und nicke dann. Neue Klamotten würden mir guttun, denn nach drei Tagen hintereinander in denselben Klamotten wurde mir langsam unwohl, auch wenn ich ungern das Geld, das sowieso knapp ist, von fremden Menschen annehme. Drei Tage bringen auch eine Menge Gerüche mit. Oder sind es nur zwei? Scheiße, wie lang sind wir schon hier? Ich blicke zur Uhr an der Wand, die 14 Uhr anzeigt. 37 Stunden von zuhause weg. Ich fühle mich so widerlich, dass ich es gar nicht in Worte fassen kann.

„Mach schnell, Logan wartet nicht gerne", mischt sich nun auch Levi ein und bringt mich damit zum Aufspringen. Ich fahre mir mit der Hand durch die Haare und laufe dann schließlich in den Flur. Medea, die wie von mir vermutet dort steht, lächelt mich leicht an. Sie sieht ausgelaugt und müde aus, ihre Haut ist fahl, doch sie lächelt.

Ich greife nach meinen Schuhen, die anscheinend nach meinem gestrigen Spaziergang viel abbekommen haben und ziehe sie an. „Startklar!"

Medea winkt mich zu sich und auch die anderen folgen uns. Es ist warm, ein angenehmer Tag. Ein dunkler, alter Van steht bereits mit laufendem Motor vor der Ausfahrt.

„Du kannst ganz hinten neben Hatice setzen. Wenn wir in die Innenstadt fahren, kommen meistens alle mit. Es kommt schließlich nicht alle Tage vor", informiert mich Medea und öffnet den Kofferraum. „Es ist einfacher, wenn du so einsteigst", meint sie, nachdem ich ihr einen fragenden Blick zugeworfen habe. Seufzend springe ich rein und krieche vor zum Sitz neben der anscheinend schlecht gelaunten Hatice. Sie würdigt mich keines einzigen Blickes und starrt stumm aus dem Fenster. Kein Wort über die Tasse, kein Wort über das Herumschleichen im Haus. Sie sieht mindestens genauso schlecht aus wie in der Nacht, wenn nicht sogar schlimmer. Ich erinnere mich an Logans Worte und schlagartig fällt mir der Grund für das Mitkommen aller Personen ein. Hier wird wahrscheinlich sowieso mehr gekauft als Klamotten und Zahnbürsten.

Ich schnalle mich an und warte darauf, dass auch die anderen im Auto Platz nehmen. Neben Logan lässt sich Levi auf den Beifahrersitz fallen, während die anderen in der mittleren Reihe sitzen. Logan fährt los, in einem auffällig schnellen Tempo, weshalb wir schnell den Highway erreichen. Er ist voll, so wie man es sich immer vorstellt, wenn man an New York denkt. Ich lehne mich zurück und ignoriere das Gehupe und den lauten Motor des Autos.

„New York ist so schön. Es war immer ein kleiner Traum von mir hier zu sein", höre ich Arwen verträumt sagen. Medea jedoch lächelt sie nur gequält an. „Es hat auch seine Schattenseiten."

„Ich fahre euch zuerst in die Mall, da könnt ihr euch ein paar Sachen aussuchen. Schlichte Shirts kosten nicht viel in dem kleinen Shop gleich am Eingang", sagt Logan und setzt den Blinker an. Er scheint zu parken, direkt am Straßenrand neben hunderten von Taxis.

„Hier darfst du nicht parken, Logan", scheint auch Medea zu bemerken. Er wirft ihr einen Blick durch den Rückspiegel zu. „Es wird ganz schnell gehen."

Seufzend zeigt sie auf die Tür und Arwen öffnet diese. Auch Hatice schnallt sich ab und kriecht dann wortlos zur Kofferraumtür. Ich mache es ihr nach, doch habe dabei um Einiges mehr Probleme.

„Logan hat mir das Geld gegeben, ihr könnt euch beide ungefähr gleich viele Teile aussuchen. Wobei das bei Arwen ein wenig schwerer wird, da Mädchenteile irgendwie immer ein bisschen mehr kosten. Eigentlich unfair", sagt Medea und führt uns in die Mall. Es ist laut, man hört bereits jetzt die nervigen Lieder und der Geruch von Burgern schlägt mir wie eine Faust ins Gesicht.

„Ich liebe diese Jahreszeit. Da sind alle immer so schön aufgedreht, alle haben Spaß und genießen den Sommer", meint Medea und blickt den Leuten verträumt nach. Die meisten halten ein Eis und mehrere Tüten in ihren Händen.

„Darüber lässt sich diskutieren. Es ist scheiße heiß", bemerkt Hatice. Das Erste, was sie an diesem Tag in meiner Anwesenheit sagt. Medea wirft ihr einen leicht mitleidigen Blick zu, den sie aber stumpf ignoriert.

„Da ist der Laden", sagt sie und nickt in die Richtung. Neben einem Elektronikmarkt und einem Hotdogladen verbirgt sich ein kleiner Klamottenshop, der noch dazu *Sale* zu haben scheint.

„Perfekt", bemerkt Arwen grinsend und steuert auf den Laden zu. Er ist verdammt klein, hat eine Umkleidekabine und wenig Auswahl. Es scheint irgendwie alles gleich auszusehen, auch die Farbauswahl ist begrenzt.

„Hallo Emma, wir sind mal wieder da", ruft Medea einer alten Dame hinter der Kasse zu. Diese nickt ihr lächelnd zu. Sie sieht aus wie die typische Oma, die man haben möchte. Die einem unerlaubt Kekse zusteckt und Kuchen zu jeder Feier backt. „Sucht euch aus, was auch immer euch gefällt."

Ich nicke und laufe zum Männerregal. Das Meiste ist schwarz, grau oder blau, was mir aber nichts ausmacht, da ich diese Farben sowieso meistens trage. Seufzend suche ich nach meiner Größe und nehme zwei Shirts vom Regal. Da ich nicht weiß, wie viel Geld ich nach meinem Teil zur Verfügung habe, greife ich nur nach einer Hose und laufe dann zu Medea, die Arwen zu beraten scheint.

„Wir haben es gleich", meint sie und blickt dann zu mir. Verwundert sieht sie mich an. „Oh, du kannst dir davon noch die doppelte Menge kaufen. Es ist nicht wirklich teuer hier und Logan hatte ein bisschen mehr als sonst übrig."

Zähneknirschend betrachte ich die Sachen in meiner Hand. Das schlechte Gewissen nagt an mir, da ich das fremde Geld aus dem Fenster schmeiße. Ich seufze bei dem Gedanken an meinen gefüllten Kleiderschrank. Geld, das man sich hätte sparen können.

Nach einer halben Ewigkeit stehen auch Arwen und Hatice mit einer großen Tüte neben mir und ich atme auf.

„Bei uns ist es halt ein wenig komplizierter. Es gibt so gut wie nie schöne Teile", verteidigt Medea sich und die anderen lachend. Sie redet noch kurz mit der Ladenbesitzerin, der kleinen Oma, bevor wir dann endgültig den Shop verlassen. Meine prall gefüllte Plastiktüte schneidet mir ein wenig in die Finger und ich sehe sie an wie einen Parasit.

Gemeinsam laufen wir durch die Mall, als Arwen plötzlich ruckartig stehen bleibt und ich fast in sie hineinrenne. „Devin", flüstert sie und zeigt mit dem Finger in eine Richtung. Verwirrt sehe ich dort hin und entdecke mein eigenes Gesicht neben ihrem auf dem Flachbildschirm eines Fernsehers im Elektronikmarkt.

„Ach du Scheiße", meint Medea und ich kann ihr sprachlos nur zustimmen. Wie hypnotisiert starre ich auf das Bild, welches mich selbst auf dem Sommerfest unserer Schule von vor zwei Jahren zeigt.

„Ist das eine Vermisstenanzeige? In den Nachrichten? Wer macht denn heutzutage noch sowas?", bemerkt Hatice verächtlich und rümpft die Nase.

„Unsere Eltern", flüstert Arwen. Auch ihr Bild stammt vom Schulfest, damals noch mit ihrer normalen Frisur und ein paar Kilo mehr auf den Rippen. Fasziniert betrachte ich die rote Schrift, die immer wieder auftaucht und Informationen über uns beinhaltet.

Jugendliche aus Princeton seit zwei Tagen vermisst, lese ich und eine Gänsehaut überzieht meinen Körper.

„Wir sollten hier weg, bevor noch jemand bemerkt, dass die zwei Kids, die hier den Fernseher anstarren, sich in ihm widerspiegeln", sagt Medea und schubst mich sanft Richtung Ausgang. Zuerst noch langsam und dann immer hektischer laufen wir aus der Mall und ich suche mit meinem Blick hektisch die Umgebung nach Logans Wagen ab.

„Was, wenn uns jemand gesehen hat?", fragt Arwen leicht panisch. Hatice winkt ab und läuft in eine Richtung. „Irgendwann muss es ihnen schließlich auffallen, dass ihr weg seid, auch wenn eine Anzeige in den Medien recht übertrieben scheint, macht das aber nicht viel aus. Glaub mir, keiner wird ihnen Bescheid geben, wenn sie euch sehen. Das ist unsere heutige Gesellschaft."

Medea und Hatice scheinen zu wissen, wo der Wagen sich befindet, denn sie laufen zielstrebig auf eine kleine Gasse zu, die neben dem Kaufhaus verläuft. Mit der Plastiktüte, deren Griffe meine Finger zu zerschneiden drohen, folge ich ihnen eher schlurfend statt motiviert. Die Vermisstenanzeige hält mir noch einmal meinen fatalen Fehler vor, den ich begangen habe.

„Schnell, wir müssen weiter. Steigt ein", reißt mich Hatice Stimme aus meinen Gedanken. Der Van steht vor uns geparkt im Hinterhof der Mall. Seufzend klettere ich wieder durch den Kofferraum auf meinen Platz und höre die Musik, die Logan laufen lässt.

„Habt ihr was Schönes gefunden?", fragt Levi, eher an Arwen gerichtet. Diese nickt zögernd und schnallt sich an.

„Ist was passiert?", bemerkt auch Logan nun stirnrunzelnd die gedrückte Stimmung und schaut uns prüfend durch den Rückspiegel an.

„Sie wurden als vermisst gemeldet. Verdammt, Levi, das ist alles deine Schuld", fährt Medea Levi bissig an. Dieser zuckt jedoch nur mit den Schultern und dreht sich nach vorne. „Damit hätten sie rechnen müssen", höre ich ihn murmeln. Ich schweige, obwohl ich am liebsten laut protestieren wür-de. Damit habe ich ganz und gar nicht gerechnet.

„Leute, vergesst das jetzt. Überlegt doch lieber mal, wie ihr an Geld rankommen wollt. Ich habe nicht mehr viel und ihr seid leer", unterbricht Logan das Gespräch genervt und sieht die Mädchen durchdringlich an.

„Ich mache es meinetwegen. Ich kriege dann aber dafür mehr." Hatice Stimme klingt brüchig und leicht zittrig, je-doch ballt sie ihre Fäuste, als müsste sie starke Wut unter-drücken.

Logan nickt nach einer kurzen Überlegung und fährt los. Ich habe Angst vor dem, was mich erwartet, jedoch ist diese völlig unbegründet, denn nach einer kurzen Fahrt kommen wir in einer eher abgelegten Gegend an und Logan stoppt den Wagen. Während Hatice sich durch die Sitze zwängt und aussteigt, bleiben wir alle im Wagen. Ich sehe, wie sie mir festen Schritten zum Eingang läuft und die Tür aufreißt.

Nachdem sie drinnen verschwunden ist, entsteht eine ange-spannte Stimmung im Wagen.

„Auf was warten wir eigentlich?", frage ich nach kurzer Zeit leise und beiße mir dann auf die Zunge. Logans War-nung erscheint wie eine Warnmeldung in Neonfarbe vor meinem inneren Auge und irgendwas in mir sagt mir, dass ich das besser nicht fragen sollte.

Kurz sagt niemand etwas, bis Medea mir dann zögernd antwortet. „Sie besorgt neuen Stoff." Sie klingt beschämt, so wie fast immer, wenn von Drogen gesprochen wird.

Ich nicke langsam. Ich hätte es mir denken können.

„Ich dachte, ihr habt kein Geld?", fragt Arwen stirnrun-zelnd und Levi blickt nach hinten.

Medea seufzt und setzt sich kerzengerade hin. „Der Dealer ist ein widerliches Schwein. Marc verkauft so viel an Jugend-liche, indem er ihnen ein kleines Angebot vorlegt. Man muss nicht zahlen, man schläft mit ihm. Und dann kriegt man das Gewünschte. Eigentlich wäre ich dran, aber Hatice übernimmt es oft."

Ich atme leicht erschrocken ein und lehne mich gegen das kühle Fenster. Ihre Worte treffen mich wie ein Schlag mit der Faust. Ich habe viele Geschichten gehört über Leute, die alles für das, was sie lieben und brauchen, tun würden. Aber wieso geht man für Drogen so weit? Wieso verkauft man sich in dem jungen Alter unter seinem eigenen Wert? Wie konnte es dazu kommen, dass diese jungen Mädchen das tun?

Auch Arwen sieht erschrocken und gleichzeitig traurig aus. Wieder entsteht Schweigen, bis sich nach einer Weile die Türe wieder geöffnet wird.

Hatice, mit einer kleinen Tüte in der Hand, eilt zum Wagen und steigt ein. Sie sieht glücklich aus, als sie die Tüte hochhebt, um sie den Anderen zu präsentieren. Normalerweise hätte ich mir einen Drogenkauf definitiv anders vorgestellt, dieser hier kam mir vor wie das Ergattern eines Schuhs im Sale. Ich wende meinen Blick schnell ab. Ich kann sie nicht ansehen. Ich schäme mich dafür, dass ich ihr nicht helfen kann und ekele mich gleichzeitig vor ihr.

„Er hatte einen guten Tag. Wird wohl für mehr als eine Woche reichen", sagt sie und schnallt sich an.

„Was hast du da alles?", fragt Arwen interessiert. Hatice sieht sie kurz genervt an, seufzt dann aber. „Ecstasy, hat er immer viel von. Heroin in Pulverform und Kokain für Levi", erklärt sie.

Ich mustere sie von der Seite, mustere ihr blasses, immer zu müde wirkendes Gesicht. Ich habe sie noch nie gefragt, wie alt sie ist, jedoch wird mir erst jetzt beim Anblick ihres kindlichen Gesichtes klar, dass Hatice viel zu jung ist, um alles für Drogen aufzugeben. Und dass sie viel zu jung dafür ist, sich von irgendeinem Widerling für so ein Zeug anfassen zu lassen.

KAPITEL ACHT

„Es wird wieder Zeit für ein bisschen Party, meint ihr nicht?", fragt Levi motiviert in die Runde, als wir nach unserer Ankunft alle gemeinsam auf der Couch im Wohnzimmer sitzen und den Nachmittag im Haus verbringen.

Logan rollt mit den Augen. „Das gestern hat doch bereits für die gesamte Woche gereicht, meinst du nicht? Du bist immer hin nicht derjenige, der den ganzen Mist hier wieder aufräumt."

Levi lacht und legt einen Arm um Arwen, die neben ihm sitzt. „Eine kleine Party schadet doch nie. Was meint ihr, was sollen wir feiern?", er blickt fragend in die Runde und bekommt nur ein Schweigen als Antwort.

„Devin hat übermorgen Geburtstag", höre ich Arwen leise sagen und sofort liegen alle Blicke auf mir. Selbst ich sehe sie überrascht an. Es kommt mir komisch vor, sie reden zu hören, da sie die meiste Zeit seit unserer Ankunft hier schweigt. Zumindest mir gegenüber. Nach den letzten Tagen ist das Ereignis, auf das ich dieses Jahr wohl am meisten hin gefiebert habe, völlig in Vergessenheit geraten.

„Ehrlich? Na, seht ihr, und schon haben wir einen Grund!" Levi blickt zufrieden Logan an. Dieser steht auf, dicht gefolgt von Medea und verlässt den Raum. „Macht, was ihr wollt", höre ich ihn noch murmeln, bevor er seine Schlafzimmertür hinter Medea zuknallt.

„Ihr habt es alle gehört, Leute", meint Levi und steht auf. „Komm, wir gehen mal Chris Bescheid geben."

Zögernd steht Arwen auf und läuft mit ihm raus. Nur noch Hatice und ich sitzen auf dem dreckigen, alten Sofa und ich möchte mir gar nicht vorstellen, wie viel Kotze hier schon durch die Stoffschichten getropft ist.

„Dann waren es nur noch zwei", witzelt Hatice und steht auf, um zu ihrer Matratze zu laufen. Ich sehe, wie sie sich wieder auf eine Dosis vorbereitet. Plötzlich fällt mir wieder die Frage ein, die ich mir vorhin im Auto gestellt habe. „Wie alt bist du?", platzt es aus mir heraus.

Sie schweigt kurz und sieht mich dann durchdringlich an, während sie den Stoff auf einem Löffel erhitzt. „Welche Relevanz stellt bitteschön mein Alter für dich da?", sie zieht ihre Augenbraue skeptisch hoch, als sie die Gegenfrage stellt. Ich zucke mit den Schultern und lehne mich zurück. „Ich habe mich gefragt, wie jemand, der anscheinend recht jung sein muss, für so ein Zeug ziemlich viel gibt", platzt es aus mir heraus. Unüberlegt, leicht abwertend.

Zuerst schweigt sie, doch dann seufzt sie. „Ich bin 17."

Ich sehe ihr dabei zu, wie sie die wahrscheinlich schon viel zu oft benutzte Spritze in die Hand nimmt. Es ist widerlich, aber irgendwie faszinierend. Sie ist widerlich. Ihr Gesichtsausdruck verändert sich automatisch, nachdem sie ihre Dosis gespritzt hat und sie wirkt entspannter als davor. Irgendwie werde ich aus Hatice nicht schlau. Aber was ich bereits gelernt habe, ist, dass man sich nur mit ihr unterhalten sollte, wenn sie sich gerade eine neue Ladung gespritzt hat. Dann legt sie diese eiskalte, abwertende Seite ab und erscheint mir jedes Mal aufs Neue plötzlich wie ein ganz normales Mädchen. Eigentlich ist sie ja auch eins, ein ganz normales Mädchen, welches einfach den falschen Weg gegangen ist.

„Das ist ein ziemlich junges Alter für Prostitution", bemerke ich und kassiere von ihr einen wütenden Blick. Ich weiß, dass es nicht nett von mir ist, über sie so zu urteilen und es ihr so abwertend vorzuhalten.

„Denkst du, es macht mir Spaß?", fährt sie mich an. Ich zucke mit den Schultern. „Du könntest ja aufhören mit dem Zeug."

Sie lacht verächtlich auf. „Du denkst tatsächlich, dass man da rauskommt? Gott, bist du naiv. Wenn du einmal drin bist, gibt es keinen Ausweg. Es ist, als würdest du im Kreisverkehr nicht abbiegen können. Es lässt dich sterben. Man kommt hier nicht raus", meint sie verächtlich und legt sich hin.

„Wieso hast du dann damit angefangen?", frage ich völlig verständnislos. Selten ist Hatice in meiner Gegenwart und allgemein auch mit den anderen so gesprächig, weshalb ich die Situation ausnutze.

„Aus demselben Grund wie wir alle hier. Wir wollten raus, hatten nichts und Drogen waren am Ende das, was uns vor dem Fall bewahrt hat."

Skeptisch sehe ich sie an und ziehe meine Augenbraue hoch. „Und du willst mir gerade ernsthaft weismachen, dass etwas, dass dich ziemlich abstürzen hat lassen, vor dem Fallen bewahrt hat?", frage ich sie und sie seufzt. „Du verstehst es nicht. Wie denn auch, du kannst es ja noch nicht einmal verstehen."

Ich lächele zaghaft und setze mich gerade auf. „Dann erkläre es mir", fordere ich sie zum Reden auf. Sie schüttelt den Kopf. „Es gibt nichts zu erklären. Das ist, als würdest du versuchen, zu erklären, wie Wasser schmeckt", antwortet sie und stützt ihr Kinn auf ihren Knien ab. Dabei fällt ihr eine ihrer langen, fast schwarzen Haarsträhnen ins Gesicht und verdeckt sie, sodass ich sie nicht mehr angucken kann.

„Dann ändern wir es um. Versuch mir zu erklären, wie sich Heroin anfühlt."

Verzweifelt und etwas genervt sieht sie mich an. Im gesamten Haus herrscht eine Totenstille.

„Du wirst nicht lockerlassen, oder?"

Stolz schüttele ich den Kopf und bringe sie damit dazu zu lächeln. Sie holt einmal tief Luft und sackt dann schließlich zusammen. „Es ist komisch. Durch das Heroin bin ich irgendwie entspannt und wenn ich es nicht kriege, fühlt es sich an, als würde ich platzen. Ich brauche es einfach. Nach dem Schuss verspürt man irgendwie eine innere Wärme. Mir ist zwar kalt, aber in mir drin ist es warm, verstehst du? Wenn ich lache, fühlt es sich ehrlich und nicht aufgezwungen an. Meine Sorgen sind weg, ich habe nichts mehr zu meckern. Ich bin zufrieden, sogar mit mir selbst", sie macht eine kurze Pause und lacht dann verächtlich auf, bevor sie weiterspricht. „Ich war damals nie zufrieden mit mir selbst. Mir ist aber plötzlich alles egal. Es interessiert mich nichts und niemand mehr. Es ist, als würde ich kurz vor dem Abgrund stehen.

Ich habe schon immer kurz vor dem Abgrund gestanden, aber ich habe dank Heroin keine Angst mehr davor zu fallen." Ihre Stimme wird immer leiser, bis sie auf einmal ganz verstummt. Ich stütze meinen Kopf mit meiner Hand ab und höre ihr fasziniert zu, als würde sie mir das schönste Märchen erzählen, dass ich jemals gehört habe.

„Erinnerst du dich an deinen ersten Schuss?", hake ich weiter nach, da ich gerne mit ihr darüber reden möchte. Sie ist die einzige, die Fragen soweit beantwortet, dass ich es verstehe. Dass ich mich in sie hineinversetzen und mitfühlen kann. Damit ich verstehe, wieso sie alle hier so ihr Leben versaut haben.

„Gott, ja", sie verzieht angewidert das Gesicht. „Ich habe mich so widerlich gefühlt. Mir war unglaublich schlecht und ich musste die ganze Zeit kotzen", erzählt sie und scheint in tiefen Erinnerungen zu schwelgen. „Langsam baue ich aber eine gewisse Toleranz auf", sie seufzt. „Ich nehme es jetzt schon so lange, dass ich von meiner gewohnten Dosis nicht mehr breit werde. Ich funktioniere auf H mittlerweile ganz normal und das erschreckt mich."

Verwirrt ziehe ich die Augenbrauen zusammen. „Wieso erschreckt es dich? Das ist doch irgendwie gut, ich meine, es hört sich irgendwie gut an."

Sie schüttelt energisch den Kopf. „Das ist es aber ganz und gar nicht. Es heißt, dass ich nun völlig und ohne es ändern zu können abhängig von dem Zeug bin. Kein Mensch möchte von etwas abhängig sein, jeder möchte eigenständig handeln können. Ich kann es nicht mehr", sie klingt plötzlich so unglaublich verbittert.

Ich nicke, da mir nichts mehr einfällt, was ich zur Aufmunterung sagen könnte. Denn sie hat es auf den Punkt genau getroffen, eigenständiges Handeln ist das Wichtigste für den Menschen und da sie es nicht mehr kann, ist sie kein eigenständiger Mensch mehr. Sie ist eine Abhängige, abhängig von einem Zeug, welches sie tötet.

„Es ist komisch, dass die Menschen sich mit berauschenden Mitteln vollpumpen, nur um der Realität zu entkommen", merke ich an und sie nickt.

„Aber die Realität ist ja schließlich auch was für Anfänger", meint sie grinsend.

„Hast du schon mal irgendwas konsumiert? Was Härteres?", fragt sie mich interessiert. Ich lache kurz auf und schüttele mit dem Kopf. „Ich würde doch wohl kaum Fragen stellen, wenn ich Ahnung hätte. Außer Alkohol ist noch nie etwas in meine Nähe gekommen. Nicht mal in meinem Freundeskreis wurden irgendwelche Drogen genommen. Niemand hat geraucht und auch getrunken wurde nur selten. Es ist für mich eine völlig fremde Welt und ich fühle mich hier fehl am Platz", erzähle ich ihr von meinem *alten* Lebensabschnitt. Es fühlt sich komisch an, zu wissen, dass ich scheinbar damit abschließen muss. Jetzt, wo meine Eltern zur Polizei gegangen sind und gemeldet haben, dass ich weg bin, kann ich beim besten Willen nicht mehr nach Hause. Ich habe Angst davor, was passiert. Ich kann mir das Ausmaß des Streites regelrecht ausmalen und ich bin mir sogar sicher, dass meine Eltern mich nicht mal mehr aufnehmen würden, wenn ich jetzt wieder Zuhause antanzen würde und mein Leben weiterführen möchte, als wäre nichts geschehen.

„Aber ich möchte auch niemals Drogen nehmen", füge ich hinzu. Ich möchte ihr zeigen, dass ich mich trotz allem von den Geschehnissen hier distanziere. Es ist eine Herberge und das soll es auch bleiben. Ich gehöre hier nicht dazu und ich möchte auch niemals dazugehören.

Sie lacht verächtlich auf. „Genau dasselbe habe ich auch immer gesagt. Als Kind wollte ich nie Drogen nehmen. Mein Vater sagte immer, wenn ich auch nur daran denke, mit dem Trinken und Konsumieren von Substanzen anzufangen, schmeißt er mich raus. Dann, als ich so dreizehn war, habe ich das erste Mal geraucht und etwas Bier getrunken. Unfassbar, wie cool ich mich in dem Moment gefühlt habe. Ich habe daran gedacht, wie ich als Kind immer gesagt habe, dass ich sowas niemals tun möchte. Und dann fing es an, die

Drogen wurden immer härter." Sie zeigt mit dem Finger auf sich. „Und jetzt sitze ich hier. Heute sitze ich hier in einem Haus voller Süchtiger, mit mehr Rauch in meinen tiefschwarzen Lungen als Luft. Ich habe nur noch betrunken eine Art Verstand im Kopf und durch mein Blut fließt flüssiges Zeug, das eigentlich nicht in meinem Körper sein sollte und der einzige Grund ist, wieso mein Herz schneller schlägt." Sie lacht, aber es klingt nicht ehrlich.

So wie sie es sagt, klingt es so unglaublich verzweifelt. Ich sehe ein Kind vor mir sitzen, welches sich einem fremden Willen gebeugt hat.

Aber versuchen wir nicht alle etwas mit Humor zu vertuschen, weil dieses Etwas uns so sehr verletzt?

Ich seufze und würde sie am liebsten umarmen. Bevor ich dazu kommen kann, wird die Schlafzimmertür von Logan aufgerissen und Medea tritt in das Wohnzimmer. Zaghaft lächelt sie uns an. „Ich möchte etwas spazieren gehen. Wollt ihr mit?", fragt sie uns und klingt dabei etwas weinerlich.

Ich zögere nicht und stehe auf. Für mich ist jede Abwechslung in diesem Alltag willkommen, da ich das öde Herumsitzen in diesem Haus nicht mehr ertragen kann. Medea lächelt mich an, als ich auf sie zu laufe und sieht dann fragend zu Hatice, die kurz zu überlegen scheint und dann abwinkt.

„Ich bin ziemlich müde, ich sollte mich dringend ausruhen. Ich komme das nächste Mal mit dir mit, so wie früher", sagt sie und lächelt Medea sanft an. Diese lächelt zurück und nickt dann langsam.

„Dann eben nur wir zwei", meint sie zu mir und ich nicke.

Ich freue mich, da ich den heutigen Tag dafür nutzen kann, die anderen Bewohner endlich etwas näher kennenzulernen. Ich möchte meine Vorurteile ablegen und die Menschen hinter diesem grausamen Haus kennenlernen. Vielleicht würde ich über Medea auch so viel erfahren können wie über Hatice gerade eben. Ich gehe in den Flur, ziehe meine Schuhe an und werfe mir eine Jacke über. Kurz muss ich auf Medea warten, bis sie ebenfalls startklar neben mir steht.

„Ich zeige dir meinen Lieblingsweg", schlägt sie vor und tritt aus dem Haus. Tief atme ich die frische Luft ein und bemerke erst jetzt, wie stickig es dort drin eigentlich ist.

„Es ist grausam den ganzen Tag dort drin sitzen zu müssen", spricht sie meine Gedanken aus und ich stimme ihr zu. Das Wetter ist angenehm, sodass ich nicht mal eine Jacke gebraucht hätte.

„Wie lange wohnst du denn schon dort?", frage ich neugierig, als wir nebeneinander mitten auf der Straße laufen. Autos kommen hier selten vorbei. Sie zögert kurz, bevor sie antwortet.

„Seitdem ich dreizehn Jahre alt bin", sagt sie schließlich und ich rechne aus, dass es bereits um die fünf Jahre Aufenthalt hier sein müsste, falls sie um die 18 Jahre alt ist. „Das ist echt krass", murmele ich und sie nickt. „Als ich hier ankam, sah alles anders aus, weißt du?", sagt sie und deutet auf ein altes Hochhaus, das wir kurz davor hinter uns gelassen haben. „Da haben noch Leute gewohnt. Ich war mit vielen Jugendlichen, die dort drin wohnten, befreundet. Dann hat es gebrannt und die Familien mussten ausziehen. Ich weiß noch, was das für ein Tumult hier war, als die Straße mit Feuerwehrautos gefüllt war und ich meine Nase an die Fensterscheibe im Dachgeschoss gepresst habe, um etwas sehen zu können", erinnerte sie sich und lächelte kurz. Dem Weg nach zu urteilen laufen wir in die Stadt, was ziemlich steil werden könnte, da wir davor an einer kleinen Erhebung runterlaufen müssen, da ab dem Teil die Straße anders verläuft.

„Wieso im Dachgeschoss?", verwundert sehe ich sie an.

„Das Haus war nicht immer einsturzgefährdet, Devin", meint sie grinsend und ich fühle mich wie ein Idiot.

„Ich hätte gedacht, dass es schon länger so ist", gebe ich zu.

„Nein. Früher haben wir auch noch sehr viele andere Mitbewohner gehabt, das war echt lustig."

„Was ist mit ihnen?" Sie blickt auf den Boden und zuckt mit den Schultern.

„Viele sind an den Drogen gestorben. Eine hat sich selbst umgebracht. Und ein paar sind einfach verschwunden", sagt sie und es scheint ihr schwer zu fallen, darüber zu reden. Ich nicke verständnisvoll.

„Da müssen wir runter", sie deutet auf ein kleines Stück Land, dessen Ende man nicht sehen kann. „Lauf einfach, so sind wir am schnellsten unten." Schon stürmt sie los, bevor ich überhaupt reagieren kann.

„Warte!", rufe ich ihr hinterher und beginne zu rennen.

Ich stolpere über unebene Stellen, über Steine und kleine Haufen aus Erde, doch fühle mich plötzlich so frei. Ich renne so schnell ich kann und hole sie schließlich sogar ein. Es erinnert mich stark an meinen Sprint in der vorherigen Nacht. Nach einer kurzen Strecke sehe ich das hell erleuchtete New York vor uns oder zumindest ein Stadtteil davon. Ich staune und Medea wirft mir einen vielsagenden Blick zu. Sie beginnt, zu lachen, noch während wir rennen und kommt erst unten zum Stehen.

„Es ist mein Lieblingsstadtteil. Hier gibt es nicht so schickimicki Hütten, aber auch nicht diese dreckigen Straßen", sagt sie.

Schließlich schlendern wir zusammen durch die Stadt und genießen die Abendluft schweigend.

Als wir an einer leicht befüllten Pizzeria, deren Gäste an Tischen draußen saßen, vorbeikommen, schlägt mir der Geruch von Pizza entgegen. Ich bekomme Hunger und sehe sehnsüchtig zu der Theke, an der man bestellen kann. Mir fällt auf, dass ich seit einer Ewigkeit nichts mehr gegessen habe.

„Weißt du, wie lange ich schon keine Pizza mehr gegessen habe?", fragt mich Medea und ich warte darauf, dass sie weiterredet. „Seit fast zweieinhalb Jahren."

Schockiert sehe ich sie an. „Wieso das denn?", frage ich entgeistert.

„Keiner kocht bei uns. Ich ernähre mich von Sachen, die keinen großen Aufwand brauchen", meint sie achselzuckend.

„Tiefkühlpizza ist doch auch nicht aufwendig", werfe ich ein.

„Du glaubst doch nicht wirklich, dass der Ofen funktioniert", meint sie spöttisch und ich seufze. Kurz überlege ich und ziehe sie dann mit zum Eingang der Pizzeria. Ein kleiner, dicker Italiener mit grimmigem Blick sieht uns an, als wären wir Eindringlinge.

„Ich hätte gerne eine Pizza mit Salami, Sir", sage ich und lächle ihn mit meinem freundlichsten Lächeln an. Er nickt und murmelt mit einem leicht komischen Akzent, dass ich zehn Minuten Wartezeit einplanen muss.

„Was machst du da? Hast du überhaupt Geld dabei? Ich habe nämlich nichts mit", flüstert mir Medea schockiert zu. Ich schüttele den Kopf. Nein, ich habe kein Geld.

„Wie willst du es bezahlen?"

Ich grinse sie an. „Wer hat denn behauptet, dass ich bezahlen möchte?"

Ihre Augen weiten sich kurz und sie blickt nach hinten. Nichts steht ihm Weg.

„Nach links", murmele ich.

Die Wartezeit verschlagen wir uns mit Kichern. Das Adrenalin wird durch meine Adern gepumpt. Ich habe noch nie geklaut. Schon gar nicht erst eine Pizza, denn so dämlich es klingt, so fühlt es sich auch an. Ich bin kurz davor, eine Pizza zu stehlen. Ich sehe, wie der Mann die Pizza aus dem Ofen holt, sie in einen dieser Pizzakartons packt und zur Theke kommt. Ich greife nach der Schachtel und sehe ihn kurz an. „Zehn Dollar bitte", grummelt er, während er mich komisch mustert.

„Lauf", sage ich zu Medea, die sofort losspringt.

Ich reiße ihm den warmen Karton aus der Hand und stürme ebenfalls los.

Ich höre den Besitzer der Pizzeria uns etwas hinterherschreien, Menschen murmeln und ich sprinte so schnell ich kann. Wir rennen in die Richtung, aus der wir gekommen sind und nehmen schwer atmend den Hügel in Anlauf. Lachend, mit leicht feuchtem Gras unter unseren Füßen, in der Dämmerung und mit einer geklauten Pizza im Gepäck. Ich muss zugeben, ich habe mich noch nie so in meinem ganzen Leben so frei gefühlt wie jetzt.

KAPITEL NEUN

Ein viel zu laut gesungenes *Happy Birthday* reißt mich unsanft aus meinem Schlaf und ich öffne langsam die Augen. Vor mir stehen alle Hausbewohner versammelt. Um die schiefen Töne noch zu unterstreichen, lässt Levi eine Bierkiste, gefüllt mit Wodkaflaschen, neben mir laut zu Boden fallen.

Noch viel zu müde, um zu realisieren, was geschieht, setze ich mich auf der Matratze auf und beobachte die Anderen, die mich grinsend ansehen und das Lied zu Ende bringen.

„Alles Gute zu deinem siebzehnten Lebensjahr, bester Freund", ruft Arwen und springt in meine Arme. Etwas zaghaft umarme ich sie und frage mich, wieso ich meinen eigenen Geburtstag, auf den ich mich schließlich seit einem Jahr freue, vergessen habe. Arwen strahlt mich an und ich zwinge mich dazu, zurückzulächeln. Es fühlt sich komisch und auch irgendwie falsch an, sie zu umarmen.

„Eigentlich gehört die Wasserbombe auch dazu", beginnt Arwen und lächelt dann traurig. „Aber heute ist es zu kalt dafür und ich denke nicht, dass wir das hier machen können."

Ich nicke und bin tatsächlich ein wenig enttäuscht. Trotz meiner 17 Jahre bewahre ich gerne alte Traditionen, egal, wie kindisch und lächerlich sie sind.

Die Wasserbombe haben Arwen und ich erfunden, als wir uns mit sieben oder acht Jahren im Garten gejagt haben und ich dann vom Balkon aus eine Ladung kaltes Wasser auf sie geschüttet habe. Zunächst war sie geschockt, doch als ich ihr dann grinsend zum Geburtstag gratuliert hatte, meinte sie, dass wir das von dem Zeitpunkt an jedes Jahr machen sollten. Und das haben wir getan. Jedes Mal war einer von uns beiden danach krank, aber das ist es uns wert gewesen.

Arwen löst sich von mir und dann gratulieren mir auch die Anderen nochmal persönlich. „Ich hoffe, dass du dich hier bald wie zu Hause fühlst", flüstert Medea, als sie mich umarmt.

Ich nicke und lächele sie aufmunternd an, obwohl ich genauso gut wie sie weiß, dass ich mich hier niemals wie zu Hause fühlen werde.

„Und was soll ich damit anfangen?", wende ich mich an Levi, der neben meiner Matratze steht und zeige dabei auf die Bierkiste.

Er grinst. „Heute Abend wird gefeiert. Sag mir nicht, dass du bisher deine Geburtstage ohne Alkohol verbracht hast!", meint er und lacht. Ich zucke mit den Schultern und denke zurück an die alten Geburtstagspartys, die ich besucht habe. Sie waren nicht wirklich amüsant, wurden nie in großen Kreisen gefeiert und das einzige Hochprozentige dort war ein komischer Schnaps, der ohne Grund auf jeder Feier vor Ort war. Dabei schmeckte er wirklich grauenhaft.

„Ich habe ein paar Leute eingeladen, damit hier mal wieder volles Haus ist", erzählt Levi. Logan sieht ihn nicht gerade begeistert an und ich kann verstehen wieso. Auch ich bin nicht davon begeistert, meinen eigenen Geburtstag, auf den ich ebenfalls keine Lust habe, mit wildfremden, zugedröhnten Menschen zu feiern und ihnen beim Kotzen zuzusehen.

„Du räumst morgen das Haus auf, nicht ich", grummelt Logan und Levi sieht ihn genervt an. „Ja, ja, mache ich schon. Gott, du wirst alt, das merkt man langsam."

Logan rollt mit den Augen und verlässt schließlich den Raum.

„Wir würden dir alle gerne etwas schenken", beginnt Arwen und sieht dann in die Runde. „Leider konnten wir aber nicht genug Geld für wenigstens etwas Kleines zusammenkratzen. Aber wir haben einen Kuchen gekauft! Er ist zwar tiefgekühlt, aber die schmecken meistens besser, als selbst gebacken", erklärt sie dann stolz und ich kann nicht anders, als in Gelächter auszubrechen.

„Deine Backkünste will ich mir sowieso nicht freiwillig antun", meine ich und stehe auf. Kurz fühlt es sich an, als wären wir Zuhause. Als wäre alles normal. Arwen schubst mich spielerisch, während Medea zur Küche läuft und Hatice im Wohnzimmer bleibt.

„Möchtest du keinen Kuchen?", frage ich sie verwundert, doch sie winkt ab. „Esst ruhig auf, ich bin kein Kuchenmensch."

Etwas verwirrt sehe ich sie an. Ich meine, es geht um Kuchen. „Na gut", murmele ich schließlich und laufe mit Arwen im Schlepptau in die Küche.

„Das meint ihr aber nicht ernst, oder?", lachend lasse ich mich auf die Eckbank setzen.

„Doch. Man ist nie zu alt für eine Disney Torte", wirft Medea ein und stellt den Kuchen, verziert mit allen möglichen Disneyfiguren und knallbunten Streuseln, auf den Tisch. Ich stimme ihr lachend zu und schneide die Torte an.

Erst jetzt fällt mir auf, wie sehr mir das Essen von daheim fehlt. Seitdem wir hier sind, esse ich kaum. Es gibt so gut wie nichts im Kühlschrank, da das Geld fehlt und auch niemand die Lust dazu hat zu kochen. Ab und zu bemüht sich Logan, jedoch isst so gut wie niemand mit. Seufzend denke ich an die Pizza von vorgestern zurück, die Medea und ich uns auf der Wiese geteilt haben.

„Sie hat nur zwei Dollar gekostet!", meint Medea stolz und auch Arwen nimmt sich ein Stück.

„Man, ich würde jetzt wirklich alles für die Schwarzwälder Kirschtorte von Tante Amy geben", murmelt sie leise und ich kann ihr nur zustimmen. Die Torte ihrer Tante könnte mit dem Himmel gleichgestellt werden. Wir schweigen uns an und ich frage mich, ob sich Arwen seit unserer Ankunft die gleichen Fragen stellt. Sehnt sie sich nicht auch wieder nach ihrem Zuhause?

„Wer kommt denn heute Abend alles?", frage ich nach, doch beide zucken nur ratlos mit den Schultern. „Ich schätze, Chris wird auf jeden Fall kommen, er ist immer auf den Partys von Levi da. Manchmal habe ich das Gefühl, der Junge verbringt sein ganzes Leben nur auf Feiern", antwortet Medea.

Ich beschließe, nach dem Essen mal duschen zu gehen und mir etwas von meinen neu ergatterten Klamotten anzuziehen, um mich wenigstens etwas besser auf meiner eigenen Party fühlen zu können.

Ich genieße meinen Stück Kuchen und verabschiede mich dann von den beiden, um ins Bad zu gehen.

Zur Sicherheit verriegele ich die Tür, da ich mich sonst unwohl fühlen würde. Mit einem skeptischen Blick sehe ich mich in dem kleinen Bad um. Bisher habe ich es nur für meinen Klogang genutzt, weshalb ich es noch nicht unter die Lupe genommen habe.

Die Duschkabine sieht etwas alt aus und die Badewanne ist leicht staubig, womit ich aber letztendlich leben kann. Seit meinem Aufenthalt hier konnte ich mich aber noch nicht dazu überwinden duschen zu gehen. Obwohl ich mich absolut ekelhaft fühle, habe ich lieber auf die Katzenwäsche zurückgegriffen. Dieses Haus löst eine innere Blockade in mir aus und macht es mir schwer hier etwas sorgenlos anzufassen. Zu viele Gedanken darüber, was hier bereits passiert sein könnte, schwirren in meinem Kopf.

Ich schiebe diese Gedanken beiseite und ziehe mich aus. Alles in mir sehnt sich nach einer heißen Dusche und ich freue mich, als ich langsam das Wasser aus dem Duschkopf tropfen sehe.

Ich dusche ausgiebig, wasche meine Haare und lasse mir genügend Zeit, auch wenn ich dabei ein schlechtes Gewissen kriege, da ich nicht weiß, wie hoch die Wasserkosten eigentlich sind. Vielleicht könnte ich mir hier irgendwo einen Job suchen, um nicht Logan auf der Tasche sitzen zu müssen, aber schließlich fällt mir wieder die Vermisstenanzeige meiner Eltern ein. Noch immer frage ich mich, wieso sie eine aufgegeben haben. Immerhin haben sie sich nie wirklich dafür interessiert, was ich tue. Ich denke kurz an Camille, die jetzt wohl das Doppelte an Hausarbeit machen muss und kurz tut sie mir leid. Ich bin ein ziemliches Arschloch von Bruder und Sohn.

KAPITEL ZEHN

Ich sehe Levi dabei zu, wie er den Stoff, den ihm Chris mitgebracht hat, auf dem Couchtisch verteilt.

„Wie viel ist das?", frage ich erstaunt, als das Gras bereits mehr als die Hälfte des Tisches bedeckt. Levi wirft Chris einen Blick zu, der mich daraufhin stolz angrinst.

„Fast ein Kilo, wenn ich mich nicht täusche oder angelogen wurde. Es war ein Schnäppchen und ich dachte, für eine Geburtstagsparty kommt es ganz gut", erklärt er und nippt dann an seinem Bier. Ich nicke abwesend und stehe dann auf. Gras auf der Geburtstagsparty, die für jemanden ist, der nicht kifft.

„Die anderen Gäste kommen gleich", informiert mich Arwen, die sich zu uns ins Wohnzimmer gesellt. Fasziniert betrachtet sie den Couchtisch. „Das ist wirklich viel", murmelt sie beeindruckt und lässt sich auf das Sofa fallen. „Und es kommt noch viel mehr, Babe. Lauter kleine bunte Pillen", antwortet Levi und grinst sie an. Ich rolle mit den Augen und kann mir das Ende der Feier nur allzu gut vorstellen.

In der Küche steht Medea gemeinsam mit Hatice und unterhält sich mit ihr, während Logan gerade dabei ist zu gehen. „Ich komme heute Nacht irgendwann wieder. Ich bin nicht in Stimmung für Partys", sagt er, als er meinen verwirrten Blick bemerkt. Am liebsten würde ich ihm sagen, dass ich mit ihm gehen möchte, aber es wäre unverschämt, meine eigene Party zu verlassen, auch wenn sie eigentlich nichts für mich ist. Ich lasse mich wieder auf meinen Platz in der Küche fallen und warte. Nach einer kurzen Zeit beginnt sich das Haus zu füllen und fremde Gesichter springen herum. Manche gratulieren mir sogar, andere scheinen überhaupt nicht zu wissen, wieso sie hier sind.

Nachdem auch noch Musik eingeschaltet wird, greife ich dann schließlich nach einer Wodkaflasche. Es ist ja so gesehen mein Geburtstagsgeschenk gewesen, also muss ich es annehmen. Das Wohnzimmer ist bereits komplett vernebelt wegen den Joints und der süßliche Geruch steigt mir in die

Nase. So viele Leute sind bis jetzt noch nicht hier gewesen. Seufzend öffne ich die Flasche und rieche daran, um zu prüfen, ob Levi nicht irgendwelche Substanzen hinzugefügt hat. Ich zucke mit den Schultern und komme zu dem Entschluss, dass es ganz normal nach Wodka riecht und mich nicht umbringen wird. Ich nehme einen tiefen Schluck und genieße das Brennen in meinem Hals.

Alleine und verzweifelt in der Küche an der Wodkaflasche hängend – so habe ich mir meinen Geburtstag nicht vorgestellt. Geistesabwesend trinke ich weiter und bemerke tatsächlich irgendwann eine Wirkung. Ich fühle mich besser und auch irgendwie etwas müde. Vielleicht wäre ich sogar eingeschlafen, wenn nicht in dem Moment ein Typ die Küche betreten würde und mich angrinsen würde. „Hey, na? Du bist doch das Geburtstagskind", meint er und setzt sich zu mir an den Tisch. Ich mustere ihn kritisch und suche nach den bekannten Anzeichen, aber anscheinend hat er noch nichts genommen. Ich zucke mit den Schultern und betrachte die Flasche in meiner Hand. „Eigentlich schon, aber ich stehe nicht auf Drogenpartys", meine ich und er nickt verständnisvoll. „Du nimmst keine Drogen?"

Ich schüttele mit dem Kopf und verneine. Er sieht etwas überrascht aus.

„Wieso wohnst du dann hier?", fragt er mich verwirrt. Eigentlich wüsste ich das auch gerne.

„Ich bin, zusammen mit Levis Freundin, die ursprünglich meine beste Freundin war und mich jetzt zu vergessen scheint, von zu Hause abgehauen", meine ich schließlich.

Er mustert mich und ich halte seinem Blick stand.

„Ich kenne dich", sagt er schließlich und setzt ein Grinsen auf. „Jetzt weiß ich, wieso du mir so bekannt vorkommst. Dein Gesicht ist Tag und Nacht in den Nachrichtendiensten zu sehen", sagt er und scheint ziemlich stolz darauf zu sein, mich wiedererkannt zu haben.

„Du heißt Devin, richtig?"

Ich nicke nur als Antwort und hoffe, dass er bald geht. Ich habe keine Lust darauf, mich mit jemandem zu unterhalten.

„Cool. Ich bin Daniel. Und anscheinend sind wir die letzten Zwei auf dieser Party, die nicht völlig drauf sind", grinsend lehnt er sich zurück. Ich ziehe die Augenbrauen zusammen. „Wieso nimmst du nichts? Chris hat ziemlich viel dabei", sage ich und trinke einen weiteren Schluck vom Wodka. Irgendwie kam die von mir erwünschte Wirkung noch nicht.

„Ich nehme keine Drogen", sagt er und überrascht mich damit vollkommend.

„Und du bist trotzdem mit all den Leuten da drin befreundet?", frage ich verwundert. Er nickt. „Es ist deren Sache, was sie tun. Ich komme damit klar. Aber ich würde niemals selbst damit anfangen. Als Chris mit 14 angefangen hat, Ecstasy zu nehmen, hat er noch versucht, mir ebenfalls was anzudrehen. Aber nein, danke, ich verzichte. Ich habe noch viel zu viel vor in meinem Leben", erzählt er und lacht dabei.

„Ich hatte auch viel vor", merke ich an und bemerke erst jetzt, wie dumm ich im Moment wohl aussehen muss.

„Was hattest du denn vor?"

Ich überlege und denke zurück an die Tage, an denen mein größtes Problem der verpasste Schulbus war. „Ich wäre gerne studieren gegangen. Das klingt echt cool, ich meine, du lernst endlich etwas, was dich interessiert. Medizin wäre interessant, oder sowas in die Richtung. Ein Facharzt oder so", ich seufze. „Aber das kann ich mir ja jetzt abschminken."

Daniel nickt verständnisvoll. „Ich weiß nicht, wieso, aber ich würde gerne mal weg. Ich bin noch nie außerhalb von New York gewesen, das können meine Eltern und ich uns nicht leisten", meint er und ich bin überrascht, wie sehr ich ihn verstehen kann. Meine Eltern sind mit uns bis jetzt höchstens in die Nachbarstadt, in der meine Oma wohnt, gefahren.

„Wieso bist du nicht bei den Anderen? Du kannst doch nicht hier rumsitzen wie ein altes, verbittertes Arschloch!", lacht er und steht auf. „Na los. Es ist schließlich eine Party nur für dich."

Ich zögere kurz und stehe dann auf. Ich kann mich ja zu Medea gesellen, so würde ich die Nacht nicht komplett gelangweilt in der Küche verbringen müssen. Ich schwanke kurz, da ich anscheinend doch etwas angetrunken bin und folge dann Daniel in das Zimmer. Viele sitzen auf dem Sofa und darum herum, andere liegen verteilt im Zimmer oder bewegen sich zu der Musik. Ich sehe Levi und den Rest auf der Couch sitzen und lachen. Kurz trifft mich ein neidvoller Stich, als ich ihn gemeinsam mit Arwen rumalbern sehe. Sie spielen Wahrheit oder Pflicht.

„Da bist du ja, Devin", ruft sie mir zu und winkt. Verwirrt sehe ich sie an.

„Ich habe ihn aus seiner Ecke geholt. Er ist dazu bereit, mit uns zu feiern. Aber er hat bereits mehr als eine halbe Flasche Wodka intus", erzählt Daniel lachend, während er sich ebenfalls auf das Sofa fallen lässt. Ich tu es ihm nach und mustere Arwen, die das erste Mal, seitdem wir hier sind, wieder richtig gute Laune zu haben scheint. Ich kann mich nicht mehr daran erinnern, wann wir das letzte Mal von Herzen zusammen gelacht haben und versuche angestrengt, diese Momente in mein Gedächtnis zu rufen.

Medea lächelt mir zu und zeigt einen Daumen nach oben. Ich versuche, sie alle zu ignorieren. In meine eigene Welt abzutauchen und einfach die Wirkung des Alkohols zu genießen. Mich einfach frei zu fühlen, obwohl ich eingesperrt bin. Ich blicke die Gesichter an, die um mich herumsitzen oder liegen. Ich schaue auf den Tisch, auf diesen Tisch voll mit Drogen, auf diese leeren Augen, die von ihnen verursacht werden. Ich will hier weg. Aber ich will nicht heim. Was will ich überhaupt?

„Und dann lag ich da, mit meinem Steißbein direkt auf der Bordsteinkante. Gott, war das unbequem, und dieser riesige Köter vor mir! Ich schwöre es euch, ich hatte in diesem Moment solch eine Angst. Und dann hat er einfach nur mein Gesicht abgeleckt und ist dahin zurückgelaufen, woher er gekommen ist", beendet Daniel seine Erzählung über das schlimmste Erlebnis, das er hatte, als er betrunken war.

Die Gruppe lacht laut und auch ich kann mir das Grinsen nicht verkneifen, da er es mit seiner Gestikulation und wechselnden Stimmlagen perfekt unterstrichen hatte. Etwas benebelt, aber dennoch bei Sinnen, greife ich nach meinem Glas Wasser, welches ich mir geholt habe, um morgen bloß nicht mit einem grauenhaften Kater im Bett liegen bleiben zu müssen.

Gerade, als der Flaschenhals auf Chris zeigt und er über sein schlimmstes Erlebnis in der Schule reden soll, wird Arwen plötzlich kreidebleich im Gesicht. Besorgt sehe ich sie an. Hilflos sieht sie sich im Raum um. „Ist etwas, Arwen?", frage ich sie und stehe auf, um ihr einen Schritt näher zu treten.

„Ich glaube, ich muss mich übergeben", sagt sie tonlos und springt hastig auf. Schnell drängt sie sich an all den Menschen im Haus vorbei, die sich in ihren eigenen Grüppchen amüsierten und kickt beim Gehen sogar einem Mädchen in die Seite, da sie im Weg liegt.

„Pass doch auf, du Schlampe!", schreit diese ihr komplett betrunken hinterher.

„Ich schaue nach ihr", informiere ich die anderen, die das Ganze nicht wirklich mitbekommen. Schnell eile ich ihr hinterher. Sie läuft zum Ausgang, stürmt raus und ein paar Sekunden später höre ich, wie sie sich direkt neben dem Haus übergibt.

Ich halte die Luft an, um den ekelhaft sauren Mageninhalt nicht riechen zu müssen, während ich hinter sie trete, ihr die Haare aus dem Gesicht halte und ihr beruhigend über den Rücken streiche. Ich wusste von Arwen, dass sie bereits als Kind immer panische Angst vor dem Kotzen hatte und dabei meist auch immer eine Panikattacke bekommen hat. Eine Weile steht sie würgend und gebeugt neben der Hauswand, bis sie sich schließlich langsam aufrichtet und sich dann auf den Boden setzt.

„Alles in Ordnung? Gehts wieder?", frage ich besorgt nach, doch sie nickt nur. Ich gehe vor ihr in die Hocke und begutachte ihr Gesicht.

Ihre rosafarbenen Haare hängen ihr strähnenweise ins Gesicht und sie hat ihren Kopf auf ihre Hände abgestützt, während sie mit den Knien angezogen gegen die Wand gelehnt sitzt.

„Hast du irgendetwas Schlechtes gegessen oder so?", hake ich nach und sie seufzt. „Nein, Devin, du musst dir keine Sorgen machen", sagt sie abweisend und sieht mich an. „Ich kann mir schon selbst helfen und auf mich selbst aufpassen." Sie wirkt etwas bissig, wobei ich nicht wirklich sagen kann, wieso sie es ist.

„Wieso ist dir dann plötzlich so schlecht gewesen?", frage ich verwirrt. Arwen ist einer dieser Menschen, die eigentlich so gut wie nie kotzen. Selbst, als sie sich mal komplett betrunken hat, hat sie kein einziges Mal würgen müssen. Sie stöhnt genervt auf und sieht mich dann an. „Ich habe was von Levi gekriegt", meint sie schließlich. Ich ziehe die Augenbrauen zusammen. „Was hast du denn gekriegt? Ein Geschenk oder so?"

Ich komme überhaupt nicht mehr mit und ihre Worte ergeben im ersten Moment keinen Sinn für mich.

„Sag mal, bist du bescheuert?", sie macht eine kurze Pause und atmet tief ein und aus. „Ich habe was von seinen Pillen genommen."

Geschockt sehe ich sie an. „Du meinst Drogen?", frage ich nochmal nach.

Sie rollt mit den Augen. „Nein, weißt du, seine Pillen, die er gegen Kopfschmerzen nimmt."

Etwas beleidigt ziehe ich eine Schnute, sehe sie dann aber wieder Ernst an.

„Wieso hast du das getan, Arwen? Was waren das überhaupt für Pillen?", frage ich völlig fassungslos. Sie zuckt ratlos mit den Schultern. „Wenn ich das nur wüsste, ich denke, es war Ecstasy. Es war am Anfang echt cool, aber jetzt ist mir völlig schlecht geworden und ich habe Kopfschmerzen. Aber Levi sagt, es ist anfangs immer so", erklärt sie und lächelt dann zufrieden. Ich starre sie wütend an. „Wir haben doch gesagt, dass wir sowas niemals machen werden", werfe ich ihr vor. Sie zuckt wieder nur mit den Schultern und wirkt plötzlich unfassbar teilnahmslos. „Meinungen ändern sich."

Ich lachte verbittert und stehe auf. „Hast du sie freiwillig genommen?", frage ich und sie nickt sofort. „Er hat sie mir angeboten und ich habe — natürlich freiwillig — zugestimmt", sie stockt und springt dann auf. „Denkst du etwa, ich lasse mir etwas aufzwingen?", fragt sie nun, ebenfalls wütend.

„Vielleicht nicht aufzwingen, aber ich denke, du tust alles dafür, um dem Kerl weiterhin am Hintern kleben zu können. Du bist nur noch bei ihm", werfe ich ihr das, was ich schon seit Tagen aussprechen will, an den Kopf. Sie starrt mich an und öffnet ihren Mund, scheint aber nicht zu wissen, was sie sagen will.

„Ich dachte, wir halten hier zusammen, verdammt. Wir halten zusammen, wenn wir schon in so einer bescheuerten Lage sind und hier gelandet sind. Stattdessen wirst du auch noch so ein Junkie."

Ihr Blick verdunkelt sich und sie tritt einen Schritt zurück. „Ich habe eigentlich auch gedacht, dass wir immer zusammenhalten werden, aber du passt dich doch gar nicht an. Du kommst hier nicht durch, wenn du keine Drogen nimmst. Das hat Levi selbst gesagt", verteidigt sie sich und wirkt dabei plötzlich wie ein kleines Kind.

„Also hat er dich doch dazu gebracht, den Scheiß zu nehmen?", frage ich jetzt und werde dabei etwas lauter. All die Wut und der Hass, alles, was sich in den letzten Tagen in mir drin aufgestaut hat, war kurz davor auszubrechen.

Sie zögert kurz, bevor sie antwortet. „Nein, nicht direkt. Er hat mich nicht gezwungen, sie zu nehmen. Aber er meinte, ich wäre dann endlich mal lockerer. Und dass es echt cool ist", gibt sie dann zu und hebt daraufhin stolz das Kinn an. Meine Kinnlade klappt nach unten und ich balle die Fäuste zusammen. „Ich habe wirklich gedacht, dass du wenigstens noch deine eigene Meinung, unbeeinflusst von der Außenwelt, bewahrst", zische ich und laufe dann energisch in das Haus.

Als ich das Wohnzimmer betrete und immer noch mit geballten Fäusten auf die Couch zugehe, ist dieser verfluchte Levi der Erste, der sofort aufspringt. „Was ist mit ihr?", fragt er mich mit zusammengezogenen Augenbrauen. Ich lache verächtlich auf.

„Was mit ihr ist, du Arschloch? Sie verträgt euer scheiß Zeug nicht, das du ihr angedreht hast", gifte ich ihn an. Er sieht mich kurz verwirrt an und winkt dann ab. „Wenn es nur das ist. Es ist immer so, wenn man das erste Mal was nimmt, damit muss man rechnen", meint er gleichgültig und will sich wieder umdrehen. Und genau in diesem Moment platzt mir der Kragen und meine immer noch geballte Faust landet in seiner widerwärtigen Visage.

Eigentlich bin ich kein gewalttätiger Mensch und ich wollte es auch nie sein. Vielleicht liegt es am Alkohol, der immer noch von meiner Leber verarbeitet werden muss, vielleicht liegt es aber auch an dem unglaublichen Hass, den ich von der ersten Sekunde an gegen diesen Kerl entwickelt habe. Die meisten im Raum sind so vollgedröhnt, dass sie überhaupt nicht mitbekommen, dass sich hier auch noch andere Menschen befinden, während die, die auf dem Sofa sitzen, erschrocken aufspringen. Auch Levi taumelt und fasst sich fassungslos an seine Nase, die keine Sekunde später anfängt, zu bluten. Das Gefühl von purer Genugtuung macht sich in mir breit und ich sehe ihn wütend an, während ich mir auf die Zunge beiße, um nicht auszurasten. Gerade, als er sich wieder gefasst hat und zurückschlagen will, eilt Logan ins Wohnzimmer und rettet mich in letzter Sekunde vor der fliegenden Faust.

„Was ist denn hier los, verdammt?", fragt er verwirrt und sieht uns alle nacheinander an.

„Dieser Bastard hat Arwen seine beschissenen Tabletten angedreht", rufe ich wütend und Logan sieht dann Levi an.

„Sie wollte sie haben", verteidigt er sich. Logan fasst sich an die Schläfe und stöhnt genervt auf. „Kann man euch nicht einmal für ein paar Stunden alleine lassen?", meint er und hört sich dabei ein wenig an wie mein Vater.

Auch Arwen betritt nun wieder das Wohnzimmer und sieht Levi, dessen Nase immer noch blutet, geschockt an. „Was ist denn passiert?", fragt sie und läuft auf ihn zu. „Dein bescheuerter Kumpel hat mir eine reingehauen", beklagt er sich bei ihr und Arwen mustert mich daraufhin abfällig. Ich weiß, dass sie Gewalt nicht leiden kann, schon allein wegen ihrem Vater. Aber eigentlich habe ich auch angenommen, dass sie aufgrund ihres Vaters sämtliche Rauschmittel ablehnt.

„Devin, du bist nicht verantwortlich für mich. Kümmere dich bitte um dich selbst und misch dich nicht in meine Entscheidungen ein", zischt sie und hilft dann Levi mit seiner Nase. Ich blicke ihr stumm hinterher, als die beiden zusammen zum Bad laufen und bemerke aus dem Augenwinkel, wie Logan beginnt, die ganzen Leute aus dem Haus zu scheuchen. Die Musik wird ausgeschalten und er reißt ein Fenster nach dem anderen auf. „Die Party ist vorbei, haut ab", schreit er und die murmelnden Leute, darunter auch Chris, trotten langsam Richtung Ausgang.

„Mann, mann, das hat aber nicht gut geendet", meint Daniel, als er kurz bei mir stehen bleibt. „Der Abend ist von Anfang an zum Scheitern verurteilt gewesen", grummele ich. Daniel klopft mir auf die Schultern. „Das wird schon. Ich meine, solange du es hier ohne das Zeug aushältst, passt alles. Andere kümmern einen nicht, Devin, hier achtet jeder auf sich selbst. Oder du bist verloren."

Ich nicke und er grinst mich an. „Ich hoffe, wir sehen uns bald wieder, Mann", meint er und boxt mir noch leicht gegen den Arm, bevor er sich dann unter die Menge mischt und mit den Leuten das Haus verlässt. Ich bemerke den kühlen Luftzug, der durch all die geöffneten Fenster verursacht wird und seufze. Zum ersten Mal an diesem Abend sehe ich auch Hatice, die den Raum betritt und uns skeptisch mustert.

„Was ist denn mit euch los?", fragt sie unsicher und läuft zu Medea, die immer noch auf dem Sofa sitzt. Anscheinend hat sie wieder die volle Dröhnung intus, denn ihr teilnahmsloser Blick hat sich trotz des Vorfalls nicht verändert. Logan seufzt auf. „Devin hat Levi eine verpasst", erzählt er ihr und Hatice hebt verwundert eine Augenbraue an.

„Du? Levi?", fragt sie nun an mich gewendet, als wäre es so unrealistisch, dass ich irgendwas anstelle, was nicht in Richtung *normaler Langweiler* geht.

Ich nicke zaghaft und kurz sehe ich so etwas wie Belustigung in ihren Augen. Sie lehnt sich zurück und zieht ihre Beine an den Körper. „Vielleicht hat er es ja auch verdient", meint sie achselzuckend und ich laufe zum Sofa, um mich ebenfalls hinzusetzen.

„Ich möchte das Haus verlassen können, ohne davor Angst haben zu müssen, dass es Tote gibt, wenn ich wieder heimkehre", zischt Logan und greift zu einer halb angetrunkenen Bierflasche. „Ist das deine, Medea?", spricht er sie an und blickt ihr dabei in die Augen.

Medea nickt langsam und lächelt kurz. „Ich wollte es nicht austrinken. Bier ist so ekelhaft. Und ich weiß, dass es das Einzige ist, das du trinken würdest", erklärt sie leise und es klingt so, als würde sie sagen wollen, dass sie das Bier absichtlich nicht ausgetrunken hat, um es Logan geben zu können.

Dieser zuckt mit den Achseln, wirft noch sicherheitshalber einen Blick in die Flasche und lehnt sich dann zurück. „Und nun, wer soll die ganze Scheiße hier aufräumen?", fragt er augenrollend und trinkt.

Ich mustere das Wohnzimmer. Das Chaos habe ich mir irgendwie schlimmer vorgestellt, es wird aber dennoch eine Heidenarbeit werden und unglaublich viel Zeit kosten. Überall liegen die Deckel der Bierflaschen, Kippenstummel und zerrissene Tütchen. So sieht es also aus, wenn eine Horde Drogenabhängiger feiern geht.

„Wir müssen wohl oder übel wieder alle mit anpacken", meint Hatice achselzuckend und beginnt an ihrem Nagel herumzukauen. Die Badezimmertür wird aufgestoßen und Levi und Arwen betreten das Wohnzimmer. Levi stützt sich dabei an Arwen ab und ich rolle mit den Augen. Er tut so, als hätte ich ihm seine Beine gebrochen und ihn misshandelt und überdramatisiert die Situation.

„Na, Levi? Endlich mal das gekriegt, was du verdienst?", provoziert ihn Hatice, während sie ein zuckersüßes Lächeln aufsetzt. Levi sieht sie mit einem finsteren Blick an, während Arwen mich abschätzig mustert.

„Levi, dir ist aber hoffentlich klar, dass du dennoch aufräumen wirst", ruft ihm Logan sein Versprechen ins Gedächtnis. „Der Pisser dort haut mir eine runter und ich soll auch noch aufräumen?", fragt er fassungslos und stellt sich aufrecht hin. Logan zuckt mit den Schultern.

„Damit hättest du rechnen müssen", zitiert ihn Logan grinsend. Es ist tatsächlich etwas, was Levi erschreckend oft sagt.

„Was ist mit dir, Arwen? Geht es dir besser?", fragt Medea plötzlich und auch Arwen scheint überrascht von ihrer Frage zu sein. Sie zögert kurz und nickt dann langsam.

„Was hast du genommen, Arwen?", hinterfragt Logan. Sie zuckt mit den Schultern.

„Es war Stoff von Chris", meldet sich Levi zu Wort. Logan mustert die beiden und seufzt dann. „Ich hoffe, du weißt, wohin du sie da reinreitest, Levi", meint er kalt und steht dann auf. „Trag die Verantwortung für die Scheiße, die du baust, selber."

Levi sieht ihn verwirrt an, doch Logan ignoriert ihn und läuft zu seinem Schlafzimmer. „Ich hoffe mal, ihr denkt morgen an das Aufräumen. Ich habe keine Lust darauf, in einer verdreckten Wohnung zu leben", sagt er noch, bevor er die Tür hinter sich schließt und schlagartig Ruhe im Raum einkehrt. Hatice lacht leise vor sich hin. „Was lachst denn ausgerechnet du so dumm?", macht Levi sie dumm von der Seite an, doch sie winkt nur ab. „Ach, keine Ahnung. Vielleicht finde ich das alles einfach nur unglaublich lustig", sie wirft Arwen einen Blick zu. „Du tust mir leid, Arwen."

Levi stöhnt genervt auf und packt dann Arwen am Arm. „Wir schlafen heute woanders", murmelt er und zieht sie mit sich. Das Letzte, was ich von Arwen noch gewidmet kriege, ist ein Blick, der mir das Blut in den Adern gefrieren lässt.

„Er ist wie seine Schwester. Es ist, als würde ich sie und nicht ihn sehen", murmelt Medea leise und Hatice lacht verächtlich auf. „Wie sagt man so schön? Der Apfel fällt nicht weit vom Stamm. Aber in diesem Fall hätte man überhaupt keinen verdammten Baum pflanzen sollen", sagt sie und lehnt sich zurück.

„Was meint ihr?", frage ich verwirrt. Medea sieht mich an und lächelt zaghaft. „Levi und seine Schwester waren immer diejenigen, die die neuen – nennen wir es mal – Opfer mitgebracht haben. Ohne sie würde doch niemand in dieser Wohngemeinschaft leben und ihnen somit das Überleben sichern. Sie brauchen neue Leute, die sie abhängig machen können. Das ist sowas wie ihr eigenes Geschäft. Sie schaffen neue Kunden an, indem sie sich mit ihnen anfreunden und ihnen irgendwann das Zeug andrehen und machen damit natürlich irgendwann einen guten Gewinn." Verwundert sehe ich sie an.

„Du meinst, er liebt Arwen überhaupt nicht?", frage ich, doch Hatice winkt ab.

„Das behaupten wir nicht. Es kann sein, dass er es dieses Mal ernst meint. Aber sagen wir es mal so: Arwen ist nicht die Erste", meint sie und ich runzele die Stirn. Auf einmal empfinde ich unglaublich großes Mitleid gegenüber Arwen, auch wenn ich so wütend auf sie bin.

„Wenn ich ehrlich bin, verfluche ich diese Familie", meint Medea.

„Wieso?"

„Ohne Levis Schwester wäre ich nie hier gelandet. Früher habe ich in einem anderen Viertel New Yorks gewohnt, dort gab es sowas wie ein Jugendtreff. Ich habe sie dort kennengelernt und sie hat mich langsam und unauffällig in ihre Kreise gezogen", erzählt sie und ihre Augen füllen sich dabei leicht mit Tränen. „Ich will das nicht mehr."

Ich seufze. „Vielleicht solltest du einen Entzug machen", schlage ich vor, doch sie schüttelt hektisch ihren Kopf.

„Ich müsste dafür mit meinen Eltern in Kontakt treten. Ich meine, ich kann da nicht einfach ohne Geld hin", sie seufzt.

„Aber ich kann meinen Eltern nicht unter die Augen treten. Nicht so und nicht nach all den Jahren." Ich nicke verständnisvoll und frage mich, ob ich das irgendwann auch mal von mir behaupten werde. Werde ich meine Eltern jemals wiedersehen? Meine Geschwister, die bis dahin vielleicht schon so alt wie ich sein könnten? Camille, die dann in dem Alter ist, in dem es meine Aufgabe als großer Bruder ist, sie vor idiotischen Kerlen zu schützen? Der kleine Hosenscheißer, der bis dahin vielleicht keiner mehr ist? Toby, der sich dann nicht mehr für seine komischen Zeichentrickserien interessiert? Meine Eltern, die älter und mir dann irgendwann genommen werden?

„Wir sollten schlafen gehen", schlägt Hatice vor und ich stimme zu. Kurz mache ich mir Sorgen um Arwen, ob sie vielleicht doch keine Unterkunft für diese Nacht findet, doch schüttele den Gedanken dann schnell wieder ab. Am liebsten würde ich sagen wollen, dass es mir egal ist, aber das ist es nicht. Jedoch versuche ich, all meine Sorgen bei Seite zu schieben. Sie hat mir heute klar gemacht, dass sie nicht möchte, dass ich mich einmische. Ihr Blick, den sie mir vor Verlassen des Hauses zugeworfen hat, kommt mir wie eine Kampfansage vor. Wir kramen unsere Matratzen hervor, die alle bei Seite geräumt wurden, um sie vor den Partygästen zu schützen, und legen sie auf dem verdreckten Boden ab. „So habe ich auch noch nie geschlafen", murmele ich, als ich mit der Fußspitze einen Kippenstummel bei Seite kicke und dann meine Matratze auf den Boden fallen lasse.

„Am liebsten würde ich auf dem Sofa schlafen, aber da ist auch schon genügend passiert", meint Medea und packt ihre Bettwäsche aus.

„Bitte erspare mir die Details."

Lachend widmen wir uns unseren Betten zu und legen uns schließlich hin. Die Lichter hat Hatice ausgemacht, noch während wir uns auf das Schlafen vorbereitet haben und die Wohnzimmerfenster sind bereits wieder geschlossen.

Ich starre an die Decke, so wie jede Nacht seit meiner Ankunft. Ich bin nun siebzehn Jahre alt, ein Jahr älter und kurz vor der Volljährigkeit, aber dennoch verloren wie ein kleines Kind. Ich schlafe schnell ein, was vermutlich auch am Alkohol liegt und durchlebe eine traumlose Nacht.

Am nächsten Tag ist es kein übertrieben laut gesungenes Geburtstagslied oder Lichter, die durch die Rollladenschlitze in das Zimmer scheinen, das mich weckt. Es sind leise Schritte, die an mir vorbeischleichen. Ich öffne die Augen und erkenne Hatice anhand der langen Haare und ihrer komischen Gangart.

„Hey", flüstere ich und sehe sie durch das Sonnenlicht an, welches durch das offene Fenster in der Küche scheint und ein wenig Schein bis zum Wohnzimmer gibt. Sie zuckt kurz zusammen, dreht sich zu mir und schließt und öffnet abwechselt verkrampft Ihre zu einer Faust geballten Hand.

„Ich wollte dich nicht aufwecken", meint sie leise und ich setze mich auf.

„Ist schon okay. Wohin gehst du?", frage ich und wundere mich, dass sie bereits wach ist. Ich kann mir nicht vorstellen, dass wir lange geschlafen haben, dafür bin ich noch viel zu müde. Sie zögert kurz, bevor sie antwortet.

„Ich habe seit gestern Abend keinen Stoff mehr", sagt sie schließlich und ich nicke dann langsam.

„Gehst du...?", ich möchte meinen Gedanken überhaupt nicht aussprechen. Sie nickt wieder und ich seufze.

„Soll ich mitkommen?", schlage ich vor, doch sie lehnt ab. „Das willst du nicht mitbekommen. Du willst damit nichts zu tun haben", meint sie mit fester Stimme und verlässt dann den Raum.

Ich höre, wie sie den Reißverschluss ihrer Jacke zuzieht und die Eingangstüre öffnet, während ich mich wieder in mein Kissen zurückfallen lasse. Hatice ist auch nur eine von ihnen.

KAPITEL ELF

Es fühlt sich an, als hätte ich jegliches Zeitgefühl verloren, als ich ein weiteres Mal, dieses Mal bei Sonnenschein und offenen Fenstern, aufwache.

„Wieso könnt ihr das Wohnzimmer nicht verdunkelt lassen?", murmele ich verzweifelt und vergrabe mein Gesicht in meinem Kissen. Ich konnte noch nie schlafen, wenn es hell ist. Jeglicher Lichtstrahl weckt mich sofort auf.

„Hast du gestern Nacht überhaupt realisiert, wie schlimm es hier aussieht? Logan bringt uns alle nacheinander um, wenn er das sieht", höre ich Medea antworten und ich wage einen Blick auf das halb verwüstete Wohnzimmer. Zugegeben, bei Tageslicht sieht es tatsächlich schlimmer aus, als in der Nacht noch von mir angenommen. Medea packt eine riesige Mülltüte aus und beginnt den Müll vom Boden aufzusammeln.

„Ich wollte dich ehrlich nicht beim Schlafen stören, aber jetzt, wenn du schon mal wach bist, wäre ich dir unglaublich dankbar für deine Hilfe. Ich muss jedes bescheuerte Mal aufräumen, weil jeder verschwindet, bevor ich ihn aufhalten und zum Helfen zwingen kann", beschwert sie sich und ich seufze. Langsam stehe ich auf. „Ausnahmsweise", meine ich und sie lacht leise.

Mir bleibt weder Zeit für eine Katzenwäsche noch für einen schnellen Gang auf die Toilette. Sofort mache ich mich an die Arbeit und helfe Medea. Das Wohnzimmer muss glänzen, bevor Logan aufwacht und es so zu sehen kriegt. Schweigend sammeln wir zusammen die Kippenstummel, Plastikbecher, Alkoholflaschen und Tütchen auf, für die wir nicht einmal verantwortlich sind.

„Ist Hatice schon zurück?", frage ich, während ein weiterer Becher in meiner Tüte landet, doch Medea sieht mich nur ahnungslos an. „Wieso? Wo ist sie denn?"

„Sie hatte kein Heroin mehr", meine ich und zucke mit den Schultern. Medeas Gesicht nimmt eine ungesunde Farbe an und sie wirkt leicht erschrocken. „Scheiße, ist sie etwa schon wieder gegangen?"

Ich nicke und werfe den letzten ekelerregenden Kippenstummel in meine Mülltüte, bevor ich einen Knoten in die oberen Enden mache.

„Oh Gott, sie ist so dumm", murmelt Medea leise und scheint in ihre Gedankenwelt abzudriften. Ich fühle mich, wie so oft, völlig ahnungslos und fehl am Platz. Ich stöhne genervt auf und mache mich daran, die Bierkästen wieder mit den Glasflaschen zu befüllen. Auch die Dosen, die von Energy Drinks oder Dosenbier übriggeblieben sind, sortiere ich in eine Extratüte. Immerhin bekommt man bei uns in der Stadt 10 Cent Pfand auf jede Dose, vielleicht gilt das in New York auch.

„Ich glaube, Arwen und Levi sind wieder da", durchbricht Medea plötzlich die Stille und wirft einen Blick zur Haustüre. Auch mir fallen jetzt die Geräusche, die durch das Zuknallen einer Autotür oder dem Laufen auf Kieselsteinen entstehen, auf. Keine Sekunde später wird die Tür aufgestoßen und die beiden kommen im Schlepptau Richtung Wohnzimmer.

„Ich wünsche euch einen wunderschönen, guten Morgen, meine Lieben", trällert Levi übertrieben fröhlich und grinst Medea dabei provokant an. Diese rollt nur genervt mit den Augen und hebt die Mülltüte in ihrer Hand in die Höhe. „Wieder erfolgreich vor dem Aufräumen gedrückt, hm?", zischt sie und Levi lacht nur. Stellen um seine Nase herum sind leicht bläulich angelaufen und auch wenn ich mich mies fühlen sollte, freue ich mich ein wenig darüber.

Ich schaue zu Arwen, die mich jedoch keines Blickes würdigt und lieber den Boden anstarrt, während sie sich an Levis Arm klammert. Sie wirkt unglaublich verloren und überhaupt nicht so, wie sie es eigentlich ist. Wenn man sie kennt, bemerkt man sofort, dass sie sich verstellt und in ihrer Position unwohl fühlt. Sie wäre die Letzte, von der ich erwartet hätte, dass sie sich jemals von einem Kerl unterdrücken lässt.

„Ich wollte euch nur mitteilen, dass Arwen und ich für ein paar Tage verschwinden werden", sagt er feierlich und ich erstarre. Erschrocken sehe ich Medea an, die ihn aber nur aus zusammengekniffenen Augen anstarrt.

„Sag es Logan, nicht mir. Und du kannst ihm doch gleich noch erzählen, dass du mal wieder keinen einzigen Finger gekrümmt hast und Aufräumen wieder nicht drin war. Du bist so unfassbar nervtötend, jedem auf der Tasche sitzen und Leute anschleppen, um es schön krachen zu lassen, aber du bist der Letzte, der etwas dafür tut", meint sie kalt und verlässt dann, gemeinsam mit dem ganzen Müll, den Raum.

„Na, dann sagen wir doch gleich Logan Bescheid", lacht Levi und läuft zu Logans Tür. Während er an mir vorbeigeht, wirft er mir einen strafenden Blick zu, den ich, trotzig wie ein kleines Kind, mit verschränkten Armen erwidere.

Er klopft kurz an Logans Zimmertür, betritt das Zimmer und verschließt die Tür auch wieder hinter sich. Eigentlich habe ich gedacht, Logan würde noch schlafen, was aber anscheinend nicht der Fall ist, da man kurz darauf Stimmengemurmel aus dem Zimmer hört. Die plötzliche Stille im Raum ist erdrückend und ich frage mich, ob ich den ersten Schritt wagen und mich entschuldigen soll. Eine ekelhafte, angespannte Atmosphäre herrscht zwischen Arwen und mir und ich laufe schließlich auf sie zu.

„Wo wollt ihr hin?", frage ich sie verwirrt, doch sie blickt mich nur stumm an. Ihre Lippen sind aufeinandergepresst und sie sieht aus, als würde sie nicht mal wissen, wo sie ist. Als wäre sie überhaupt nicht anwesend. Ich greife nach ihrem Arm, doch sie schlägt meine Hand sofort weg. „Wag es nicht, mich anzufassen", zischt sie plötzlich und ich zucke zurück.

„Bist du etwa noch sauer wegen gestern?", frage ich verwundert. Sie lacht verächtlich und tritt einen Schritt von mir zurück.

„Was soll ich nach dieser Aktion denn bitte noch von dir halten, Devin?", fragt sie mich und ich ziehe verwirrt die Augenbrauen zusammen.

„Denkst du nicht meine Reaktion ist berechtigt gewesen?", stelle ich die Gegenfrage.

„Du hast kein Recht dazu meinen Freund zu schlagen!"

„Er hat dir sein scheiß Zeug angedreht, Arwen! Ich dachte, wir sind uns einig, dass wir damit nicht anfangen. Und ich dachte auch, wir sind uns einig, dass wir den jeweils anderen beschützen. Genau das habe ich getan, ich wollte dich beschützen", versuche ich mich zu verteidigen. Wieder lacht sie nur. „Du bist nicht meine Mutter. Ich kann auf mich selbst aufpassen und ich kann tun, was ich will", gibt sie bissig zurück und ich sehe sie ratlos an. „Was willst du denn jetzt von mir hören?", frage ich verzweifelt und gebe nach, da ich weiß, dass das Streiten mit Arwen einen nicht viel weiter bringt, als die Ausgangssituation.

„Ich will nichts von dir hören. Nie wieder, Devin", murmelt sie und verschränkt die Arme, ihre Schutzposition.

Verwirrt sehe ich sie an. „Wie meinst du das?"

Sie seufzt. „So, wie ich es gesagt habe. Du sollst mich in Ruhe lassen, ich möchte nicht mehr mit dir befreundet sein", ihre Stimme klingt fest entschlossen, dennoch scheint sie den Tränen nahe zu stehen. Ich realisiere, dass sie es ernst meint und sehe sie geschockt an. „Du willst unsere Freundschaft aufgeben? Die jahrelange Freundschaft, für einen Jungen und für Drogen?" Die Worte, die aus meinem Mund kommen, klingen falsch und ich hätte nicht mal in meinen Träumen daran gedacht, dass ich sie jemals aussprechen muss.

Sie nickt fest. „Ich gebe unsere Freundschaft für meinen Freund auf, da ich merke, dass du mir nicht guttust."

Jetzt bin ich derjenige, der auflacht. „Du sagst, dass ich dir nicht guttue? Ich? Während dein widerlicher Freund dir Betäubungsmittel einredet?" Ich gestikuliere dabei wild und merke, wie mein Puls langsam in die Höhe schießt.

„Ich kann diese scheiß Drogen nehmen, wann ich will. Und ich lasse mich auch nicht von Levi beeinflussen, nein, ich wollte sie nehmen! Ich wollte diese Tabletten haben, wann verstehst du es endlich?", auch sie beginnt, langsam lauter zu reden und ihre Augen funkeln mich wütend an.

„Ach ja? Was wolltest du denn noch nehmen, hm? Was hast du denn genommen? Hat es denn wenigstens Spaß gemacht mit deinem Ecstasy? Hast du dich wenigstens besser gefühlt? Sag schon, was hast du noch genommen?", zische ich sie an. Meine Wut steigt von Sekunde zu Sekunde.

„Heroin. Bist du jetzt zufrieden? Und ja, ich habe mich besser gefühlt", antwortet sie in demselben Ton und ihr Kiefer zittert. Ich stocke und sehe sie sprachlos an. Ich ekele mich vor dem Gedanken und stelle mir Arwen wie Hatice vor. Wie sie sich das Zeug neben Levi in irgendeiner Gasse injiziert. Fassungslos laufe ich ein paar Schritte hin und her, um einen kühlen Kopf zu bewahren.

„Wir sind hier zu zweit hergekommen, Arwen. Wir wollten das zusammen durchziehen, erinnerst du dich? Du hast mich dazu gebracht, mein komplettes Leben auf den Kopf zu werfen und hier her zu kommen und jetzt lässt du mich sitzen für einen Idioten?", frage ich verzweifelt, doch sie schweigt. Ich höre, wie Levi die Zimmertür aufreißt und auf uns zukommt, doch bemerke ihn nicht in meinem Blickfeld. Er grinst mich an, während Arwen immer noch mit verschränkten Armen vor mir steht.

„Komm, Babe, wir gehen", flüstert Levi ihr zu und stupst sie leicht an.

Sie holt tief Luft. „Nein, Devin. Ich wollte es durchziehen. Du bist nur mitgekommen." Und dann dreht sie sich um und verlässt mit Levi zusammen das Zimmer und schließlich das leere, alte Haus. Sie lässt mich allein an dem Ort, an den ich ohne sie niemals gekommen wäre. An den ich ohne sie niemals bleiben wollte und an den ich ohne sie niemals gewollt hätte.

Ich habe den Leuten nie geglaubt, wenn sie davon erzählt haben, wie schmerzhaft es ist, einen Menschen zu verlieren. Ich habe ihnen nie abgekauft, was sie mir da erzählten. Wie hätte ich es auch glauben sollen? Ich habe noch nie einen wichtigen Menschen- bis dato- verloren. Aber jetzt bricht alles ein. Jedes Gefühl, welches mir beschrieben wurde, scheint mich zu erdrücken. Ich habe Vieles in meinem Leben in Betracht gezogen, aber niemals, dass die Freundschaft zwischen Arwen und mir irgendwann ein Ende findet. Ich wäre für Arwen durch Feuer gegangen, aber letztendlich ist sie diejenige, die mich angezündet hat.

Logan, der anscheinend an der Tür stehen geblieben ist, räuspert sich und ich werfe ihm einen Blick zu. „Ich schätze, das hat kein gutes Ende genommen", meint er trocken und ich lache auf. „Soll sie doch machen, was sie will", murmele ich und balle die Fäuste.

„Sie werden wiederkommen, falls du das meinst. Levi geht nur irgendeinen Cousin besuchen und nimmt sie mit", informiert er mich, doch ich zucke nur mit den Schultern. „Von mir aus könnten die beiden verschwinden und sich nie wieder blicken lassen", zische ich und die Worte fühlen sich so unglaublich falsch, aber so befreiend an. Auch wenn mir Arwen alles andere als egal ist und mich die Tatsache, dass ausgerechnet sie wie Hatice endet, schockiert.

„Wenn du meinst. Wo sind die anderen?", fragt er mich, doch gerade, als ich antworten will, kommt Medea wieder ins Wohnzimmer. „Ich bin hier. Ich habe nur schnell den Müll rausgebracht", sagt sie und lächelt Logan an.

„Hatice sollte auch bald wieder da sein", werfe ich ein und Logan nickt.

„Mann, habe ich einen Kohldampf. Ich glaube, ich spring kurz runter in die Cafeteria vom Verlag. Die müssten jetzt Mittagspause haben, vielleicht sind sie so nett und geben uns die übrig gebliebenen Sachen", sagt er und läuft in den Flur.

„Verlag?", verwirrt sehe ich ihn an.

„Ja, in der Straße direkt vor der Ausfahrt ist ein Zeitungs-verlag. Die Dame, die dort arbeitet, ist sehr nett und da sie immer so viel Essen wegschmeißen müssen, gibt sie uns manchmal was ab. Es sind teilweise noch komplette Kuchen, die in der Tonne landen", erklärt er und ich nicke schließlich. Wirklich wohl dabei ist mir nicht, denn schon wieder sollte ich nicht für mein Essen zahlen.

„Bis später", ruft Medea von der Couch aus und lehnt sich dann zurück. Logan winkt uns zu und macht sich dann auf den Weg, um uns etwas Essbares zu holen.

„Was ist vorhin passiert?", fragt mich Medea, nachdem die Tür hinter ihm ins Schloss fällt. Ich seufze und drehe mich zu ihr um. „Ich schätze, Levi hat Arwen um seinen Finger gewickelt."

Medea lacht auf und rollt dann mit den Augen. „Ja, das kann er, der Gute."

Ich nicke und wir schweigen uns an. Da ich nicht weiß, wie ich mir meine restliche Zeit sonst vertreiben soll, krame ich wieder mein provisorisches Bett hervor und lege mich hin. Wieder starre ich nur die Decke an und zähle Sekunden in meinem Kopf. Auch bei mir macht sich der Hunger langsam bemerkbar und meine Mutter würde mich mit dem Handtuch einmal um das Haus herumjagen, wenn sie wüsste, wie mein Essverhalten zurzeit ist. Nach einer Weile geht die Haustüre wieder auf und ich frage mich wirklich, ob es nicht sicherer wäre, wenn jeder einen Hausschlüssel bekommen würde. Kurz denke ich, es ist Logan mit dem Essen, bis Hatice mit einer Plastiktüte in der Hand ins Wohnzimmer spaziert. Sie wirkt müde, doch setzt ein leichtes Lächeln auf, als sie uns sieht. „Hallo, ihr Zwei", begrüßt sie uns und wirft die Tüte auf die Couch. Medea sieht sie entschuldigend an. „Hatice, du musst das nicht immer tun, ehrlich. Ich kann auch mal, immerhin muss ich auch für meine Sachen sorgen. Es tut mir so leid, dass ich es bis jetzt noch nicht geschafft habe", plappert sie los und in ihren Augen sieht man nur Reue.

Hatice atmet einmal tief ein und lächelt sie dann beruhigend an. „Es ist okay, Medea. Es ist schließlich mein Stoff, nicht deiner." Medea schüttelt jedoch den Kopf und zieht ihre Knie an ihren Körper. „Du hast so oft für mich etwas mitgebracht. Aber ich kann es einfach nicht, ich fühle mich so ekelhaft, wenn ich daran denke", flüstert sie und scheint den Tränen nahe zu sein. Es dauert eine Weile, bis ich verstehe, dass Medea das Prostituieren meint. Ich räuspere mich und setze mich auf. „Es gibt sicher andere Wege, an eure Drogen zu kommen, als mit diesem Dealer schlafen zu müssen. Sucht euch einen Neuen", schlage ich vorsichtig vor. Medea winkt ab.

„Das hätten wir doch schon längst getan, aber es ist schwer, an Drogen zu kommen, wenn man kein Geld hat", meint sie und lächelt dabei traurig. Ich seufze einsichtig und nicke.

„Dann solltet ihr diesem Dreckskerl eine Lektion erteilen. Ich meine, das ist echt widerlich", sage ich und mache eine kurze Pause. „Nichts gegen dich, Hatice, aber man nutzt nicht die Verzweiflung anderer Menschen aus."

Hatice nickt und setzt sich neben Medea, die auf einmal völlig aufgelöst zu sein scheint.

„Weißt du was? Levi war gerade eben da", erzählt Medea, um von dem eigentlichen Thema abzulenken. Überrascht blickt mich Hatice an. „Und du bist von ihm verschont geblieben?", fragt sie verwundert und ich lache.

„Nicht ganz", murmelt dann Medea.

„Dass dieser Idiot sich immer wieder traut, zurückzukommen, ist echt bewundernswert." „Wieso, was ist passiert?", hakt Hatice nach und ich bereue es ein wenig, das Gespräch mit Arwen hier geführt zu haben. Genau dann, wenn ich die Sache einigermaßen verdrängt habe, wird es wieder angesprochen.

„Arwen hat mir die Freundschaft gekündigt. Und sie nimmt jetzt Drogen. Dein Heroinzeug", informiere ich sie und Hatice zieht überrascht die Augenbrauen hoch. „Sie war mir von Tag eins an unsympathisch", sagt sie dann schließlich achselzuckend.

„Wieso?"

„Sie ist eines dieser Mädchen, die hundertprozentig in Levis Beuteschema passen. Naiv, leicht durchschaubar, leicht beeinflussbar, genervt von ihrem Alltag und ein wenig rebellisch. Und so hat sie sich auch verhalten. Meiner Meinung nach ist so ein Verhalten wirklich kindisch, immerhin ist sie fast erwachsen, also sollte sie auch einen eigenen Kopf haben und den auch benutzen können. Sie macht es Levi so einfach. Er würde doch niemals ein Mädchen abkriegen, wenn es diese weibliche Spezies nicht geben würde", erklärt sie und erst jetzt fällt mir auf, dass Arwen tatsächlich schon immer leicht beeinflussbar war. Auch, wenn sie das Abhauen als etwas Positives ansieht, sind diese WG und Levi tatsächlich das Schlimmste, was ihr passieren hätte können.

„Habt ihr eigentlich etwas Neues mitbekommen wegen der Vermisstenanzeige? Dieser Daniel, der gestern hier war, hat mich ernsthaft deswegen erkannt", meine ich, doch die beiden sehen mich nur ratlos an.

„Ich verfolge die Nachrichten nicht. Aber ich kann mir schon vorstellen, dass immer noch ein ziemlich großer Wind darum gemacht wird. Es ist schließlich erst eine Woche her. Um solche Vermisstenfälle wird meist monatelang ein Drama gemacht", sagt Hatice. Es entsteht wieder ein unangenehmes Schweigen und ich denke über meine Eltern nach. Ich möchte nicht wissen, wie viel Geld sie dafür bezahlen müssen und wie viel Aufwand sie betreiben, während ich hier sitze und einfach nur zu feige dafür bin zurückzugehen.

Erneut höre ich die Haustüre zuschlagen und zucke zusammen.

„Meine Ausbeute wird mindestens für eine Woche reichen", meint Logan stolz, als er uns einen riesigen Pappkarton gefüllt mit Kuchen und sogar deftigem Essen zeigt. Gemeinsam gehen wir in die Küche.

„Heute scheint sie einen sehr guten Tag zu haben", lacht Medea und hilft ihm, das ganze Essen aus dem Karton zu nehmen. Mir läuft das Wasser im Mund zusammen, als ich die Küchlein und die gebratenen Kartoffeln sehe. Erst, wenn man nicht mehr genug davon hat, weiß man all so etwas zu schätzen und ist dankbar. Und ich habe eindeutig nicht mehr genug davon. Kein Mittagessen mehr, welches mir von meiner Mutter nach der Schule aufgetischt wird, keine heimlichen Mitternachtssnacks mehr, die meinen Gesamtumsatz um geschätzte 1000 Kalorien überschreiten.

„Und sie gibt euch das einfach so mit?", frage ich verwundert. „Ihre Chefin merkt davon nicht wirklich was. Irgendwann haben wir angefangen, in ihren Containern herumzuwühlen. Ich weiß, es klingt echt ekelhaft, aber man konnte das alles noch essen, so viel wurde weggeworfen. Eines Tages hat sie uns dabei gesehen, aber sie hat ja selbst einen ziemlichen Knochenjob und weiß wohl, wie es ist, wenn man sich irgendwie um das Essen für die Familie kümmern muss. Seitdem schmuggelt sie uns das Essen sozusagen raus, sodass wir es nicht mehr aus der Tonne fischen müssen", erzählt Hatice und ich unterdrücke mir ein Würgen. Es ist traurig, dass ein Mensch so weit geht und sein Essen im Mülleimer sucht.

„Wir können uns heute Abend sogar einen Wein gönnen, den hatten sie auch", sagt Logan und hebt die Flasche hoch. Ich lächele.

„Ich bin für einen entspannten Abend. Jetzt, wo die Störenfriede weg sind", lacht Medea und wir stimmen ihr alle zu.

KAPITEL ZWÖLF

Der Tag vergeht unglaublich langsam, so zäh wie Kaugummi, und ich langweile mich die Hälfte meiner Zeit. Was soll man hier denn auch großartig machen? In einer abgelegenen Gegend, die größtenteils verlassen ist, ohne möglichen Internetzugang oder sonstigen Unterhaltungsangeboten. Ich darf mit niemandem reden, der nicht zu uns gehört und auch sonst ist das Kontakteknüpfen außerhalb dieser Wohngemeinschaft sehr schwer. Zugegeben, Princeton konnte einem auch nicht wirklich viel bieten. Aber es gab Leute, eine Bibliothek, Straßenfeste oder einfach nur einen Fußballplatz, der voll mit Jugendlichen war. Und es gab Arwen.

„Ich kann mich gar nicht entscheiden, welchen Kuchen ich zum Abendessen nehmen soll", meint Hatice nachdenklich und runzelt dabei die Stirn, als stünde sie vor der schwersten Entscheidung in ihrem bisherigen Leben. Ich lache leise auf und nehme mir was von den Kartoffeln, die mittlerweile kalt und eklig, aber dennoch verzehrbar sind.

„Du musst was von dieser Kirschtorte da probieren. Die finde ich total gut", hilft ihr Medea bei der Wahl und Hatice seufzt. „Hier, nimm mal. Ich komme gleich", sagt sie und drückt mir ihren Teller in die Hand, bevor sie Richtung Badezimmer verschwindet. Davor hält sie kurz bei ihrem Bett an und greift nach ihren Sachen.

„Wo ist Logan?", frage ich Medea, während ich mich auf die Eckbank setze und nach einer Gabel greife. Sie zuckt nur mit den Schultern und schiebt sich einen Bissen von der Kirschtorte in den Mund. „Er ist vorhin irgendwo hin. Er meinte, es sei ziemlich wichtig. Aber ich denke, er müsste jetzt dann bald zurückkommen", antwortet sie mir mit vollem Mund. Ich nicke und stochere in meinen Kartoffeln herum. Wie gesagt, kalt, pampig und trocken, aber dennoch schmeckt es unglaublich gut.

„Wo hat er den Wein versteckt?", ertönt wieder Hatice Stimme und Medea lacht. „Ich weiß es nicht. Ich könnte es mir sogar zu gut vorstellen, dass er ihn mitgenommen hat", meint sie kichernd.

Hatice lässt sich neben mir nieder und greift nach ihrem Kuchen. „Herrlich", sagt sie seufzend und fängt an zu essen. Für mich ist es völlig unerklärlich, wie man Kuchen zum Abendessen essen kann.

„Zum Glück ist Levi nicht da. Der hat immer das Meiste gegessen. Du musstest deine Sachen verstecken, wenn du nicht wolltest, dass sie innerhalb von Sekunden weggefressen werden", erzählt sie und rollt genervt mit den Augen. „Ich verstehe nicht, wieso er hier wohnt, wenn ihn eigentlich keiner hier leiden kann", sage ich und die beiden seufzen.

„Das ist eine sehr lange Geschichte", murmelt Medea, doch ich grinse nur. „Ich liebe Geschichten", sage ich feierlich und lehne mich zurück. Hatice sieht es als Aufforderung, mit dem Erzählen zu beginnen. „Anfangs haben hier nicht viele gewohnt. Levi und seine Schwester. Erst dann sind wir alle dazugekommen. Eigentlich gehört dieses Haus dementsprechend Levi. Also, es gehört niemanden, aber Levi hätte die Rolle von Logan einnehmen sollen. Aber da er weder arbeiten geht noch irgendwie Verantwortung tragen kann, hat Logan das alles übernommen. Levi ist einfach nur ein ekelhaftes Stück", sagt sie verächtlich.

„Wie meinst du das? Das Haus gehört niemanden?", verwirrt sehe ich sie an. Medea atmet tief ein und aus. „Niemand weiß, dass wir hier wohnen. Und es ist auch sehr wichtig, dass das weiterhin so bleibt, Devin. Das Haus gehört uns nicht und wir können es jeder Zeit hinter uns lassen. Das ist der springende Punkt."

Ich zögere, verstehe dann und nicke schließlich. Ich habe oft davon gelesen, besonders in der Zeitung wurden Leute wie Medea und Hatice häufig thematisiert. Illegal in einem Haus zu wohnen stand auch nie wirklich auf meiner To-Do Liste. Die Polizei bittet deswegen immer wieder Leute, die sowas mitbekommen, ihnen Bescheid zu geben, da es neben der Gefahr auch strafbar ist.

„Wenn ich gewusst hätte, dass ich mir all diese Probleme einbrocke, wenn ich mit Levi mitgehe, wäre ich lieber in irgendeiner Gasse geblieben und dort gestorben", murmelt Hatice. Sie scheint einen ziemlich großen Hass auf Levi zu haben, was in den letzten Tagen immer öfter zum Vorschein kam.

„Wieso bist du denn mit ihm mit?", frage ich sie interessiert.

Sie zuckt mit den Schultern. „Er hat mir ein Dach über dem Kopf versprochen. Das habe ich wenigstens noch gekriegt. Und er meinte, er würde dafür sorgen, dass mich niemand findet, was mir zu diesem Zeitpunkt sehr wichtig war."

Ich mustere sie von der Seite. „Wieso?"

„Es hat was mit meiner Familie und meiner Flucht zu tun", erklärt sie und ich nicke verständnisvoll.

Weshalb Medea abgehauen ist, wusste ich bereits teilweise, aber ich kann mir beim besten Willen nicht vorstellen, wieso Hatice gegangen ist.

„Wieso bist du denn gegangen?", frage ich vorsichtig. Ich habe mal in einem Artikel gelesen, dass man psychisch labilen Personen und das waren beide garantiert, keine Fragen stellen sollte, die viel zu persönlich sind. Wieso ich es trotzdem tue, kann ich mir nicht beantworten.

Sie zuckt mit den Schultern und seufzt. „Meine Eltern waren sehr streng. Sie kommen aus einem östlichen Land Europas und sind dementsprechend auch ziemlich gläubig. Ich habe nie an meine Religion geglaubt, für mich war das der völlige Schwachsinn. Ich meine, wie soll ich an etwas glauben, dass gut sein soll, aber dafür Menschen tötet? Etwas Gutes tötet keine Menschen. All das Leid auf dieser Welt sollte es nicht geben, wenn es über uns jemanden gibt, der auf uns Acht gibt. Und ich hätte mich nie für einen Glauben aufgeben können. Das war eines ihrer Probleme. Noch dazu bin ich einfach kein Teenager, der ihnen gepasst hat. So gesehen war ich ganz normal, in einer Entwicklungsphase, in der man nun mal gerne rebelliert und sein Leben genießt.

Das hat ihnen einfach nicht gepasst und ich bekam ständig irgendwelche Verbote aufgedrängt, die ich so oder so nie einhielt", sie macht kurz eine Pause und seufzt dann. „Irgendwann kamen sie an und redeten plötzlich vom Heiraten. Ich bin verdammt nochmal zu jung für so einen Scheiß. Sie meinten, sie hätten bereits viele potenzielle Ehemänner für mich, aber ich habe sie nur ausgelacht. Es wäre besser für mich und ich solle endlich erwachsen werden und mich den Pflichten und Aufgaben einer Frau stellen. Nur, weil es vielleicht oft in dieser Kultur vorkommt, ist es meiner Meinung nach noch lange keine Pflicht. Wieso soll ich jemanden heiraten, der mir völlig egal ist? Den ich noch nie in meinem Leben gesehen habe und nicht mal kenne? Sie hätten sich aber niemals überzeugen lassen, schließlich wurde ihre Ehe auch gegen den Willen meines Vaters geschlossen. Meine Mutter sagt oft, dass es das Beste war, was ihr passieren konnte, aber das glaube ich ihr nicht. Ich sehe, wie sie leidet, weil sie mit einem Mann zusammenlebt, mit dem sie keine einzige Gemeinsamkeit hat. Den sie einfach nicht liebt. Ich wollte mich so einem Schicksal nicht hingeben." Sie lacht. „Sie lassen sich von etwas leiten, das für mich niemals eine Rolle in meinem Leben spielen würde. Sie beten sogar so oft, wie es vorgeschrieben ist. Mein Lebensstil hat einfach nicht zu ihrem gepasst, ich konnte das einfach nicht. Wenn sie nur wüssten, dass ich nicht mal mehr Jungfrau bin, sie würden mich umbringen."

Ich starre sie etwas schockiert an und auch Medea schluckt einmal, obwohl ich mir vorstellen kann, dass sie die Geschichte bereits kennt.

„Und dann bist du einfach gegangen?", frage ich leise und sie nickt.

„Ich sei nicht mehr ihre Tochter, meinten sie. Sie ließen mich gehen, nach einem Streit, in denen ich ihnen meine Meinung gesagt hatte. Dann war es für sie vorbei. Meine Eltern hätten niemals eine Vermisstenanzeige aufgegeben. Ich bin mir sicher, dass sie seitdem alles getan haben, um zu vertuschen, dass es mich jemals gab", beendet sie ihre Erzählung und zuckt dann gleichgültig mit den Schultern.

„Das ist echt krass", murmele ich und denke an meinen Grund, weshalb ich gegangen bin. Plötzlich kommen mir meine Probleme so unglaublich unsinnig vor.

„Ich denke, es ist besser so", mischt sich Medea ein und Hatice nickt. „Es ist besser so, dass wir alle von daheim weg sind. Was dann auf uns zugekommen ist, ist zwar nichts zum Befürworten, aber die Hauptsache ist, dass wir in einem anderen Umfeld sind."

Ich nicke und schiebe meinen Teller von mir weg. Der Appetit ist mir vergangen.

„Wieso bist du eigentlich gegangen?", fragt mich nun Medea und ich erstarre. Die Frage, die ich überhaupt nicht gestellt bekommen haben wollte.

„Naja", beginne ich und überlege, ob ich die Sache einfach unbeantwortet lassen soll. Jedoch fühle ich mich schuldig, da ich sie immer erzählen lasse und sie aushorche, dabei aber nie etwas von mir preisgebe. „Ich weiß es selbst nicht. Irgendwie ist mir alles zu viel geworden, das war es schon immer. Ich habe drei Geschwister, bin in armen Verhältnissen aufgewachsen und habe mich irgendwie eingeengt gefühlt. Arwen ist schon immer meine einzige Bezugsperson gewesen. Sie hat mit ihrer Familie nebenan gewohnt. Am Tag, als wir gegangen sind, hatte sie Streit mit ihren Eltern. Eigentlich hatte sie das immer. Ihr Vater ist Alkoholiker, seitdem er keinen Job mehr hat und auch ziemlich aggressiv. Ihre Mutter hat mir erzählt, dass sie ihre Sachen geholt hat und weggefahren ist. Ich habe am Park auf sie gewartet und wusste nicht, was los ist. Sie hat mir gesagt, dass sie wegfahren will und dass ich mitsoll. Es war eine Kurzschlussreaktion. Ich wollte eigentlich nicht weg, aber ich wollte sie auch nicht allein lassen. Ich wollte sie nicht im Stich lassen. Deshalb bin ich einfach mit eingestiegen, ohne Sachen und ohne einen wirklichen Grund."

Hatice lacht leise. „Ich denke, jetzt ist sie diejenige, die dich im Stich gelassen hat", erinnert sie mich wieder an die Sache.

Es tut weh, wenn ich daran denke und ein Kloß bildet sich in meinem Hals. Ich zucke mit den Schultern und versuche gleichgültig zu wirken.

„Wenn sie meint, dass es ihr dadurch besser geht", sage ich.

„Hat sie wirklich auch mit den Drogen angefangen?", fragt Medea und ich nicke.

„Sie hat gestern was von Levi bekommen und irgendwie ist sie an Heroin rangekommen. Wahrscheinlich hat Levi sie unter Druck gesetzt", meint Hatice und ich nicke erneut.

„Sie hat sich eigentlich immer total geekelt vor solchen Sachen, schon allein wegen ihrem Vater", murmele ich und sehe dann Hatice an. „Was ist denn das Besondere an deinen Drogen, dass sie auf einmal jeder nimmt?"

Sie lacht leise. „Man empfindet nicht mal mehr Schmerz. Es blendet alles, was negativ ist, aus", sagt sie achselzuckend.

Ich starre auf die Tischplatte. Ich bin hergekommen, um neu anfangen zu können. Um das Leben, von dem ich immer geträumt habe, ausleben zu können. Ich habe meine Mutter im Stich gelassen, meinen Vater im Stich gelassen, meine Geschwister im Stich gelassen. Ich habe alles aufgegeben und bin in einer noch größeren Scheiße gelandet. Obwohl sie ihr Leben lang alles für mich getan haben. Ich habe sie in Stich gelassen für Arwen, die mich dann schließlich im Stich gelassen hat. Das Leben ist ein ständiges Geben und Nehmen, sagen sie, aber es kommt mir so vor, als würde es bei mir im Kreislauf nur das Nehmen geben. So viel wurde mir genommen.

Schmerz ist wie eine Brücke. Sie steht da und nur die kleinsten Auslöser bringen sie zum Einstürzen und man fällt. Und ich bin gerade am Fallen, während unter mir nur pure Dunkelheit auf meinen Aufprall wartet. Ich will nicht mehr fallen.

Ich runzele die Stirn und sehe dann Hatice an. „Ich will es auch ausprobieren."

Verwundert schaut mich Hatice an.

„Ja klar, Devin", lacht Medea, doch ich seufze nur.

„Es muss irgendwas Besonderes dran sein. Sonst würdet ihr es nicht nehmen. Ich will wissen, wie es ist", meine ich und erst jetzt scheinen die beiden zu realisieren, dass ich es ernst meine.

Hatice runzelt die Stirn und schüttelt den Kopf. „Rede doch keinen Schwachsinn, Devin. Du willst es nicht und ich weiß es."

„Du machst dir damit alles kaputt", fügt Medea noch hinzu und sieht mich eindringlich an. Ich lache leise auf und blicke zur Decke. „Ich habe nichts mehr. Es gibt kein *alles* mehr."

„Vielleicht denkst du das im Moment, aber das stimmt nicht. Du hast noch so viel. Wir hatten auch viel und es war uns nie bewusst", meint Medea und lächelt mich aufmunternd an.

„Der Unterschied zwischen dir und mir ist, du hattest etwas, bevor du herkamst. Ich habe noch nie was gehabt. Ich wäre am Ende irgendwo gelandet, in einem Job, den ich nicht ausüben möchte, mit mangelnder Bezahlung, die ich dann an meine Eltern abstempeln muss, damit sie wenigstens meine Geschwister, die sie in die Welt gesetzt haben, um höchstwahrscheinlich mehr Unterstützung vom Staat zu bekommen, zu ernähren und sich abends noch paar Bier gönnen zu können. Dann hätten sie wieder gestritten, mir die Schuld in die Schuhe geschoben und die Bierflaschen nach mir geworfen, damit ich am nächsten Tag wieder monoton und mit blauen Flecken die unterbezahlte Scheiße durchziehen muss", sage ich verächtlich und räuspere mich. „Ich hätte vielleicht noch Arwen gehabt. Aber die ist jetzt auch weg. Ich bin zwar kein Genie in Mathe, aber ich kann mir noch ausrechnen, dass die Summe momentan null beträgt."

„Das ist kein Grund, um mit Drogen anzufangen", wirft Hatice ein. Ich blicke sie an und grinse. „Aber dein Grund war einer, der für die Drogen gesprochen hat?", hinterfrage ich und sie öffnet den Mund, scheint aber nicht zu wissen, was sie sagen soll.

Medea blickt zwischen mir und Hatice hin und her und hebt dann ihre Arme, bevor sie aufsteht. „Ich möchte nicht sehen, wie du beginnst, dich in die Scheiße zu reiten. Und vor allem will ich nicht schuld daran sein", murmelt sie und verlässt daraufhin das Zimmer.

Hatice blickt nachdenklich auf den Tisch.

„Bitte, Hatice. Ich will es nur probieren. Ein einziges Mal", bettele ich sie an und sehe sie dabei mit einem Hundeblick an, doch ihr scheint nicht zum Lachen zumute zu sein.

„So hat es bei mir auch angefangen, Devin. Ein einziges Mal und nie wieder. Und jetzt bin ich hier", antwortet sie kalt und blickt mich an.

„Ich werde doch wohl meine eigenen Entscheidungen treffen können", sage ich nun etwas bissiger. Sie zuckt mit den Schultern und greift in ihre Hosentasche.

Leicht angesäuert pfeffert sie die kleine Plastiktüte auf den Tisch und verschränkt dann die Arme. Fasziniert greife ich danach und betrachte das weiße Pulver darin. Ich weiß nicht, was mich in dem Moment an diesem Zeug so fasziniert. Vielleicht die Vorstellung, dass es mich vergessen lässt, dass ich lebe. Oder einfach das Gefühl, etwas zu brauchen, von dem man weiß, dass es immer da ist.

„Und was muss ich jetzt damit machen?", frage ich verwirrt. Hatice presst ihre Lippen zusammen.

„Ich werde dir nicht helfen, Devin", sagt sie mit fester Stimme.

„Das Zeug kann man bestimmt auch rauchen. Ich bin sehr gut im Drehen, ich habe immer für meinen Vater gedreht, weil er kein Fingerspitzengefühl hat", meine ich und betrachte sie. Ihre Gesichtszüge verhärten sich und sie schließt die Augen. „Hatice, ich bin in der Lage, meine eigenen Entscheidungen zu treffen."

„Ist ja schon gut. Gott, ich hasse nervtötende Menschen", zischt sie und steht ruckartig auf. Sie verschwindet im Wohnzimmer und ich folge ihr. „Ich verstehe nicht, woher dieser plötzliche Sinneswandel kommt", meint sie und kramt nach ihren Sachen. Ich schweige und weiß selbst keine Antwort darauf. Am besten ist es, wenn ich es auf den Gruppenzwang schiebe. Dabei habe ich es gerade mal eine Woche ausgehalten, mich dagegen zu wehren. Ist das wirklich mein Schicksal?

„Setz dich", befiehlt sie mir. „Einmal, Devin. Du wirst nie wieder Stoff von mir kriegen. Außerdem klaust du gerade meine abendliche Dosis", meckert sie und ich versuche, die Situation aufzulockern.

„Ist doch cool. Wir können zusammen auf Entzug gehen."

Sie rollt mit den Augen und greift nach einem deformierten Löffel.

„Was ist das?", frage ich, als sie eine komische Flüssigkeit drauf tropft.

„Ascorbinsäure. Manche nehmen auch Zitronensäure", meint sie und greift nach ihrem Feuerzeug. Konzentriert betrachte ich das Geschehen. Ich habe ihr schon oft dabei zugeschaut, aber dieses Mal ist es anders. Dieses Mal ist es mein Schuss.

„Wie hast du dich kurz vor deinem ersten Schuss gefühlt?", frage ich leise und sie zögert die Antwort raus.

„Ich habe mich darauf gefreut. Und ich wurde nicht enttäuscht."

Ich beschließe nach ihrer Antwort, mich ebenfalls darauf zu freuen. Sie packt ihre restlichen Utensilien aus und als ihr die Nadel erblicke, wird mir ein wenig mulmig zumute.

„Willst du es selbst machen?", fragt sie, doch ich sehe sie verwirrt an. „Woher soll ich wissen, wie das geht?"

Sie seufzt und greift nach meinem Arm. Adrenalin schießt durch meinen Körper, als sie mit ihren Fingern über meine Venen fährt wie eine Krankenschwester bei der Blutabnahme. Sie sieht mich an und greift dabei nach der Injektion. „Sicher?"

Ich nicke fest und beobachte sie dabei, wie sie die Nadel ansetzt. Ein kurzer Schmerz sagt mir, dass es für mich jetzt kein Zurück mehr gibt. Und als sie die Nadel wieder aus meiner Vene zieht, atme ich erleichtert aus.

„Ich weiß nicht, ob es eine gute Vene war. Ich kann es nicht bei Anderen", murmelt Hatice, doch ich winke ab. Erst jetzt realisiere ich wirklich, was ich getan habe. Etwas, was ich nie tun wollte und trotzdem habe ich meine eigenen Regeln gebrochen, bei vollem Bewusstsein.

Jetzt sehe ich Medea, die im Türrahmen von Logans Zimmer steht. „Du bist vollkommen verrückt, Devin", sagt sie kopfschüttelnd und ich sehe in ihren Augen sowas wie Mitleid aufblitzen. Ich brauche kein Mitleid.

Ich winke ab und lege mich hin. „Nur einmal, Medea. Ich will wissen, wie es ist", meine ich und ich höre sie seufzen, bevor sie wieder in Logans Zimmer verschwindet. „Sag Logan, dass ich mit ihm reden muss, wenn er wieder da ist", sagt sie noch. Hatice nickt, während sie sich ihre eigene Dosis zubereitet.

„Wie viel Gramm waren das?", hinterfrage ich und kann es selbst kaum fassen, dass dieses Zeug jetzt in mir drin ist. Durch meine Blutbahnen schießt und langsam in mein Gehirn eindringt.

„Wenig, aber dennoch genug. Mehr kriegst du von mir nicht", antwortet sie und ich ziehe verwundert die Augenbrauen hoch.

Sie wirft mir einen Blick zu, während sie wie ein Fließbandarbeiter Schritt für Schritt ihren Schuss vorbereitet. Immer wieder derselbe Vorgang; drauf, erhitzen, spritzen. Ich möchte nicht wissen, wie oft sie dies in den vergangenen Jahren schon getan hat.

„H ist ziemlich hinterfotzig. Jedes Gramm mehr ist ein Gramm näher an den Tod. Ich bin mir sicher, du möchtest kein Russisch Roulette spielen", sagt sie und streift ihren Pullover Ärmel hoch.

„Wie viel Gramm nimmst du?", meine Neugierde wächst, während ich abzuheben scheine. Ich kann meine Beine nicht mehr spüren und das Gefühl von Taubheit macht sich in ihnen breit. Ich schwebe regelrecht auf meiner Matratze.

„Mehr. Ich habe es in den Jahren gesteigert. Man bildet schnell eine Toleranz dagegen", sagt sie achselzuckend. Ich nicke und starre an die Decke.

Ich bemerke kaum, wie sie sich neben mich legt und ebenfalls an die Decke starrt.

„Wie lang dauert das, bis ich etwas spüre?", frage ich nach kurzem Schweigen.

Sie räuspert sich und zuckt mit den Schultern. „Es ist unterschiedlich von Mensch zu Mensch."

Ich schließe die Augen und nehme die ersten Anzeichen dafür wahr, dass das weiße Zeug, das ich bis vor ein paar Wochen noch gemieden habe wie die Pest, sich nun in meinem Körper eingenistet hat. Ich erinnere mich an Hatice' Aussage und ich kann ihr nur Recht geben. Ich fliege.

Es macht sich ein Gefühl der Leichtigkeit in mir breit, als würde ich nicht viel mehr wiegen als die Dosis Heroin, die in mir drin ihre Runden zieht.

Ich höre, wie die Tür geöffnet wird und Schuhe von den Füßen gestreift werden.

„Logan?", ruft Hatice und es klingt auf einmal furchtbar laut, obwohl sie in einer normalen Lautstärke spricht. „Medea will mit dir reden."

Logan betritt das Wohnzimmer und nickt. „Habt ihr alles aufgegessen?", fragt er, während er uns verwundert mustert.

„Nein, wir haben dir was übriggelassen. Muss dort irgendwo liegen", meint Hatice und er nickt.

„Er hat was genommen", ertönt Medeas Stimme und unsere Blicke schießen in ihre Richtung. Mit verschränkten Armen steht sie an derselben Stelle wie vorhin, als sie kurz zum Schauen gekommen ist.

„Was?", fragt Logan sie und zieht verwirrt die Augenbrauen zusammen. Stumm zeigt sie mit dem Finger auf mich und es dauert eine Weile, bis Logan wohl versteht, was sie meint.

„Devin? Genommen? Was denn?", immer noch irritiert sieht er nun mich und Hatice an.

„Was von meinem Zeug", meint diese achselzuckend und Logans Gesichtszüge verhärten sich. Aber ich verspüre kein schlechtes Gewissen, kein Stück Angst vor ihm und ich habe nicht das Gefühl, dass ich mich rechtfertigen muss. Alles, was ich fühle, ist Euphorie, die sich vor meinem inneren Auge in warmen Farben wie orange oder gelb sichtbar macht.

Logan atmet hörbar ein und wendet sich dann ab. „Macht das Licht aus, wenn ihr schlafen geht", sagt er noch, bevor er mit Medea in seinem Zimmer verschwindet. Kurze Zeit später ist leises Gemurmel zu hören.

„Was ist mit Medea?", frage ich verwundert.

„Ich weiß es nicht. Vielleicht braucht sie etwas."

Ich runzele die Stirn. „Und Logan hilft ihr dabei, an etwas ranzukommen, was sie braucht?" Der Satz klingt in meinem Kopf skurril und ich kichere kurz, als ich die Doppeldeutigkeit bemerke.

„Die beiden haben viel Zeit gemeinsam verbracht. Ich denke, für Logan ist sie zu der Schwester geworden, die er nie hatte und zu der einzigen Bezugsperson, die bei ihm geblieben ist. Er würde alles für Medea tun, glaub mir. Das hat er oft genug bewiesen." Sie lacht leise.

„Manchmal verstehe ich die Zwei nicht. Früher, als Levi noch rumstreunen war und nur über das Wochenende gekommen ist, war ich allein mit ihnen. Ich habe mich oft ziemlich dumm gefühlt, wie ein kleiner Außenseiter, aber ich glaube, die Bindung zwischen den beiden ist schwer zu verstehen, für jeden. Wenn man zusammen einen wichtigen Teil des Lebens verbringt und Menschen gehen sieht, ist es umso wichtiger, dass man wenigstens eine Person hat, die geblieben ist", erzählt sie und ich höre zu. Ich höre ihr gerne zu.

„Arwen war auch so jemand. Jeder ist gegangen. Nur Arwen war immer da. Selbst, wenn ich es mal nicht wollte. Unaufgefordert", murmele ich und sie lacht verächtlich auf.

„Du kannst deine Freundschaft nicht mit der von Logan und Medea gleichstellen, Devin. Wenn es so wäre wie bei ihnen, würdest du jetzt nicht allein rumliegen und ihr hinterher trauern, weil sie gegangen ist, zusammen mit einem nutzlosen Vollidioten", meint sie und ich zucke kurz zusammen. Ihre Aussage ist hart, aber ich weiß, wie recht sie doch hat.

„Ich bin nicht alleine", antworte ich leicht eingeschnappt und sie zuckt mit den Schultern.

„Wenn du damit auf meine Anwesenheit hindeuten möchtest, muss ich dich leider enttäuschen. Die zählt nicht."

Ich sehe sie verwirrt an. „Wieso nicht?"

Sie seufzt und steht auf. „Ich mache mir keine Freunde. Nicht mehr", sagt sie und läuft dann Richtung Küche, um unsere Teller wegzupacken und die Lichter auszuschalten. Kurz denke ich darüber nach, ihr zu folgen, doch als ich das Geschirr klirren höre, bemerke ich die plötzliche Müdigkeit. Es fühlt sich an, als wäre es mir nicht mehr möglich, weitere Minuten wach zu bleiben.

Erschöpft lasse ich mich wieder in das Kissen fallen und schließe die Augen. Die Tatsache, dass es Hatice Bett ist, hält mich nicht davon ab, schlafen zu gehen. Kurze Zeit später fühle ich mich leer. Es ist, als stünde ich in einem dunklen Raum und irgendwann falle ich in einen tiefen Schlaf, mit Träumen von fremden Personen, die Schreckliches erleben, jedoch ist es mir nicht möglich, aus dem Albtraum aufzuwachen. Irgendwann bemerke ich, dass ich einer der fremden Personen bin, ich bin mir selbst fremd geworden und den Albtraum, den ich erlebe, ist mein eigenes Leben, der wie ein Kinofilm an mir vorbeizieht. Ich habe damit nichts zu tun und schwebe einfach an den Geschehnissen vorbei wie auf einer Wolke. Plötzlich interessiert mich nichts mehr.

Das Gefühl von Schweben ist jedoch weg und mein kleiner Luftballon, der mich mit Leichtigkeit in den Himmel trägt, geplatzt, als ich am nächsten Morgen wieder aufwache. Als ich mich dazu zwinge, meine Augen zu öffnen und bemerke, dass neben mir Hatice noch tief und fest am Schlafen ist, muss ich kurz den Drang, ihr direkt ins Gesicht zu Kotzen, unterdrücken.

Ich stöhne auf und versuche, mich irgendwie zu sammeln, doch es fühlt sich an, als säße ich in einer Achterbahn, die mich hin und her schleudert. Noch dazu habe ich das Gefühl, dass mein Magen sich gerade aus mir herauszwängen will. Ich denke, ich lüge nicht, wenn ich sage, dass mir noch nie zuvor in meinem Leben so schlecht war.

Als ich versuche, mich auf den Rücken zu drehen, bemerke ich auch den Schmerz in meinen Armen und Beinen. Die

Schwerelosigkeit ist verflogen und meine Beine fühlen sich an wie Beton.

Durch mein Rumgezappel wacht auch Hatice auf und ich höre, wie sie grummelnd fragt, was denn los ist.

„Mir ist so scheiße schlecht", flüstere ich, da ich das Gefühl habe, dass bei lauteren Tönen sofort mein Mageninhalt anklopft. Ich höre sie lachen und rutsche etwas empört von ihr weg. „Das ist wirklich sehr lustig", murmele ich und lege meine Hand auf meine Stirn.

„Vielleicht hätte man dir von gewissen Nebenwirkungen erzählen sollen", meint sie und klingt plötzlich hellwach. Sie setzt sich auf und fährt sich einmal durch die verstrubbelten, langen Haare. „Weißt du, mir ging es danach ziemlich gut. Es war echt komisch, alle haben von irgendwelchen schrecklichen Kopfschmerzen erzählt. Aber ich habe sowas nie verspürt, das kam erst dann, als ich kein Heroin mehr genommen habe", erzählt sie und steht auf.

„Ich habe in meinem Leben noch nie solche Schmerzen verspürt", sage ich und seufze. Wieder lacht sie und wirft ein Kissen, welches neben der Matratze liegt, nach mir. „Sei kein Weichei."

Ich werfe ihr einen bösen Blick zu, doch muss kurz darauf ebenfalls lachen, da ich mir selbst wie ein Idiot vorkomme. Auch bin ich irgendwie erleichtert, denn es würde bedeuten, dass das Heroin nicht mehr in meinen Blutbahnen zu finden sein sollte.

Vorsichtig stehe ich auf und trotz der Tatsache, dass meine Beine sich unglaublich schwer anfühlen, folge ich ihr langsam in die Küche. Selbst das fließende Wasser, dass sie in den Wassertopf für ihren Instantkaffee laufen lässt, klingt unfassbar laut und strapaziert meine Nerven. Ich reibe mit den Fingern über meine Schläfe, während ich mich auf die Eckbank fallen lasse.

„Willst du auch einen Kaffee? Man soll bei sowas viel trinken, also man soll es zumindest bei Alkohol tun. Vielleicht hilft es ja", schlägt sie vor, doch ich winke beim Anblick ihres Pulverkaffees, gemischt mit irgendwelchen Partikeln, dankend ab. Sie zuckt daraufhin mit den Schultern und greift nach ihrer Tasse.

„Sind Medea und Logan weg?", frage ich verwundert, doch sie schüttelt den Kopf. „Die schlafen wahrscheinlich einfach noch. Aber ich denke, Medea müsste bald aufstehen. Wir müssen Stoff holen", antwortet sie. Ich nicke und starre nachdenklich auf die Tischplatte. Irgendwie erscheint ein komisches Bild von einem fetten, haarigen Dealer vor meinem inneren Auge und mir wird noch schlechter, als es mir sowieso schon ist.

„Ich kann mitkommen", schlage ich vor und weiß selbst nicht, wieso ich das tu. Ich könnte mir einreden, dass ich es tu, um als seelischer Beistand für sie da zu sein, aber das ist es nicht. Es ist meine Neugierde, die mich dazu veranlasst, auf Dinge einzugehen, denen ich aus dem Weg gehen sollte.

„Wieso willst du mitkommen?", fragt sie mich verwundert. „Ich wäre dann wahrscheinlich alleine hier, oder?", suche ich nach einer Ausrede, doch sie zuckt mit den Schultern.

„Wenn du Auto fahren kannst, kannst du mit. Dann können Medea und Logan hierbleiben", meint sie.

„Ich fahre dich", sage ich grinsend und verschweige die Tatsache, dass ich noch keinen Führerschein habe.

Sie scheint kurz zu überlegen und nickt dann. Erst jetzt macht sich die Übelkeit wieder bemerkbar und ich zögere keine Sekunde und renne los Richtung Badezimmer, um mich ein paar Sekunden später in die Kloschüssel zu übergeben. Der Rest meines spärlichen Mageninhaltes landet in der Toilette und ich lehne mich erschöpft gegen die Badewanne.

„Das sieht aber nicht gut aus", höre ich Medea sagen und blicke zur Tür. Besorgt steht sie im Türrahmen und betrachtet mich. Ich versuche sie anzulächeln, doch ich komme mir zu schwach dafür vor.

„Mit Konsequenzen muss man leben", meint nun auch Logan, der hinter ihr auftaucht und mich ohne jegliche Gefühle in seinen Augen anschaut. Er wirkt stumpf und alt. Ich möchte nicht wissen, was er gestern zu erledigen hatte.

„Es geht schon", sage ich und stehe auf.

„Medea, kommst du heute mit?", höre ich Hatice aus der Küche rufen und Medea wird schlagartig so weiß wie die Wand hinter ihr.

„Was ist heute?", fragt Logan verwirrt und sieht Medea fragend an.

Diese zögert kurz. „Stoff holen", murmelt sie und man merkt ihr an, dass sie es nicht möchte.

„Ihr solltet diesem Dealer in den Arsch treten", sage ich und rümpfe die Nase.

„Ich bin auch der Meinung. Aber du siehst ja, sie wollen es nicht", meint Logan achselzuckend und legt dann eine Hand auf Medeas Schulter, während er ihr irgendwas ins Ohr flüstert.

„Ich kann mit Hatice mitgehen", wiederhole ich meinen Vorschlag von vorhin.

Logan hebt verwundert die Augenbrauen an. „Kannst du Auto fahren?"

Wieder die Frage, die ich unehrlich beantworte. Zögernd nicke ich und laufe zur Tür. „Du kannst mir deinen Wagen anvertrauen", versichere ich ihm und das schlechte Gewissen nagt an mir. Trotzdem möchte ich raus aus diesem Haus, weg von all dem. Und ich möchte das ekelhafte Schwein sehen, das Minderjährige zu Dingen zwingt, die sie nicht möchten.

Skeptisch mustert mich Logan und seufzt daraufhin. „Na gut. Aber ihr, vor allem du, müsst vorsichtig sein. Deine Vermisstenanzeige kursiert immer noch im Fernsehen und im Internet. Außerdem bin ich mir ziemlich sicher, dass man dir deinen spaßigen Drogenkonsum ansehen kann", warnt er mich und ich nicke.

Kurze Zeit später sitze ich mit dem Autoschlüssel in der Hand im Fahrersitz. Meine Hände schwitzen, während mein Herz rast. Ich bin öfters mal mit dem Wagen meines Vaters durch unsere Straßen gefahren, doch in der kleinen Stadt ohne Polizisten interessiert es niemanden, was du treibst. Ich atme tief ein und starte dann den Wagen. Jedes Auto funktioniert ungefähr gleich, rede ich mir ein und wenn ich es einmal geschafft habe, werde ich es auch wieder schaffen. Kurz muss ich noch auf Hatice warten, die dann auf den Beifahrersitz springt und mir ein Zeichen dafür gibt, dass wir losfahren können. Ich hoffe, dass man mir meinen Angstschweiß an der Stirn nicht anmerkt.

Ich fahre los und nehme den Weg, den wir bis jetzt öfters genommen haben in Richtung Stadt.

„Du musst mir sagen, wo ich lang muss", informiere ich Hatice, während ich mich auf die Straße konzentriere. Ich halte mich penibel an die Geschwindigkeitsvorgaben und versuche, so wenig Aufmerksamkeit wie möglich zu erregen.

Sie nickt und blickt stumm aus dem Fenster. Manchmal hat sie Phasen, in denen sie nichts sagt, nur gestikuliert.

Ich erinnere mich nur teilweise an den Weg, den wir vor ein paar Tagen genommen haben und erst als ich die trostlose Landschaft erblicke, merke ich, dass ich auf dem richtigen Weg bin.

„Soll ich mit rein? Oder was soll ich machen?", frage ich Hatice, die daraufhin seufzt.

„Es ist mir egal, was du machst. Lass mich meine Arbeit machen und steh mir nicht im Weg", zickt sie. Ich kann mir ihr Verhalten nur mit der bevorstehenden Situation erklären.

„Du musst links abbiegen", sagt sie ein paar Minuten später leise und ich bin erstaunt, dass ich es bis jetzt so gut geschafft habe.

Etwas später stehen wir vor dem alten Haus, in dem sie damals auch verschwunden ist. Als sie sich abschnallt und ich es ihr nachmache, sieht sie mich skeptisch an.

„Ich will mir das ansehen", murmele ich und steige aus. Sie zögert, steigt aber ebenfalls aus und läuft zur Tür. Es ist keine Klingel vorhanden und wie von Geisterhand geht die Tür auf. Ein kleiner, pummeliger Mann steht im Türrahmen und sieht uns desinteressiert an.

„Du weißt doch, dass er keine Gäste will", sagt er augenrollend und meint damit anscheinend mich. Hatice winkt ab und drängt sich an ihm vorbei. Von Innen sieht das Haus überraschend normal aus.

„Du kannst dich auf das Sofa setzen. Ich bin gleich wieder da", flüstert sie mir zu und ich tue, was sie sagt. Kurz darauf bin ich allein mit dem kleinen Kerl in einem Raum, der sich daraufhin einen Joint anzündet und sich gegenüber von mir auf einen Sessel fallen lässt.

„Wer bist du, Junge?", fragt er mich, während er genüsslich zieht. Ich ziehe meine Augenbrauen zusammen und antworte ihm daraufhin mit meinem Namen. Er scheint nachzudenken, kommt aber zu keinem Entschluss. „Du bist neu hier, nicht?" Ich erspare mir eine bissige Antwort auf seine rhetorische Frage.

„Willst du auch was?", fragt er daraufhin schließlich und ich komme mir vor wie bei irgendeinem Makler, der mir ein teures Haus andrehen will.

„Nein. Ich nehme nichts", antworte ich ihm und er hebt überrascht die Augenbrauen an.

„Also scheinst du ja nur wegen der Kleinen hier zu sein. Das überrascht mich", stellt er fest und ich runzele wieder die Stirn.

„Ich begleite sie lediglich."

Er nickt nachdenklich und mustert mich dann normal kritisch. „Wie heißt du nochmal?", hakt er nach. Er ist mir unsympathisch.

„Devin", antworte ich nochmals und er sieht angestrengt aus. „Jetzt hab ich's! Bist du nicht mit dieser einen da gekommen? Der Neuen von Levi?", fragt er grinsend und ich nicke zögernd.

„Falls Sie Arwen meinen, ja", sage ich.

Er zuckt mit den Schultern. „Ich habe keine Ahnung, wie sie heißt. Das Mädchen mit den rosafarbenen Haaren, die jetzt für den Boss arbeitet, mit Levi zusammen."

Ich zucke zusammen und sehe ihn ungläubig an. „Was?", hake ich nach und fühle mich dabei wie ein Vollidiot. Der Dicke lacht. „Du scheinst wohl nicht auf dem neusten Stand zu sein", kommentiert er und ich zucke mit den Schultern. „Ich möchte damit nichts zu tun haben", sage ich fest entschlossen und er lacht. „Jeder, der hier landet, hat was damit zu tun, Kleiner."

„Ich nicht", widerspreche ich ihm.

„Aber deine Kleine, die Hatice zum Beispiel", versucht er weiter, seiner Aussage zu bestätigen. Ich zucke mit den Schultern und versuche nicht daran zu denken, was Hatice gerade im Nebenzimmer macht.

„Was macht Arwen hier?", frage ich interessiert und er zuckt mit den Schultern.

„Keine Ahnung, in sowas mische ich mich nicht ein. Aber sie ist weiblich und als Frau kannst du beim Boss sehr viel erreichen." Er zwinkert.

Ich atme tief aus und schließe kurz die Augen, um die unangenehmen Gedanken zu verdrängen. Es dauert eine Weile, bis ich die Stimme von Hatice auf dem Gang höre.

„Hier, fang", meint er schließlich und reißt mich damit aus meinen Gedanken. Eine kleine Tüte landet auf meinem Schoß und ich mustere sie, als wäre es irgendwas Giftiges. Auf dem zweiten Blick bemerke ich, dass zwar nicht die Tüte, aber dafür der Inhalt tatsächlich giftig ist.

„Ein kleines Geschenk von mir. Betrachte es als ein Willkommen", grinst er und steht auf, genau in dem Moment, in dem Hatice das Zimmer betritt. Schnell stopfe ich die Tüte in eine Hosentasche, bevor sie es zu sehen kriegt. Sie sieht wütend aus und läuft, ohne sich zu verabschieden, zur Tür. Zögernd folge ich ihr.

„Wir sehen uns, Kumpel!", meint der Dicke, bevor er die Tür hinter uns zuschlägt. Ich möchte ihm noch an den Kopf werfen, dass wir keine Freunde sind, doch drehe mich dann schließlich um und mustere Hatice. „Was ist los?", frage ich besorgt, doch sie winkt nur ab und läuft zum Wagen. Ich seufze, während ich in meiner Hosentasche nach den Schlüsseln krame. Dabei berühre ich das kleine, kühle Tütchen und ich frage mich, was das wohl für Zeug ist. Ich fühle mich schrecklich dumm und uninformiert.

Als wir im Wagen sitzen, mustere ich sie kurz von der Seite.

„Arwen arbeitet für diesen Kerl", erzähle ich ihr die neusten Informationen und sie sieht mich verwirrt an.

„Was? Woher weißt du das?", fragt sie sofort.

„Hat mir der Typ erzählt, der mit mir auf dich gewartet hat."

Sie scheint schockiert zu sein und dann lacht sie drauf los, laut und voller Spott.

„Arwen scheint noch dümmer zu sein, als ich es erwartet habe", meint sie schließlich und rollt mit den Augen.

„Wie heißt dieser Dealer?", frage ich sie schließlich, während ich konzentriert den Wagen lenke. Innerlich würde ich am liebsten laut loslachen, denn wer hätte gedacht, dass das Autofahren in einer Großstadt ausgerechnet von mir bewältigt werden kann.

„Marc. Das widerlichste Arschloch auf diesem Planeten."

„Hatice, ich bin der Meinung, du solltest dich von ihm entfernen, wenn du ihn so sehr hasst. Es gibt noch andere Dealer", spreche ich meine Gedanken aus. Sie schweigt kurz und sieht mich dann von der Seite an.

„Devin, es gibt Dinge, von denen du nicht Bescheid weißt. Und diese Dinge sind Gründe dafür, weshalb ich immer noch mit Marc schlafe, um Drogen abzugreifen", antwortet sie kalt. Ihre Gesichtszüge sind verhärtet und in ihren Augen spielt das Feuer. Ich räuspere mich und nicke. Zu gerne würde ich sie fragen, was sie damit meint, aber es scheint ihr unangenehm zu sein. Hatice hat wenige Grenzen, aber ich möchte nicht wissen, was passiert, wenn man eine von ihnen mal überschreitet.

Schweigend fahren wir zurück zum Haus, welches so bedrohlich und verlassen aussieht. Während sie übereifrig aus dem Wagen springt und regelrecht vor mir zu flüchten scheint, lasse ich mir Zeit.

Ich sehe mich um und kicke die Steine, die auf dem Boden herumliegen, umher. In meiner Hosentasche raschelt leise die kleine Tüte. Ich greife danach, hole sie raus und sehe sie mir genauer an. Fünf bunte, kleine Pillen mit Mustern und Smileys lachen mir entgegen. Ich seufze und meine Finger kribbeln.

Soll ich? Oder soll ich nicht?

Neben dem Haus entdecke ich eine Garage, die wohl zum anderen Gebäude gehört. Ich zögere kurz, laufe aber dann darauf zu. Es ist nicht allzu hoch, weshalb ich zuerst auf die Tonne unter dem Dach und dann auf das flache Dach selbst klettere. Es scheint stabil zu sein. Ich lasse mich dort nieder und der Wind weht etwas stärker. Mit dem Gedanken, dass ich schon immer mal eine Garage haben wollte, auf deren Dach ich klettern kann, lächle ich kurz.

Langsam lasse ich eine kleine Pille auf meine Handfläche fallen. Etwas in mir drin sagt mir, dass ich es tun soll und so schlucke ich sie, ohne weiter darüber nachzudenken.

Vielleicht fliege ich jetzt.

Es dauert eine Weile bis ich die Wirkung spüre. Es fühlt sich komisch an, eine Welle von Gefühlen überrollt mich, während ich auf dem Dach sitze und der Sonne zusehe. Ich habe kein Gefühl mehr für die Zeit, weshalb ich nicht mal mehr sagen kann, wie viel Uhr es sein könnte.

Es fühlt sich an wie Mitternacht, sieht aus wie morgens und müsste ungefähr Nachmittag sein. Ich fühle mich schlecht deswegen, denn ich habe die Kontrolle über mein eigenes Leben verloren.

Seufzend lege ich mich auf den Rücken. Es ist schön, etwas Ruhe zu haben, auch wenn es im Haus sowieso dauerhaft still ist. Ausgestorben, würde meine Mutter jetzt sagen. Beim Gedanken an sie packt mich so etwas wie Heimweh und mein Herz zieht sich zusammen. Wenn sie mich so sehen würde, ich glaube, sie wäre enttäuschter als jemals zu vor. Wahrscheinlich würde sie weinen, so wie damals, als ich und Arwen gemeinsam betrunken von einer Party abgeholt werden mussten. Und ich wollte nie, dass meine Mutter auch nur eine Träne wegen mir verliert. Aber es war mir irgendwie auch egal, weil es ihr auch egal war, wie viele Tränen ich wegen meinen Eltern verloren habe. Ich weiß nicht, wie lange ich dort liege, mit den Pillen neben mir und dem Kopf auf meinen Unterarm gestützt. Erst, als ich bemerke, dass mir tatsächlich Tränen über die Wangen laufen und meine Sicht verschwimmt, schließe ich meine Augen und versuche zu vergessen, was sich vergessen lässt. Und ich merke, das etwas gewaltig nicht stimmt.

Anscheinend fiel meine Abwesenheit den anderen auf, denn ein wenig später höre ich das Knirschen der Steine und Schritte, die sich mir nähern.

„Devin, was machst du da?", höre ich Hatice fragen und setze mich langsam auf. Schnell wische ich mir über das Gesicht und hoffe, dass sie es nicht bemerkt. Ich möchte nicht schwach neben einem Mädchen dastehen.

„Nichts", antworte ich ihr leise, während ich meine Füße baumeln lasse. Verwirrt mustert sie mich und seufzt dann. Sie nimmt ebenfalls den Weg über die Tonne, doch da sie etwas kleiner ist als ich und nicht die Kraft zum Hochziehen hat, reiche ich ihr meine Hand und helfe ihr hoch.

Sie mustert kurz das Dach und schaut dann runter, um zu gucken, wie hoch es von hier oben aussieht. Dann fällt ihr Blick auf mich und sie runzelt die Stirn.

„Hast du etwa geweint?", fragt sie verwirrt und ich zucke mit den Schultern.

„Wieso?"

„Deine Augen sind rot wie ein Pavianhintern und du siehst echt scheiße aus."

Ich stocke kurz und kann mir daraufhin ein Lachen nicht verkneifen. Wie aus der Pistole geschossen wirft sie mir, ohne mit der Wimpern zu zucken, direkt an den Kopf, dass ich scheiße aussehe.

„Vielen Dank, meine liebste, charmante Hatice", sage ich und rolle mit den Augen.

Sie schweigt, kniet sich hin und sieht mich einfach an. Unsicher erwidere ich ihren Blick.

„Es gibt ja Mädchen, die sowas süß finden. Aber ich empfinde gerade das Bedürfnis, dich vom Dach schubsen zu wollen", sagt sie grinsend und ich lege mich genervt stöhnend wieder hin.

„Du bist heute wieder sehr nett. Ich weiß auch nicht, woher das kam", meine ich. Sie setzt sich neben mich hin. „Wieso bist du vorhin nicht mit reingekommen?", fragt sie. Weil ich auf eigene Faust Drogen nehmen wollte.

„Weil ich keine Lust dazu hatte. Es ist schönes Wetter", lüge ich. Sie nickt. „Bald geht die Sonne unter. Das ist am schönsten."

Ich stimme ihr zu und wir schweigen uns an. Wir schweigen uns an, bis sie die Tüte entdeckt. Sie schluckt und sieht mich dann an. „Woher hast du das?", fragt sie monoton und ich überlege, ob ich vielleicht irgendwas abstreiten soll, entscheide mich aber dagegen. Hatice war bis jetzt immer so unglaublich ehrlich zu mir, diese Ehrlichkeit möchte ich ihr ebenfalls entgegenbringen. „Von dem Typen. Er meinte, es sei ein Willkommensgeschenk seinerseits", antworte ich ihr.

„Hast du was genommen?" Sie mustert mich kritisch. Ich nicke. Ich fühle mich ertappt und völlig schwach.

„Willst du mich verarschen, Devin? Bist du jetzt vollkommen durchgedreht?", zischt sie mich an und greift nach der Tüte. Stirnrunzelnd setze ich mich auf. „Wieso? Nur einmal", verteidige ich mich.

„Nur einmal, ja klar. Sei doch nicht so ein Idiot", wirft sie mir an den Kopf. Ich lache leise auf. „Das sagt genau die Richtige." Sie stoppt in ihrer Bewegung. „Ich will nicht, dass du in dieselbe Scheiße reinrutscht wie ich", zischt sie. Ich zucke mit den Schultern. „Und wenn schon. Dann stecken wir halt beide in der Scheiße."

Sie lacht verächtlich auf. „Glaub mir, du willst nicht in dieser Scheiße stecken. Lass es, solange du es noch kontrollieren kannst." Ich schweige und sehe sie nur an.

„Du kannst es auch kontrollieren. Du willst es nur nicht." Sie schüttelt den Kopf. „Ich kann es nicht. Ohne Heroin fühlt es sich an, als würde alles aus mir herausgerissen werden", sagt sie leise.

Ich seufze und weiß nicht, was ich antworten soll. Nach einer Weile Stille klettert sie zum Rand und versucht wieder herunterzuklettern.

„Du wirst fallen", sage ich stumpf, doch sie lacht leise auf.
„Ich falle immer."

Ich rolle mit den Augen und rutsche ebenfalls zum Rand.

„Du wirst dir wehtun", meine ich, als ich sehe, wie weit sie
den Tonnendeckel eigentlich verfehlt.

„Ist mir egal", gibt sie patzig zurück und dreht sich auf den
Bauch um.

„Mir aber nicht."

Ich greife nach ihren Händen und ziehe sie zurück.

„Lass mich los", brummt sie und zieht ihre Handgelenke
aus meinem Griff. Etwas ungeschickt springe ich auf den
Tonnendeckel und schließlich auf den Boden. „Jetzt kann ich
deine Beine positionieren", sage ich grinsend und sie rollt mit
den Augen.

Wieder legt sie sich auf den Bauch und robbt langsam
rückwärts an die Kante. Ich greife nach ihren Fußknöcheln
und helfe ihr dabei, auch wirklich auf der Tonne zu landen.

„Das war aber eine ganz tolle Heldentat", meint sie augenrollend, kann sich aber das Grinsen nicht verkneifen. Stolz
nicke ich. „Einmal täglich muss Gutes getan werden", gebe
ich zurück und sie lacht.

„Warte, ich muss noch schnell was aus dem Auto holen.
Hat mir Logan befohlen", meint sie und läuft zum Wagen,
während ich das Haus betrete. Ich ziehe meine Sachen aus
und laufe in das Wohnzimmer. Ein interessantes Szenario
bietet sich mir, als ich es betrete. Logan, welcher sich gerade
über Medea beugt und Medea mit einer Teetasse in der
Hand, die den Kuss erwidert. Erschrocken drehe ich mich
um.

„Ich glaube, dass hätte ich jetzt nicht sehen sollen, oder?",
sage ich schelmisch grinsend.

„Du kannst hingucken, wir reißen dir schon nicht den
Kopf ab", meint Logan leise lachend und ich grinse ihn an,
als ich zum Sofa laufe und mich darauf fallen lasse.

„Sollen wir so tun, als wäre das niemals passiert?", frage ich zur Sicherheit nochmal nach, aber er winkt ab, während Medea schweigend in ihre Tasse starrt. Eigentlich habe ich das bereits erwartet, jedem Blinden wäre es aufgefallen.

„Nein, aber du musst es auch nicht herumposaunen. Es ist besser, wenn es nicht die halbe Welt weiß", sagt Logan und ich nicke.

„Ich habe es nicht gefunden. Es scheint nicht im Wagen zu sein", ertönt die von Hatice und sie betritt das Wohnzimmer. Ratlos sieht Logan sich um und reibt sich dann über das Gesicht.

„Levi, das verfluchte Arschloch", zischt er und ich runzle die Stirn.

„Was ist passiert?"

Er wischt sich noch einmal über das Gesicht. „Mein verdammtes Portemonnaie lag im Flur auf dem Regal. Es ist weg. Er hat es zu hundert Prozent mitgenommen", antwortet er und ich seufze. In letzter Zeit sind Levi und Arwen die einzigen Personen, die irgendwelche Probleme zu machen scheinen.

„Ist da irgendwas Wichtiges drin?", frage ich und er nickt.

„Mein Geld für diesen Monat. Wenn er es verschwendet, werden wir die letzten zwei Wochen nichts haben. Rein gar nichts." Er klingt etwas verzweifelt und schaut dann zu Medea.

„Ihr geht es schlecht. Ich muss zur Apotheke, ich befürchte, sie wird Fieber bekommen. Es scheint eine ganz normale Erkältung zu sein, aber ihr Immunsystem ist sowieso so schwach. Sie braucht irgendwas, was beruhigt und etwas stärkt. Aber ohne Geld kann ich nicht gehen."

Ich sehe beide ratlos an und schlucke kräftig. So fühlt es sich also an, wenn man nichts hat.

„Wollten die Zwei nicht bald zurückkommen?"

Er schnaubt verächtlich auf. „Wenn sie wieder da sind, wird sowieso nichts mehr übrig sein."

Hatice gesellt sich zu mir und Medea auf das Sofa. „An deiner Stelle würde ich Levi nie wieder hier rein lassen", gibt sie ihren Kommentar dazu ab und Logan seufzt. „Ich weiß schon, was du davon hältst. Ich versuche irgendwo was aufzutreiben", meint er und winkt uns zu. „Achtet bitte darauf, dass es ihr nicht schlechter geht", befiehlt er uns und verhält sich wieder wie ein Vater. Wir nicken und er verlässt das Wohnzimmer. Medea sitzt wie hypnotisiert auf dem Sofa.

„Was ist mit ihr?", frage ich leise.

Hatice winkt ab und legt ihre Hand auf Medeas Schulter. Dann sieht sie mich an. „Wenn sie krank ist, darf sie keine Drogen nehmen. Das ist extrem gefährlich, meint zumindest Logan, aber ich kann mir gut vorstellen, dass es stimmt. Und so sieht nun mal ein Entzug aus", erklärt sie mir. Medea sieht tatsächlich grausam aus. Wie eine Leiche, völlig blass und leblos.

„Komm, leg dich hin bis er wieder da ist, ja?", sagt Hatice leise. Es dauert eine Weile, bis sie ihre Worte aufnimmt und sich nickend hinlegt.

„Hatice, willst du meinen Tee?", fragt sie wie ein kleines Kind. Hatice winkt lächelnd ab und nimmt ihr die Tasse aus der Hand. „Wenn du ihn nicht willst, stelle ich ihn auf den Couchtisch ab", meint sie. Medea nickt wieder und schließt dann die Augen.

„Das ist komplett abgefahren", murmele ich und mustere dabei Medea. Hatice runzelt die Stirn. „Wieso?"

„Man glaubt nie wirklich, dass Drogen so stark einen Körper beeinflussen können", erkläre ich und sie lacht leise. „Das Ergebnis eines jahrelangen Konsums von Drogen, die die Psyche extrem beeinflussen", meint sie und macht dabei eine Geste, die aussieht, als wolle sie etwas präsentieren.

„Hat irgendwer mal versucht einen Entzug zu machen?", hinterfrage ich und Hatice nickt.

„Levis Schwester. Sie ist daran gestorben."

Ich runzele die Stirn. „Wie kann man denn bitte bei einem Entzug sterben? Wieso sollte man sterben?"

Sie lacht. „Der Entzug selbst ist nicht das Problem. Aber ein kalter Entzug beeinflusst den Körper ungemein. Er hat ein unfassbares Verlangen nach der Substanz, da sich das Nervensystem daran gewöhnt hat. Man bekommt den Drang, es zu nehmen. Der Drang ist meistens unbeherrschbar, man nimmt immer mehr und will immer mehr. Und das endet dann in einer tödlichen Überdosis." Sie lacht kurz.

„Aber seien wir mal ehrlich, es hätte uns allen nichts Besseres passieren können als der Tod dieses Mädchens."

KAPITEL DREIZEHN

Es beginnt bereits zu dämmern, als Medea einschläft und Hatice und ich unsere Matratzen herrichten. Logan ist immer noch nicht zurückgekehrt und ich frage mich langsam, woher er überhaupt Geld oder Medikamente nehmen will.

„Ich lege meine Matratze neben deine", informiert mich Hatice und klingt dabei wie ein kleines Kind.

„Mach das", meine ich lachend und sie streckt mir daraufhin die Zunge raus.

„Glaubst du Logan kann etwas für sie auftreiben?", frage ich, während ich einen prüfenden Blick zu Medea werfe.

Sie zuckt mit den Schultern. „Ich weiß es nicht. Ich denke schon. Viele mögen Logan, da wird sich schon jemand finden, der etwas abstempelt", antwortet sie und lässt sich auf die Matratze fallen. Sie beginnt ihre Utensilien auszupacken und ich starre wie hypnotisiert auf das Tütchen, gefüllt mit dem weißen Pulver. Trotz den Tabletten in meinen Blut habe ich das Verlangen danach, mich noch einmal so zu fühlen wie vorhin. Wie gestern.

„Hatice?" Sie guckt mich fragend an.

„Lass mich auch, okay?", sage ich zögernd und sie atmet laut ein. Dann schüttelt sie fest den Kopf. „Du hast vorhin Ecstasy genommen. Selbst das ist schon zu viel. Du kannst nicht einfach alle Arten von Drogen gemischt in deinen Körper pumpen", stur starrt sie auf ihren Löffel und erhitzt das Heroin zusammen mit der komischen Flüssigkeit, dessen Namen ich vergessen habe.

„Na und? Es ist okay", sage ich. Sie lacht verächtlich auf. „Nein, es ist nicht okay. Heroin macht schneller abhängig, als du glaubst, Devin. Außerdem ist es gefährlich, was du da tust."

Ich ziehe wütend die Augenbrauen zusammen. „Hatice, du bist nicht meine Mutter. Ich kann nehmen, was ich will."

Ich fühle mich ungerecht behandelt. Wieso lässt man mich nicht das tun, was ich möchte? Wieso gibt man mir keine

Drogen, wenn ich damit für ein paar Stunden einfach alles um mich herum vergessen und mich gut fühlen kann?

„Sei nicht so egoistisch und halte mich nicht davon ab, kurz mal meine Sorgen vergessen zu können", zische ich und spreche damit meine Gedanken aus. Sie stockt. Und damit habe ich sie. Eines habe ich in den letzten Wochen bemerkt, als egoistisch oder als Alleingänger möchte hier niemand bezeichnet werden. Jeder versucht für jeden da zu sein, egal in welcher Situation. Wütend pfeffert sie mir den Löffel und die Tüte hin.

„Du hast recht, ich bin nicht deine Mutter. Aber dann besorge dir deinen eigenen scheiß Stoff, wenn du so sehr darauf abfährst und hör auf, mir meinen wegzunehmen", zickt sie und dann folgen Feuerzeug und Nadel, nachdem sie sich selbst das Heroin gespritzt hat.

Ich möchte keine Diskussion anfangen und befolge einfach das, was Hatice immer tut. Schließlich setze ich die Nadel an meine Armbeuge an, hoffe, dass ich eine Vene treffe und spritze mir dann zum ersten Mal selbst Heroin. Es fühlt sich gut an. Als würde ich eine Last von mir fallen lassen, mit dem Gewissen, dass ich jetzt leer bin. Vollkommen leer.

„Zufrieden, du Idiot?", grummelt Hatice und nimmt mir ihre Sachen wieder weg. Ich nicke lächelnd und lege mich hin. Die Wirkung kommt genauso schnell wie gestern und für einen Moment wünsche ich mir daheim zu sein. Daheim zu sein und mich so zu fühlen, wie ich es jetzt tue. Aber dann fällt mir auf, dass es hier gar nicht so schlimm ist. Dass ich tatsächlich gerne mit diesen, eigentlich fremden, Leuten unter einem Dach lebe, das gar nicht ihnen gehört.

„Wieso warst du im Auto eigentlich so schlecht drauf?", frage ich sie und sie seufzt, während sie sich ebenfalls hinlegt.

„Dinge, die dich nichts angehen, Devin", wiederholt sie ihre Worte von heute Mittag. Ich seufze.

„Haben wir die Grenze denn nicht schon längst überschritten? Diese *du bist mir zu fremd, weshalb ich dir nichts erzählen möchte*-Grenze?", frage ich provokant und sie schüttelt den Kopf. „Ich erzähle dir sowieso schon viel zu viel", sagt sie.

„Wenn du mir schon zu viel erzählt hast, schadet das bisschen mehr auch wieder nicht", grinsend lege ich mich so hin, dass ich sie anschauen kann. Ihre langen Haare fallen ihr in Strähnen ins Gesicht. „Du bist ein Idiot."

„Das hast du mir heute schon ziemlich oft mitgeteilt, ich denke, mittlerweile ist es bei mir angekommen."

Sie lacht. „Ich habe Schulden bei Marc. Ich kann nicht einfach den Dealer wechseln. Ich habe kein Geld, um alles zurückzuzahlen, vor allem nicht die gesamte Summe auf einmal", meint sie schließlich und ich runzle die Stirn.

„Wieso hast du denn ausgerechnet bei Marc Schulden?"

Sie seufzt. „Vor nicht allzu langer Zeit war ich etwas länger mit seinem Sohn zusammen. Wenn ich so daran zurückdenke, der Kerl ist echt widerlich. Und er hat mir angeboten, sozusagen bei ihm zu leben, was ich dann auch selbstverständlich getan habe. Er hat mir alles gezahlt. Essen, wohnen, Drogen. Ich habe alles in den Hintern geschoben bekommen. Und sein Vater hat sich das natürlich alles gemerkt. Im Nachhinein frage ich mich wirklich, wie ich so dumm sein konnte, zu denken, dass es keine Folgen haben wird", erzählt sie leise und räuspert sich dann.

„Wow, das ist echt ekelhaft. Der alte Vater schläft mit der Ex seines Sohnes", ich kann mir ein Lachen kaum verkneifen, auch wenn es verdammt ernst ist.

Auch sie schmunzelt, aber ich kann ihr ansehen, wie sehr sie sich davor ekelt. Sie möchte gerade etwas erwidern, als die Haustüre sich öffnet und Logan ins Wohnzimmer eilt. Wir schauen ihn beide erschrocken an, doch er nickt uns nur zu und geht zu Medea.

„Sie schläft", sagt Hatice stumm und er lässt sich neben ihr auf das Sofa fallen.

„Ihr seht ja alle äußerst glücklich aus."

Ich zucke zusammen und blicke zum Türrahmen. Daniel steht grinsend dort und kommt dann zu mir, um mich mit einem Handschlag zu begrüßen.

„Ich war letzten Endes bei Chris, aber der hatte nichts, was eigentlich zu erwarten war. Dann hat er mir vorgeschlagen, bei Daniel vorbeizuschauen", erklärt Logan und packt dabei Sachen aus seiner Jackentasche. Unter anderem erkenne ich tatsächlich Fiebersaft darunter.

„Was geht, Kumpel?", fragt Daniel und geht dann zum Sofa.

„Nichts, was soll schon gehen?", antworte ich ihm schulterzuckend, während ich Logan dabei beobachte, wie er Medea aufweckt. Ich merke, dass Hatice ihn eigentlich davon abhalten will, aber sie lässt es.

„Ich dachte, das Leben zwischen Junkies ist interessant und total actionreich", witzelt Daniel und Hatice setzt sich auf.

„Er mutiert selbst zu einem", sagt sie tonlos und ich zucke zusammen.

Daniel sieht sie verwirrt an und dann mich. Auch Logan hält inne und mustert mich fragend.

„Hör nicht auf sie, sie übertreibt wieder maßlos", werfe ich grinsend ein und Hatice rollt mit den Augen. Daniel schluckt und setzt ein Grinsen auf. „Hast wohl mal reinprobiert, oder?"

Ich nicke zaghaft. „Ja, probiert." Ich lüge ihm ins Gesicht, während das Heroin durch meine Blutbahnen fließt.

Daniel grinst weiterhin und wechselt dann schnell das Thema. Er erzählt mir die neusten News bezüglich Fußball, Vorfälle der letzten Zeit und etwas von seiner neuen Bekanntschaft. Es tut gut, mal mit jemandem zu reden, der normal ist. Heute definiere ich *normal* anders, als ich es früher getan hätte. Auch Medea, die bereits wieder wach neben Logan sitzt, ihren Tee trinkt und ihre Tabletten schluckt, beteiligt sich hin und wieder am Gespräch. Ich fühle mich gut und man könnte fast meinen, dass ich sehr gut drauf bin. Aber das Problem ist, ich bin drauf.

„Ich glaube, ich sollte mal abhauen", meint Daniel schließlich nach mehreren Stunden, die wir einfach nur alle zusammen verbracht haben. Hatice und Medea scheinen müde zu sein, Logan wirkt völlig ausgelaugt und auch ich bin etwas erschöpft und müde.

„Mach's gut, Devin", meint er, als er zu mir kommt, um sich auch wieder mit einer Faust zu verabschieden. „Pass auf, dass du nicht reinrutschst."

Nachdem er gegangen ist, verabschieden sich auch Medea und Logan und gehen schließlich in das separate Schlafzimmer. Dunkelheit umgibt mich, als das Licht ausgeschalten wird. Ich höre Hatice' tapsende Schritte und spüre dann schließlich, wie sie sich wieder hinlegt.

„Wusstest du, dass Medea und Logan was für einander übrighaben?", flüstere ich leise.

„Jeder braucht hier drin irgendwen, mit dem er sich durchkämpfen kann. Es ist das Beste für die beiden, wenn sie einander haben", antwortet sie und deckt sich zu. Ich nicke. „Und wen hast du?"

Sie schweigt kurz. Ich nehme jede ihrer Bewegungen wahr. „Noch niemanden. Aber auch wenn du manchmal ziemlich scheiße bist, wäre ich erfreut darüber, dich als meinen Kampfpartner bezeichnen zu können."

Ich lache. „Wir sind Superhelden im Kampf gegen den unerträglichen Alltag und die unerträglichen Leute, ja?"

KAPITEL VIERZEHN

Am nächsten Tag sind sowohl der Schwindel als auch die Übelkeit nicht vorhanden.

„Dein Körper gewöhnt sich schnell an komische Substanzen, die eigentlich nicht in ihn gehören", erklärt mir Medea, nachdem ich es ihr voller Freude erzählt habe. Eigentlich habe ich einen Absturz so wie gestern erwartet.

Medea scheint es bereits besser zu gehen, denn sie sitzt mit Hatice und mir gemeinsam am Küchentisch. Während Hatice ihr Müsli löffelt, nippt sie an ihrer Teetasse. Mir ist schon des Öfteren aufgefallen, dass sie ein absoluter Teetrinker ist.

Unsere kleine Runde wird jedoch von zwei Gästen gestört, die definitiv von niemandem im Haus willkommen geheißen werden.

„Sieh mal einer an ein Kaffeekränzchen."

Sofort spannt sich Hatice an. „Levi, kannst du nicht einfach ersticken?", fragt sie und lächelt ihn dabei übertrieben an.

„Welch gute Laune du mal wieder hast", sagt er und lacht. Arwen steht hinter ihm und wirkt wie ein unterwürfiges, kleines Wesen.

Um es in Hatice' Worte zu verpacken: Sie sieht scheiße aus. Ihre kleinen Augen verraten ihre Müdigkeit, ihre Haut wirkt fast durchsichtig, jedoch könnte man meinen, sie habe überhaupt keine Mimik mehr. Als sie meinen Blick bemerkt, senkt sie ihren. Niemals hätte ich gedacht, dass solch eine Person aus Arwen wird. Normalerweise kenne ich sie als selbstbewussten, starken Menschen, der sich nicht leicht unterkriegen lässt und trotz jedem Fall immer wieder aufsteht und weitermacht.

„Was willst du hier, Levi?", fragt Medea leise.

„Ich wohne hier?", gibt er zurück und lacht dabei.

„Ich schätze nach der Aktion mit Logans Portemonnaie nicht mehr", wirft Hatice ein. Ich räuspere mich und lehne mich in meinem Stuhl zurück. Levi schnaubt verächtlich auf, während er nach einem Glas greift und sich was zu trinken holt.

„Der schuldet mir sowieso noch was, den kleinen Geldverlust verkraftet er schon."

„Nein, verkraftet er nicht", sagt Logan, welcher hinter Levi im Türrahmen auftaucht.

„Ach, Logan mein alter Freund", er grinst ihn ekelhaft an.

„Also gibst du zu, dass du mir mein scheiß Geld geklaut hast?", fragt er ihn und man erkennt sowas wie Enttäuschung in seinen Augen.

„Was heißt hier denn geklaut? Geliehen. Ich brauchte es."
Wieder lacht er.

„Du weißt, dass es an Geld mangelt. Ich habe hier einen Haushalt zu führen, davon sind Menschen Teil, die *du* aus eigenem Willen angeschleppt hast und versorgen solltest. Ich will mein Geld wieder, sofort." Er klingt hart, streng.

Levi grinst ihn an, merkt aber schnell, dass Logan es verdammt ernst meint. Würde ich ihn nicht kennen, hätte ich im Moment Angst vor ihm.

„Können wir uns kurz unterhalten?", fragt ihn Levi. Logan starrt ihn an, zögert kurz und nickt dann schließlich. Die beiden verschwinden Richtung Wohnzimmer und zurück bleiben Hatice, Medea, Arwen und ich.

Hatice lacht auf und mustert Arwen von unten bis oben, während sie ihre Arme verschränkt.

„Was hast du genommen, Arwen?", fragt sie sie und sieht sie dabei voller Spott an. Arwen zuckt kurz zusammen und scheint überrascht zu sein, dass sie jemand anspricht. Sie schüttelt langsam den Kopf. „Nichts."

Medea stellt ihre Tasse geräuschvoll auf dem Tisch ab und räuspert sich. „Jeder Idiot, selbst wenn er keine Ahnung von Drogen hat, erkennt, dass du irgendwas genommen hast. Schau dich doch an."

Ich schließe meine Augen und wende den Blick ab. Teilnahmslos höre ich den Mädchen bei den Vorwürfen zur.

Arwen hebt den Kopf an und versucht sie mit ihrem Blick einzuschüchtern. „Ich wüsste nicht, was das dich angeht.

Kümmere dich lieber um dein eigenes Leben", zischt sie und Medea runzelt die Stirn.

„Hey Arwen, alles gut. Kein Grund zu zicken. Du lässt dich weiterhin von Levi ausnutzen und wir verfolgen das Ganze amüsiert. Alles im grünen Bereich", meint nun Hatice und trifft damit anscheinend einen wunden Punkt bei Arwen. Wütend funkelt sie sie an. „Du bist doch nur neidisch, weil er dich trotz der ganzen Zeit, die ihr miteinander in diesem Haus verbracht habt, nicht einmal wahrgenommen hat", giftet Arwen und Hatice lacht.

„Glaub mir, Arwen, du bist zu spät hier aufgetaucht, um zu wissen, was alles vorgefallen ist", gibt sie zwinkernd zurück. Arwens Mund öffnet sich und sie scheint zu überlegen, was sie darauf kontern soll.

„Komm, wir gehen", mischt sich Levi ein, der im Türrahmen auftaucht. Arwen wirft Hatice noch einen letzten grimmigen Blick zu und verschwindet dann gemeinsam mit ihrem neuen Lover. Ich seufze.

Logan betritt schweigend die Küche und holt sich ein Bier aus dem Kühlschrank.

„Und?", fragt Medea vorsichtig und er sieht uns alle an. Er nimmt einen Schluck und stellt dann seufzend die Bierflasche auf den Tisch. „Sie werden weiterhin hier wohnen."

Hatice stöhnt genervt auf und sieht Logan völlig verständnislos an. „Ich verstehe einfach nicht, wieso du dich jedes Mal um den Finger wickeln lässt."

„Er war schon immer ein Teil von dem hier. Er wohnt schon seit Jahren hier, das Haus sollte eigentlich ihm gehören. Ich kann ihn doch nicht einfach so rausschmeißen", verteidigt Logan seine Entscheidung, die Hatice jedoch nur mit einem Augenrollen kommentiert.

„Er hat sie so vollgepumpt. Habt ihr gesehen, wie sie aussah?", flüstert Medea und wir schweigen.

„Ich schätze, es könnte Heroin sein. Sie nimmt es wahrscheinlich schon länger, bestimmt seit der Party, Sie hat bereits jetzt schon leicht blaue Einstichstellen an ihren Armen."

Ich schlucke und versuche nicht hinzuhören. Versuche, zu verdrängen, dass sich die Gespräche um meine beste Freundin drehen.

„Sie wird schon wissen, was sie tut", wende ich ein und Hatice lacht verächtlich auf.

„Eben. Ich finde, wir sollten keine weiteren Gedanken daran verschwenden", meint schließlich Logan etwas fröhlicher und grinst dann in die Runde.

„Levi hat erzählt, dass morgen eine Party bei Chris steigt. Das wäre eine ideale Möglichkeit, mal wieder hier herauszukommen. Und Devin lernt endlich mal mehr neue Gesichter kennen. Der Arme hat bestimmt schon die Nase voll von uns." Er spricht, als säße ich nicht mal im Raum. Ich räuspere mich.

„Ja, klingt gut", murmelt Medea, die scheinbar jedoch nicht so begeistert davon ist.

„Partys bei Chris enden nie gut. Vor allem nicht, weil er ziemlich gut mit Marc und seiner Bande von mickrigen Hurensöhnen befreundet ist", sagt Hatice mit einem bitteren Unterton.

Ich zucke mit den Schultern. „Ist doch egal. Dann lerne ich sie wenigstens endlich kennen. Ich verstehe nicht, wieso so ein Geheimnis um diese Truppe gemacht wird. Wieso trifft man sie nicht einfach so mal irgendwo? Wieso muss immer zu ihnen gefahren werden, als wären sie irgendwelche Beamte der Regierung?", hinterfrage ich. Logan seufzt. „Es sind Drogendealer, Devin. Und zwar keine Unbekannten. Marc versorgt unser gesamtes Viertel seit Jahren mit Drogen. Genauso, wie er Menschen hintergeht und sie abzieht. Es ist gefährlich, sowohl für uns als auch für ihn und seine Bande, einfach so ohne Sicherheit zu leben. Was meinst du, wie viele Junkies er schon abgezockt und verarscht hat? Es gibt eine Horde Menschen, die ihn am liebsten umbringen würden. Oder Jacob. Ich könnte es mir sogar bei Chris vorstellen, der Kerl hat eine unglaublich große Klappe", Logan lacht verächtlich.

„Wer ist Jacob?", frage ich verwirrt.

„Sein Sohn."

Hatice blickt Logan grimmig an. „Und ich wünschte, irgendwer würde diese Bande tatsächlich mal aus dem Weg schaffen."

Logan seufzt. „Manchmal kann ich Devin ein wenig Recht geben. Du holst dir dennoch deine Drogen von ihm."

„Jedoch hätte ich ohne ihn und seine widerlichen Hunde niemals damit angefangen", zischt sie, steht auf und verlässt den Raum.

„Wieso musst du sie immer aufregen? Es tut ihr nicht gut, sie ist sowieso schon viel zu oft wütend", sagt Medea vorwurfsvoll und Logan stöhnt genervt auf. „Jetzt bin ich wieder der Schuldige, weil Hatice ihre Wut nicht unter Kontrolle hat. Ich versteh schon."

Auch er steht auf und räumt seine Sachen vom Tisch. „Ich gehe etwas erledigen", murmelt er noch, bevor er zunächst die Küche und schließlich dann das Haus verlässt. Ich runzele die Stirn. „Gibt es jetzt Streit?"

Medea lächelt kurz und schüttelt dann den Kopf. „Nein. Wenn man viel zu lange mit einer Person unter einem Dach lebt, ist man manchmal irgendwann einfach genervt von ihr. Es muss nicht mal einen Grund dafür geben. Wir sind den ganzen Tag und die ganze Nacht zusammen, Devin."

Sie beginnt damit, den Tisch abzuräumen und die Sachen zu spülen.

„Also gehen wir morgen feiern!", breche ich schließlich in einer feierlichen Stimmlage die Stille. Medea hält in ihrer Bewegung inne, während sie mir den Rücken zudreht.

„Ich befürworte nicht, dass du mitkommst. Dass er dich dahin mitnehmen will", meint sie.

Ich runzle die Stirn. „Wieso das denn?"

„Du verlierst die Kontrolle, Devin. Spätestens dann, wenn du kein *Nein* mehr in Betracht ziehst, bist du verloren." Sie dreht sich zu mir um und sieht mich eindringlich an, mit dem nassen Lappen in der Hand und den Strähnen im Gesicht. „Du bist verloren."

KAPITEL FÜNFZEHN

„Wir laufen."

Verdutzt sehe ich sie an. „Wir laufen?"

Medea nickt lachend und wirft sich eine dünne Jacke über. „Wenn wir mit dem Wagen fahren würden, müssten wir bis morgen bleiben und glaub mir, du möchtest nicht länger Zeit in Chris' Wohnung verbringen als nötig, selbst wenn es eine Party ist. Außerdem müsste Logan dann vollkommen nüchtern bleiben, um fahren zu können und ich glaube nicht, dass diese Gesellschaft ohne jeglichen Einfluss eines Rauschmittels ertragbar ist."

Ich seufze und ziehe mir meine Schuhe an. Auch die anderen gesellen sich zu uns in den Flur.

„Ich hoffe mal, wir begegnen nicht Levi", murmelt Hatice, während sie ihre Schnürsenkel zubindet. Logan lacht verächtlich auf. „Ich bitte dich, Chris ist Levis bester Freund. Er ist der Erste, der eingeladen wird und der Letzte, der geht."

Ich seufze und hoffe, dass ich nicht auf Arwen treffen werde, obwohl es natürlich der Fall sein wird. Ich habe das Gefühl, dass Levi sie keine Sekunde aus den Augen lässt.

Wenige Minuten später befinden wir uns auch schon auf dem Weg zu Chris. Die Kühle der Nacht ist angenehm und man hört leise die Autos auf den Autobahnen fahren. Die Straßenlaternen flackern und unsere Schritte sind laut, gleich. Fast wie beim Militär.

„Ich freue mich irgendwie", teile ich den anderen mit und ernte dafür komische Seitenblicke.

„Ich meine, ich war schon so lange auf keiner Party. Die Hausparty, die Logan bei uns geschmissen hat, zählt nicht", versuche ich es ihnen zu erklären. Medea schnaubt leise auf. „Diese Partys sind anders als die, die du kennst, Devin. Sie sind nichts für dich", meint sie leise und ich schweige, genauso wie die anderen. Ich hasse es, dass ich dauernd als jemand *Anderes* betrachtet werde.

Im Stillen steuern wir auf Chris' Wohngegend zu, die ein Stück weit von unserer entfernt ist. Nach einer Weile hört man auch schon die Musik und ich entdecke ein paar Jugendliche vor dem Haus, aus dem diese tönt.

„Sind wir da?", hinterfrage ich und Logan nickt.

Ich atme einmal tief ein und folge den anderen über den Rasen. Sie scheinen die Personen zu kennen, denn sie begrüßen sich und reden kurz, während ich teilnahmslos danebenstehe.

„Wo ist Chris?", fragt Medea und ein etwas älteres Mädchen seufzt. „Keine Ahnung, der ist vor Stunden verschwunden. Ich schaffe es selbst kaum noch, die ganze Meute in Zaum zu halten. Ich hoffe mal, dass kein Krankenwagen nötig sein wird", meint diese und zündet sich eine Kippe an.

„Wo ist der Stoff?", Hatice drängt sich neben Medea und sieht das Mädchen fragend an. Diese zieht einmal genüsslich und ihre Mundwinkel verziehen sich zu einem Lächeln.

„Wieso war mir das klar, dass du nur deswegen hergekommen bist? Du Biest, ich hatte Hoffnungen, dass es wegen mir ist." Hatice lacht und winkt ab.

„Wen habt ihr denn da mitgebracht?"

Die Aufmerksamkeit wird nun auf mich gelenkt und ich lächle zögernd.

„Oh, das ist Devin. Er kam mit Levis neuer Sklavin", meint Hatice und das Mädchen lacht.

„Na dann. Schaut euch drinnen mal um, ich muss hier Stellung halten."

Hatice nickt, packt mich am Arm und zieht mich mit in das Haus, in dem ein großer Tumult herrscht. Während ich das Gespräch verfolgt habe, habe ich gar nicht bemerkt, dass Medea und Logan bereits verschwunden sind.

„Ich hole mir was, okay?", informiert mich Hatice und deutet dabei auf die Bar. Ich nicke und sie lässt mich alleine stehen, mitten im Raum zwischen all den schwitzenden und völlig außer Kontrolle geratenen Partygästen.

„Hey, Kleiner." Ich werde angestupst und blicke mich verwirrt nach der Person um. Ein Typ, mit Kapuze und einem kleinen Tattoo an der Schläfe winkt mich näher zu sich. Ich runzele die Stirn und trete zögernd an ihn näher. „Willst du etwas?"

Verwirrt sehe ich ihn an. „Was denn?"

Der Typ lacht und holt ein Päckchen aus der Hosentasche. Mein Wissen reicht mittlerweile so weit, um sagen zu können, dass es Heroin ist. Nicht ganz reines Heroin, die Farbe gleicht eher zerbröselten Colabrausetabletten, aber es ist Heroin.

Ich zögere und nicke schließlich. „Für wieviel?"

Der Kerl winkt ab und deutet zu Chris, den ich erst jetzt in der Menge erkenne. „Geht aufs Haus. Hoffe, man sieht sich öfter." Er drückt es mir in die Hand und verschwindet. Erst jetzt verstehe ich, wie hier der Hase läuft und seufze schließlich.

„Was wollte der?", fragt Hatice hinter mir, mit zwei Bechern in der Hand. Wortlos halte ich ihr die Tüte hin und sie seufzt. „Solange es umsonst ist."

Ich nehme mir den zweiten Becher und wir gehen gemeinsam wieder raus zum Mädchen, welches verzweifelt versucht, einem kotzenden Jungen zu helfen.

„Raven, ich würde ihn da liegen lassen", kommentiert Hatice und sieht ihn angewidert an. Raven wirft ihr einen warnenden Blick zu und hilft dem Jungen sich mit dem Rücken gegen die Wand zu lehnen. Ich schätze ihn auf circa 16 oder 17 Jahre.

„Ich weiß nicht, wie Chris das immer schafft, so viele Menschen aufzugabeln", seufzt sie und steht auf. „Lass uns eine rauchen gehen."

Ich folge den beiden zur Haustreppe und lasse mich neben ihnen nieder. Während Raven ihre Zigarettenschachtel auspackt, holt Hatice ihre Sachen aus der Jackentasche. „Devin, gib mal was ab", befiehlt sie mir und ich reiche ihr das Tütchen.

„Bist du abhängig? So schnell? Ich dachte, ihr seid noch nicht so lange da", meint Raven verwundert. Ich überlege, wie lange meine Ankunft hier schon her ist.

„Doch, ist schon eine Zeit vergangen. Und nein, ich bin nicht abhängig“, antworte ich ihr. Hatice reicht mir ihre Spritze. Raven zieht ungläubig die Augenbraue hoch.

„Wieso nimmst du das Zeug dann?“

Ich seufze und gucke mit den Schultern. „Nur so. Ist schon ganz cool, zwischendurch. Aber ich brauche es nicht und kann aufhören, wann ich will.“

Sie lacht laut und aus tiefstem Herzen. „Kindchen, das habe ich auch immer gesagt. Jetzt muss ich mir täglich nach der Arbeit meine Dosis abholen und das geht ganz schön auf die Tasche“, meint sie. Verwundert sehe ich sie an. „Du bist abhängig?“

„Jeder von uns ist das hier.“

„Und wo arbeitest du?“, hinterfrage ich verblüfft.

„Im Büro, in einer Firma in der Nähe von Manhattan“, sie macht eine Pause und lacht dann. „Wieso guckst du denn so erschrocken? Man kann auch als abhängige Person ein normales Leben führen!“

Ich nicke hastig und das klischeehafte Bild einer überschminkten, ekelhaften Frau auf einer Toilette wird von einer Büroarbeiterin in Blazer und Spritze in der Hand ersetzt.

Ich bereite mir das Heroin vor, während ich darüber nachdenke, wie es möglich ist, ein normales Leben im dauerhaft zugedröhnten Zustand zu führen.

„Oh nein, sieh mal an, wer da kommt“, zischt Hatice plötzlich und ich sehe zuerst sie verwirrt an und folge dann ihrem Blick. Arwen, welche ausnahmsweise nicht in Begleitung von Levi ist, geht auf die Eingangstüre zu.

„Magst du sie nicht?“, fragt Raven und Hatice lacht verächtlich auf. „Ich ekele mich vor ihr.“

Als Arwen uns bemerkt, verhärtet sich ihre Miene und sie kommt fest entschlossen auf uns zu. So wie ich sie kenne, hasst sie solche Momente.

„Kann ich durch?“, fragt sie knapp, als sie vor der Treppe zum Stehen kommt. Ihr Blick ist starr auf einen Punkt hinter uns gerichtet. Ich mustere sie, während sie mich nicht mal eines Blickes würdigt.

„Nein.“

Ich zucke leicht zusammen und werfe Hatice einen mahnenden Seitenblick zu, welchen sie ignoriert. Provokant grinst sie meine alte beste Freundin an.

Diese scheint die Antwort komplett aus der Bahn zu bringen, denn kurz fällt ihre Maske und man meinen, sie steht kurz davor in einem Heulkrampf auszubrechen. Ihre Pupillen sind geweitet, ihre Arme zittern, als sie versucht, sich an mir vorbeizudrängeln. Teilnahmslos lasse ich es geschehen und setze die Spritze an meine Vene an.

„Mich verurteilen, aber es selbst tun“, höre ich sie auf meiner Höhe zischen und mein Blick fängt ihren ein.

„Im Gegensatz zu dir tu ich es nicht, um irgendwem zu gefallen“, antworte ich und sie presst ihre Lippen so stark zusammen, dass sie weiß anlaufen. „Und du sollst mal mein bester Freund gewesen sein.“

Ich zucke mit den Schultern. „Ich könnte es immer noch sein, Arwen. Aber denk an deine Versprechen, schau auf deine Taten. Dann weißt du, wieso ich es nicht mehr bin.“

„Kannst du bitte weiterlaufen? Wir reden nicht mit Verrätern“, mischt sich Hatice ein und Arwen verzieht sich schließlich, doch nicht, ohne mich davor noch angesehen zu haben, als würde sie mir den Tod wünschen.

„Ist sie das?“, fragt Raven und Hatice nickt.

„Wahrscheinlich hat Levi sie von der Leine gelassen. Ich habe sie noch nie alleine gesehen.“ Sie stoppt und wirft mir einen Blick zu. „Sei froh, dass du sie losgeworden bist. Mit solchen Aktionen beweist sie einmal mehr, was für ein Mensch sie ist.“

Ich nicke und versuche mir einzureden, wie recht sie hat. Doch tief in mir drin weiß ich, dass Arwen kein schlechter Mensch ist. Schließlich sehnt sich jeder nach etwas Halt und würde alles dafür geben, selbst, wenn er sich dafür ins Verderben stürzen muss.

KAPITEL SECHSZEHN

Wenn mich jemand fragen würde, wie sich die Nacht anfühlt, wüsste ich keine Antwort darauf. Ich könnte versuchen, es mit Worten zu umschreiben, aber ich wüsste nicht, wie ich es anstellen soll.

Es ist, als würde ich eine neue Seite der Freiheit kennenlernen, als ich mit Hatice und Raven lachend und viel zu laut das Partyhaus verlasse. Angenehmer Rückenwind lässt mich schneller rennen, als ich es sowieso schon tue. Ich weiß selbst nicht mehr genau, was gerade durch meine Venen fließt. Ein bisschen von dem, dann noch etwas von dem Zeug der anderen. Eine pure Chemieexplosion findet in mir statt und das Traurige ist, dass es mir nichts ausmacht. Nicht mehr.

„Hat jemand mal ein Feuerzeug für mich?", fragt Raven kichernd und Hatice kramt in ihrer Hosentasche herum.

„Es ist sogar pink!", ruft sie stolz und Raven nimmt das Feuerzeug an sich wie einen magischen Gegenstand. „Wow."

Ich pruste los und werfe mich in das Gras, welches plötzlich so viel weicher ist, als ich es in Erinnerung hatte. Ich sehe Farben, so viele bunte Farben vor mir, die mich fühlen lassen, als wäre ich Zuschauer eines 3D-Films. Damals kannte ich die Definition von frei sein nicht. Freiheit war etwas Ungreifbares für mich. Jetzt wusste ich, wie sie sich anfühlt.

„Können wir bitte etwas laufen? Ehrlich, meine Beine fühlen sich an wie Blei", murmelt Hatice und ich nicke und stehe auf.

„Die Nacht ist viel zu schön, um sie nicht zu genießen", sagt Raven grinsend und zieht an ihrer Kippe. Den kalten Rauch bläst sie zum Himmel hoch.

„Diese Nacht ist scheiße."

Verwirrt mustere ich Hatice, die plötzlich eine Miene zieht wie nach sieben Tagen Regenwetter. Ihre Stimmungsschwankungen verwirren mich und ich habe das Gefühl, dass selbst sie sich nicht versteht. Raven zieht eine Augenbraue hoch und grinst dann. „Soll ich dir noch ein paar Pillen spendieren? Ich denke, du hast sie nötiger als ich.“

Sie winkt energisch ab und reibt über ihre Schläfe. „Wir gehen, Devin.“

Ich fühle mich wie ein kleines Kind, das von seiner Mutter nach Hause gezerrt wird, obwohl es nicht will. Demonstrativ verschränke ich meine Arme und mustere sie mehr oder weniger mit einem bösen Blick. „Wieso? Ich will noch nicht gehen!“

Sie schaut mich an und in ihrem Blick versteckt sich so Vieles, sodass ich mich räuspere und schließlich nicke. „Na gut.“

Raven zieht ihre Mundwinkel nach unten. „Ihr wollt mich also wirklich alleine lassen? Ihr seid aber unkameradschaftlich“, meint sie und lacht daraufhin. Hatice nickt ihr zu und läuft, ohne ein weiteres Wort zu verlieren, in eine andere Richtung. Ich habe die Orientierung verloren und kann nur hoffen, dass sie den richtigen Weg nach Hause einschlägt.

Ich gebe mir große Mühe, um sie einzuholen, doch meine Beine fühlen sich so an wie Wackelpudding. „Warte kurz, Hatice“, sage ich schließlich etwas lauter und sie seufzt und dreht sich um.

„Du kommst damit nicht klar. Wieso nimmst du dann immer noch Drogen? Merkst du nicht, wie viele Warnzeichen dir dein Körper gibt?“, fährt sie mich an und ich zucke mit den Schultern. „Wieso nimmst du denn Drogen? Merkst du denn nicht, wie viele Warnzeichen dein Körper dir gibt?“, stelle ich die Gegenfrage bezogen auf ihre Schlaflosigkeit und ihre innere Unruhe. Sie rollt mit den Augen und läuft weiter.

„Wieso willst du so plötzlich gehen? War doch ganz nett mit Raven und den anderen“, frage ich sie und sie zuckt mit den Schultern.

„Manchmal, da kann ich die Anwesenheit von Menschen plötzlich nicht mehr ab. Es fühlt sich an, als würde ich keine Luft mehr kriegen, wenn sie neben mir stehen“, erklärt sie und ich nickte, jedoch völlig verständnislos. „Aber ich bin doch auch hier“, meine ich.

„Wenn du da bist, ist es etwas anderes. Es macht mir komischerweise nichts aus, obwohl du unfassbar nervig bist", flüstert sie und ich seufze.

Ich erkenne die Straße wieder, die zu unserer führt und schlagartig wird mir schlecht.

„Ich denke, wir sollten uns etwas beeilen", sage ich und sie blickt mich von der Seite an und mustert mich. Ich versuche, mir die Übelkeit so gut es geht nicht anmerken zu lassen.

„Wieso tust du dir das nur an, Devin?", fragt sie, doch wir beide wissen, dass eine Antwort nicht nötig ist.

Als wir am Haus ankommen, ist es leer und dunkel. Weder Logan, noch Medea scheinen bisher nach Hause gekommen zu sein. Wortlos stürme ich an Hatice vorbei ins Bad und schaffe es dabei gerade noch zur Kloschüssel. Ich fühle mich widerlich, schrecklich verbraucht und vor allem schäme ich mich. Doch ich schäme mich nicht dafür, dass ich Drogen nehme. Ich schäme mich dafür, dass ich nicht mehr aushalte. Dass mein eigener Körper sich gegen mich wendet. Ich lehne mich erschöpft gegen die eiskalten Fliesen und schließe die Augen. Der ekelhafte Geschmack in meinem Mund lässt mich ein weiteres Mal würgen. Ich spüre Hatice' Blick. Mit verschränkten Armen steht sie an der Badezimmertür und mustert mich kritisch. Ich möchte nicht wissen, was sie denkt und ich habe nicht die Kraft dazu, ein Gespräch zu führen. Stumm stehe ich auf, mit zitternden Knien, und spüle mir den Mund mit Wasser aus.

„Ich lege mich hin", meint sie schließlich nach einer Weile und verschwindet. Es ist mir recht, denn ich möchte nicht, dass sie mich so sieht.

Selbst nach einer gefühlten Ewigkeit stehe ich noch am Waschbecken und versuche, das widerliche Gefühl mit Wasser abzuwaschen, doch es hilft nicht. Ich spüre, wie Wut in mir aufsteigt. Wut, Scham, Angst und Traurigkeit.

Ich pfeffere das Handtuch auf den Beckenrand und verlasse das Bad, um mich hinzulegen. Es dauert nur wenige Sekunden, bis meine Augen anfangen zu brennen und schließlich die Tränen fließen. Jungs weinen nicht.

Ich balle die Faust und schlage wild auf meine Matratze ein. Es fühlt sich an, als hätte jemand anderes die Kontrolle über meinen Körper ergriffen. Jemand Böses, der mich in dieser jämmerlichen Situation sieht und mir zeigen will, dass man im Leben hart im Nehmen sein muss. Aber ich möchte nicht mehr stark sein.

Ich schlage und schlage, bis zwei Hände nach meinen Handgelenken greifen und mich davon abhalten. Durch den Tränenschleier hindurch sehe ich Hatice' Gesichtszüge, die im gedämpften Licht viel weicher aussehen.

„Beruhige dich", flüstert sie erschrocken und legt meine Hände aufeinander. Ich schäme mich dafür, dass sie mich so sieht. Sie soll nicht denken, dass ich schwach bin. Niemand soll das.

Ich nicke hektisch, versuche mich auf ihre Augen zu konzentrieren. Nach einer Weile schweigen beugt sie sich langsam vor. Es fühlt sich so richtig an, als ihre Lippen auf meine treffen. In diesem Moment schießt mir mein erster Kuss ins Gedächtnis. Es war auf einer Party, bei einer Runde Wahrheit oder Pflicht und ich küsste Lisa Miller. Allein bei dem Gedanken daran wird mir schlecht, denn es war schrecklich und ich hätte niemals gedacht, dass ein Kuss so widerlich sein kann. Dieses Mal ist es anders. Ich versuche einen klaren Gedanken zu fassen, jedoch habe ich das Gefühl, dass das nicht möglich ist, weshalb ich einfach versuche, mich nur auf Hatice zu konzentrieren. Viel zu schnell löst sie sich von mir. Ich sehe ihre langen, dunklen Haare, die sie sich aus dem Gesicht streicht und ihre schönen Augen, die mich zu hypnotisieren scheinen.

Wortlos legt sie sich neben mich und dreht mir den Rücken zu, während sie meine Decke nimmt und sich zudeckt. Mein Kopf ist so voll mit wirren Gedanken, sodass ich es ihr einfach gleichtue und hoffe, dass ich mich nicht erneut übergeben muss. Ich schließe die Augen. Sie sind zu, jedoch bin ich hellwach. Selbst, als ich einschlafe, fühlt es sich an, als würde ich noch wach im Bett liegen.

Irgendwann höre Medea kichern, nachdem die Türe aufgesperrt wird. Schnell rücke ich ein wenig von Hatice weg und setze mich auf. Ich fühle mich schrecklich. Noch schlimmer, als ich es beim Einschlafen tat, dabei hätte ich es nicht für möglich gehalten, dass es schlimmer werden könnte.

„Wie viel Uhr ist es?", frage ich sie, als sie das Wohnzimmer betreten. Medea zuckt erschrocken zusammen und Logan schaltet das Licht an. Hatice auf der Matratze neben mir zieht sich ihre Decke über den Kopf, damit das Licht sie nicht blendet.

„Es ist kurz vor Mittag", meint Logan stirnrunzelnd und stellt sich neben Medea. Ich schüttele ungläubig mit dem Kopf. Kaum zu glauben, dass ich tatsächlich geschlafen habe.

„Ich dachte, ihr wolltet nach der Party heimkommen", erinnere ich sie an ihre Worte.

„Es kam was dazwischen. Aber jetzt sind wir ja hier", Medea grinst fröhlich und läuft dann in Logans Zimmer.

„Was habt ihr denn so getrieben?", fragt Logan stirnrunzelnd. Ich zucke mit den Schultern und sehe zu Hatice. „Wir sind, wie gesagt, nach der Party nach Hause."

Er nickt und seufzt dann. „Levi sollte heute eigentlich kommen. Erschreckt euch nicht, wenn er hier auftaucht", informiert er uns und nickt schließlich. Nachdem er seine Zimmertür hinter sich geschlossen hat, zerrt Hatice sich die Decke vom Kopf.

„Wieso können diese Vollidioten nicht ein einziges Mal still sein, wenn sie nach Hause kommen?", fragt sie wütend und seufzt.

Ich mustere sie und frage mich, was jetzt wohl anders sein wird. Sie bemerkt meinen Blick und sieht mich verwirrt an.

„Wegen gestern Nacht…", fange ich an, doch sie stoppt mich mit einer Geste. „Wir sollten die gesamte gestrige Nacht mitsamt allen Ereignissen vergessen und nie wieder darüber reden."

Ich ziehe die Augenbrauen zusammen und nicke schließlich langsam. „Drogen rufen dort Emotionen hervor, wo es keine gibt. Aber manchmal tut es in unserer Situation auch mal gut, wenn man weiß, dass jemand für einen da ist. Dass man der Welt nicht egal ist", sagt sie, steht auf und verlässt das Zimmer. Ich seufze und kann meine Gedanken kaum ordnen. Vielleicht ist es besser, wenn ich den Ratschlag von Hatice befolge und die gesamte Nacht vergesse. Gefühle für jemanden würden meine Situation nur verschärfen.

Ich begebe mich ins Bad und betrachte mich in dem kleinen Spiegel. Angewidert denke ich daran zurück, was ich gestern meinem Körper angetan habe. „Du bist ein Idiot, Devin Amount", murmele ich und wasche mir das Gesicht mit kaltem Wasser, um das Gefühl von Dreck loszuwerden. Aber es bleibt.

Seufzend begebe ich mich in die Küche und suche nach etwas, was meinen Hunger stillen könnte. „Tust du das öfter?", frage ich Hatice, die auf der Eckbank sitzt und ihren Kaffee ext.

„Was?" Verwundert hebt sie ihre Augenbrauen an und mustert mich.

„Menschen küssen, weil du den Drang dazu hast, für eine Person da zu sein", spreche ich das vorherige Thema an. Sie seufzt und schweigt, was ich als *jain* durchgehen lasse.

Bevor ich weiter nachhaken kann, betreten bereits die zwei Personen, die ich im Moment am wenigsten leiden kann, das Haus. Levi zieht seine Schuhe aus und seufzt, als er seine Schlüssel auf den Küchentisch wirft.

Arwen folgt ihm. Schweigend wie eine Marionette.

„Hallo Leute!", meint Levi gespielt erfreut. Hatice rollt nur mit den Augen und erspart sich eine Antwort, wofür ich ihr dankbar bin. Es würde sowieso nur eine Diskussion auslösen, wenn nicht sogar Schlimmeres.

Ich setze mich zu ihr und sehe Levi dabei zu, wie er in den Kühlschrank greift und sich am Bier bedient. „Wenn man nicht zahlt, kriegt man auch nichts", meldet sich Hatice nun doch noch zu Wort. Levi lacht auf und öffnet die Bierdose, während er ihr einen provokanten Blick zuwirft.

„Ich würde ja unfassbar gerne zahlen, aber mit welchem Geld? Genau, Hatice, mit demselben Geld wie du. Gar keinem", antwortet er und zwinkert ihr zu. Hatice atmet tief ein. „Ich trage hierzu mehr bei als du. Mit welchem Geld? Vielleicht dem Geld, dass du neuerdings mit den schmutzigen Geschäften bei Marc verdienst."

Levi zuckt mit den Schultern. „Das brauche ich für uns beide." Er zeigt zu Arwen, die still auf den Boden starrt.

„Babe und ich wollen uns demnächst vielleicht irgendwas mieten. Wir haben zurzeit nur mein Auto, seitdem sich der hier", er zeigt angewidert auf mich, „hier breit gemacht hat. Willst du, dass wir obdachlos werden?"

Hatice nickt und lacht verächtlich auf. „Ich denke, Arwen wurde bereits auch in die Geschäfte mit einbezogen. Auf ihrem Posten verdient sie bestimmt sehr gut, nicht wahr, Babe?"

Arwen hebt den Blick an und sieht sie zum ersten Mal heute direkt an. Sie sieht so trostlos aus, so völlig fehl am Platz.

„Ich mache gar nichts für Marc. Es ist Levis Sache", meint sie monoton und Hatice nickt wissend. „Ich verstehe. So habe ich am Anfang auch immer darauf reagiert, wenn mich jemand darauf angesprochen hat. Ich verstehe dich wirklich, Arwen. Schließlich war ich am Anfang genauso eine mickrige, kleine Person, die lediglich benutzt wird. Viel Spaß noch, ich hoffe, es geht dir dadurch mental besser", Hatice zwinkert und steht auf. Mit einem etwas mulmigen Gefühl in der Magengegend lässt sie mich mit den beiden allein in einem Raum.

„Du bist immer noch eine kleine, mickrige Person, Hatice. Es wird sich nie was daran ändern", sagt Levi. Er räuspert sich und zieht Arwen letztendlich am Arm hinter sich her. Wie einen erbärmlichen, hilflosen Welpen, der nicht weiß, wo er hingehört. Während er sich seine Schuhe anzieht, seufzt er schließlich genervt auf. „Kannst du deine verdammten Schuhe nicht schneller anziehen, Arwen? Ich habe nicht die verdammte Zeit dafür, immer ewig auf dich zu warten", zischt er sie leise im Flur an und ich kann mir Arwens ver-

letzten Blick nur allzu gut vorstellen, nachdem er sie so angemacht hat. Sie hat es noch nie ertragen, wenn man sie grob
behandelte.

Irgendwas in mir möchte, dass ich aufstehe, sie am Arm
packe und sie von Levi wegziehe, weil ich weiß, dass er
schlecht für sie ist. Ich möchte sie vor seinen Worten schützen, vor seinem Einfluss auf sie, der sie zu einem anderen
Menschen gemacht hat.

Aber andrerseits weigern sich alle meine Knochen und
Muskeln dagegen, mich zu bewegen. Und mein Kopf sagt
mir, dass ich sie in ihrem Elend alleine lassen soll.

Er sagt mir, dass Arwen mir egal ist, so wie ich es ihr bin.

Ich höre, wie die Haustüre zugeknallt wird und die beiden
schließlich über den Kies in der Auffahrt laufen. Schnell
springe ich auf und stelle mich an das Fenster, um die beiden
zu beobachten. Stirnrunzelnd betrachte ich, wie Levi Arwen
regelrecht hinter sich herzerrt und diese sich nicht mal wehrt.
Ich bin mir nicht mal sicher, ob sie überhaupt in der Verfassung ist, sich zu wehren. Er gibt ihr einen Schubs Richtung
Beifahrertür und sie steigt schweigend ein. Ich wünsche mir,
dass sich unsere Blicke treffen, in diesem Moment, in dem
sie schwach ist. In dem sie ihren Blick senkt und wortlos das
tut, was von ihr verlangt ist. Doch es passiert nicht und kurze
Zeit später fährt Levi wie ein Verrückter im Rückwärtsgang
aus der Einfahrt und verschwindet schließlich.

Wieder hat man mich allein stehen gelassen. Ich bin allein
und einsam, aber letzteres wäre ich wahrscheinlich auch in
einer riesigen Menschenmenge. Seufzend entferne ich mich
vom Fenster und denke an Hatice' Worte. An Arwens Blick
und an Levi, der so unfassbar grob mit ihr umgeht. Ganz
anders, als er es am Anfang getan hat. Und schlagartig wird
mir klar, dass Hatice und Medea recht hatten. Natürlich
hatten sie recht, immerhin scheinen sie dasselbe mit Levi
durchgemacht zu haben.

Ich folge Hatice, die im Wohnzimmer auf der Couch liegt
und konzentriert auf den leeren, schwarzen Fernsehbildschirm starrt. „Was meintest du vorhin damit? Das, was du

zu Arwen gesagt hast", frage ich sie schließlich nach kurzem Zögern. Es dauert eine Weile, bis Hatice ihren Blick anhebt und mich mit leeren, trüben Augen ansieht. Schwach lächelt sie ein spöttisches Lächeln. Sie sieht völlig benommen aus und da ich mittlerweile oft genug damit konfrontiert worden bin, erschließe ich mir daraus, dass sie etwas genommen hat. Etwas anderes als Heroin, an das sich ihr Körper laut eigenen Aussagen bereits gewöhnt hat.

„Sie geht für Levi anschaffen. Das sieht man doch. Man sieht es an ihrem leeren Blick, weil man sie noch mit Drogen gefügig macht. Man sieht es an ihren Bewegungen, so langsam und zögernd. Man sieht es daran, wie sie zusammenzuckt, wenn jemand sich auf sie zu bewegt. Sie starrt auf den Boden, sieht trostlos aus. Sie schämt sich, das merkt man ihr an." Sie stoppt kurz, um ihre Fingernägel zu betrachten. Am liebsten würde ich sie packen und sie so lange schütteln, bis sie weiterspricht, da ich nicht verstehen kann, wie sie ihren Redefluss für ihre verdammten Nägel unterbrechen kann.

„So sind alle am Anfang. So waren wir alle am Anfang. Da ist es neu. Man fühlt sich dreckig, benutzt und völlig wertlos. Aber man kann sich nicht wehren, weshalb man es schweigend annimmt. Nach einer Zeit gewöhnt man sich an die Scheiße, aber es dauert. Und in dieser Phase steckt Arwen drin. Sowas erkennt jemand, der es selbst durchgemacht hat."

Sie sieht mich nur an, mit diesen leeren Augen und es scheint, als würde sie sich an all das erinnern, während sie erzählt. Als könne sie meine Gedanken lesen, meint sie schließlich leise: „Ich war auch so. Es ist, als würde ich mich selbst sehen."

Ich stehe stocksteif neben dem Sofa und starre sie an. Es ist ein komisches Gefühl, zu wissen, wie Arwen sich ihr Geld verdient. Und vor allem zu wissen, wie sie jetzt geworden ist.

„Levi ist ein Arsch. Genauso wie Marc. Sie sind solche gottverdammten Arschlöcher und ich will sie für jedes Mädchen, dass sie zerstören wie die anderen davor, umbringen. Für jedes einzelne Mädchen, das für sie leiden muss, will ich sie bluten sehen“, zischt sie und starrt weiterhin auf ihre Nägel. Ich höre ein Rauschen in meinen Ohren und spüre völlige Leere, als ich mich langsam zu ihr bücke, meine Hand auf ihre Wange lege und ihr kurz in die Augen sehe. Es ist, als wäre sie nicht anwesend. Ich zögere nicht und lege meine Lippen auf ihre. Irgendwas in mir sagt, dass ich es tun soll. Es fühlt sich nicht weniger falsch oder richtig an, als es das gestern Nacht tat.

Kurz bewegt sie sich nicht, bevor sie dann zaghaft zurückküsst. Ich spüre all den Schmerz, das Leid, das sie in sich trägt. Und ich habe das Bedürfnis, sie davon zu befreien.

Irgendwann lösen wir uns schließlich voneinander und sie sieht mich durchdringlich an. Kurz kaut sie auf ihrer Unterlippe, bevor sie seufzt.

„Wofür war das denn?“, fragt sie und ich zucke mit den Schultern.

„Ich hatte das Gefühl, dass du wissen solltest, dass jemand für dich da ist und du somit der Welt nicht egal bist“, wiederhole ich ihre Worte von gestern und nach einer kurzen Weile bewegen sich ihre Lippen zu einem leichten Lächeln. „Das ist schön.“

Ich nicke, sehe sie dabei nur an und warte. Aber sie tut nichts. Sie ist nicht anwesend.

„Hatice, was hast du genommen?“, frage ich sie. Sie zuckt mit den Schultern.

„Tabletten. Sie lagen neben Levis Schlüssel und ich … ich weiß es nicht.“

Sie redet, als würde es ihr schwer fallen zu sprechen und ich nicke, mehr oder weniger, verständnisvoll und erhebe mich schließlich.

„Okay. Vielleicht solltest du schlafen. Oder so.“ Ich bin völlig ratlos und weiß nicht, wie ich mit der Situation umgehen soll. Viel zu viele Gedanken prasseln auf einmal auf mich ein.

Ich denke an Arwen, die gerade so grob von Levi angegangen wurde. Sie war anfangs so verliebt und jetzt bemerkt man kein Stück mehr davon. Ich denke daran, wie wir früher daheim so oft zusammen gelacht haben und dann an ihre Augen, die so frei von Emotionen sind, dass es schon fast erschreckend ist. Ich denke an Levi, der sie nur ausnutzt und dem sie trotzdem noch zur Seite steht. Ich denke an Marc, den ich nicht kenne, den ich aber dennoch am liebsten zusammenschlagen würde. Ich denke daran, was Medea von ihrer Vergangenheit erzählt hat. Was Hatice erzählt hat. Ich möchte, dass Marc dafür leidet, fast so sehr wie Hatice es möchte. Aber ich kann es nicht ändern. Ich kann nichts mehr ändern.

Schlagartig denke ich an meine Familie. An die Situation zwischen uns, die ich ebenfalls nicht mehr ändern kann. Ich habe es vermasselt und es gibt nichts auf dieser Welt, was sie dazu bringen könnte, mir zu verzeihen. Das verstehe ich. Ich verstehe plötzlich so viel. Ich verstehe nun , wieso Hatice meist so distanziert und verschlossen ist, wieso Medea immer so ängstlich aussieht, wieso Logan sich immer so erwachsen benimmt, obwohl er noch viel zu jung dafür ist, so eine große Rolle zu übernehmen.

Doch plötzlich denke ich an etwas anderes. Ich denke an Heroin. An Drogen. Und daran, dass mein Körper es jetzt gerade im Moment mit allem, was er besitzt, braucht.

KAPITEL SIEBZEHN

„Ich brauche es, verdammt. Jetzt, genau in diesem Moment", zische ich und die Wut pocht in mir, als würde das Blut in meinen Adern jede Sekunde aus mir herausspritzen.

Hatice sieht mich ausdruckslos an, während sie mit verschränkten Armen vor mir steht. „Nein, das tust du nicht." Ihre viel zu ruhige Stimmlage bringt mich fast um den Verstand. Nervös laufe ich auf und ab. Panik steigt in mir auf, denn die Folgen meiner Experimente werden mir erst jetzt bewusst. Mein Körper braucht eine Substanz, die schädlich, oder sogar tödlich sein kann. Meine Hände schwitzen, mein Herz rast und mein Kopf schmerzt, während ich ratlos im Wohnzimmer stehe.

„Heroin ist eine der gefährlichsten Drogen, Devin. Nicht so wie Gras, Alkohol und sowas. Du kannst sofort, bereits nach dem ersten Konsumieren, abhängig werden. Ich will ja nichts Falsches sagen, aber ich habe es dir ja gesagt. Und das mehrere Male", meint sie und zuckt mit den Schultern, als wäre es keine große Sache.

„Das war definitiv das Falsche." Meine Stimme klingt gereizt.

„Gib mir einfach etwas. Ich habe schließlich keine andere Wahl", sage ich letztendlich entschlossen. Hatice blickt mich nun schockiert an und ihre Miene versteinert sich. „Natürlich hast du eine Wahl! Hör auf, jetzt ist der Punkt gekommen, an dem es besser wäre, endgültig aufzuhören. Außerdem ist das Zeug teuer, ich arbeite hart dafür", sie macht eine kurze Pause und scheint sich vor dem Gesagten zu ekeln. „Ich kann dir nicht immer einfach was abgeben, Devin. *Ich* bin abhängig, nicht du."

Ich sehe sie verzweifelt an und fahre mir nervös durch die Haare. „Schön, dann werde ich es mir eben selbst holen." Sie lacht höhnisch auf. „Ach ja? Von welchem Geld denn?"

Ich halte inne und muss zugeben, dass sie recht hat. Ich habe nichts. Anscheinend nicht mal mehr Würde oder Stolz.

„Bitte, Hatice", flehe ich schließlich und sehe sie dabei bittend an. Es mag sich komisch anhören, aber jede Faser in meinem Körper verlangt nach dem Gift. Doch sie bleibt stur und winkt ab. „Von mir nicht."

Verärgert halte ich kurz inne, drehe mich schließlich um und laufe in den Flur, um mir eine Jacke zu packen und aus dem Haus zu stürmen. Ich verstehe Hatice im Moment überhaupt nicht und außer ihre Ignoranz kommt bei mir nichts an.

Ich laufe zügig in irgendeine willkürliche Richtung und versuche, nicht an das zu denken, was mein Körper gerade will. Als ich meine Hände in meine Jackentasche stecke, um sie vor der Kälte zu schützen, greife ich überrascht nach etwas Schwerem in meiner Hand. Verwundert hole ich mein Handy aus meiner Jackentasche und erinnere mich erst jetzt wieder dran, dass ich es seit meiner Ankunft unberührt in meiner Jacke gelassen habe. Zögernd drücke ich auf den Homebutton, aber es ist aus, was ich ebenfalls komplett verdrängt habe.

Ich überlege, ob es Konsequenzen mit sich ziehen würde, wenn ich mein Handy jetzt anschalte, aber schließlich komme ich zu dem Entschluss, dass die Polizei nach fast mehreren Monaten nicht mehr mein Handy orten wird. Ich hoffe, dass ich noch Akku habe und schalte es ein. Ein Stein fällt mir vom Herzen, als das Ding einen Ton von sich gibt, was mir signalisieren soll, dass es im Moment hochfährt.

30 Prozent Akku werden mir angezeigt und irgendwie macht mich das glücklich. Kurze Zeit später gehen auch die Nachrichten ein und das Handy scheint es kaum verarbeiten zu können. Zahlreiche Anrufe meiner Mutter, Nachrichten von Freunden und sogar meinem Vater, Meldungen von sozialen Netzwerken. Selbst Nachrichten von mir völlig fremden Personen gehen ein, die mich fragen, wo ich sei.

Als ich die Nachrichten meines Vaters durchgehe, in denen er mich in verschiedenen Stimmungen dazu auffordert, an mein Handy zu gehen und heim zu kommen, bis hin zu Bitten meiner Mutter, wenigstens ein Lebenszeichen zu geben, schießen mir die Tränen ins Auge. Ich möchte mir nicht ausmalen, was damals bei uns zu Hause los war, als meine Eltern realisiert haben, dass ich so schnell nicht mehr wiederkommen werde. Das leise Fließen meiner Tränen verwandelt sich in ein lautes Schluchzen, während ich mittlerweile ein klares Ziel vor Augen habe. Mit der Kapuze tief in mein Gesicht gezogen versuche ich mich an den Weg zu erinnern und mich gleichzeitig zu beruhigen, um nicht völlig wie von allen guten Geistern verlassen dort aufzutauchen.

Während des Laufens überlege ich, ob ich meinem Vater schreiben soll, dass alles okay ist. Es wäre jedoch falsch. Ich würde alle auffliegen lassen, da sie sofort nach mir suchen würden. Ich würde mit Arwen wieder nach Hause müssen, doch das Komische ist, dass es nicht mehr mein Zuhause ist. Mein Zuhause ist jetzt ein schäbiges, heruntergekommenes Haus, das ich mit mittlerweile den wichtigsten Menschen in meinem Leben teile und in dem ich auf einer dreckigen Matratze auf dem Boden schlafe. Ein Haus, das so viel Geschichte in sich trägt, das jede Woche irgendwelche Partygäste beherbergt und Geheimnisse verbirgt. Ich würde es nicht mehr über mich bringen, all das hinter mir zu lassen.

Der Weg kam mir bisher mit dem Auto viel länger vor und ich trete verwundert in die Straße. Mein Kopf weiß, dass ich einen Fehler mache, aber der Rest meines Körpers drängt mich dazu. Es ist, als hätte jemand anderes Macht über mich ergriffen, nur nicht über meinen Verstand.

Zögernd gehe ich die Stufen vor dem Haus hoch und bleibe kurz stehen. Ich bin unsicher und hin und her gerissen, aber schließlich siegt das Herz, als ich klopfe und kurze Zeit später Marc höchstpersönlich die Tür öffnet. Er sieht anders aus, als ich ihn mir vorgestellt habe. Erst jetzt wird mir bewusst, dass ich diesen Mann noch nie zuvor zu Gesicht bekommen habe, obwohl er mir mittlerweile so bekannt ist, dass man meinen könnte, wir wären Freunde.

Er ist etwas pummelig, hat einen widerlichen Oberlippenbart und sieht mich mit einem grimmigen Gesichtsausdruck an. Die Augenbrauen sind füllig, dunkel. Tatsächlich bin ich von mir selbst schockiert, dass ich vor seiner Haustüre stehe. Erst jetzt wird mir mein Handeln bewusst, aber nun gibt es kein Zurück mehr.

„Was gibts?", fragt er mich bissig und verschränkt die Arme vor seiner Brust. Er kennt mein Gesicht ebenso wenig, wie ich seins. Aber dennoch bin ich ihm einen Schritt voraus, denn ich weiß, was er tut. Ich weiß, wie widerlich seine Persönlichkeit ist. Ich denke daran, was er Hatice angetan hat. Was er Arwen momentan antut. Und an die etlichen Mädchen, die davor dasselbe durchmachen mussten. Am liebsten würde ich ihm ins Gesicht spucken, aber ich riskiere es nicht, mit leeren Händen diese Straße zu verlassen.

Ich räuspere mich und suche nach den richtigen Worten, da er mich bereits ungeduldig mustert. „Marc, richtig?"

Innerlich schüttele ich den Kopf über meinen misslungenen Versuch, ein Gespräch anzufangen.

„Wer will das wissen?", kommt es prompt zurück.

„Ich bin Devin, ein Freund von Levi", lüge ich und seine Gesichtsmuskulatur lockert sich augenblicklich auf, als er den Namen hört.

„Wie kann ich dir helfen, Junge?"

„Ich würde gerne", ich mache eine kurze Pause und suche nach Worten. „Etwas kaufen?"

Ich höre mich an, wie ein kleines Schulkind. Nervös, nicht selbstsicher und irgendwie ängstlich. Marc nickt wissend und macht die Tür etwas weiter auf, um mich rein zu bitten. Es kommt mir so vor, als wäre das Haus dieses Mal komplett verlassen.

„Setz dich", meint er und deutet auf die Couch. Zögernd lasse ich mich auf dem Sofa nieder, am selben Platz, auf dem ich das letzte Mal saß. Ich beobachte den Mann dabei, wie er in die offene Küche läuft, zwei Gläser aus dem Regal holt und nach einer Flasche greift. Als er sich dann zu mir gesellt, bemerke ich, dass er mir gerade Alkohol einschenkt. Ich hasse Alkohol.

Grinsend reicht er mir das Glas, während er einen kräftigen Schluck aus seinem nimmt. Der Farbe nach zu urteilen könnte es Whiskey sein.

„Wie heißt du, Junge?", fragt er und beginnt somit das Gespräch. Ich nehme, ohne darüber nachzudenken, einen kräftigen Schluck und verkneife es mir, mein Gesicht angewidert zu verziehen.

„Devin. Ich bin Devin", presse ich hervor, während das Zeug kurz in meiner Kehle brennt. Ich habe Alkohol noch nie gemocht.

„Warte", er macht kurz eine Pause und scheint nachzudenken. „Bist du der, der mit Levis kleiner Freundin nach New York gekommen ist? Wie heißt sie nochmal? Marlen?"

Am liebsten würde ich ihm für diese Aussage meine Faust ins Gesicht rammen, da er nicht mal den Namen des Mädchens kennt, das für ihn seine widerliche Geschäfte erledigt. Aber dann fällt mir wieder ein, dass sie für ihn doch nur eine von vielen ist.

„Arwen. Ja, ich bin mit ihr hergekommen vor längerer Zeit", antworte ich ihm möglichst freundlich.

„Dein Gesicht war überall zu sehen. Fernsehen, Zeitung. Mann, Mann, manchmal hatte ich Angst, dass du mich verfolgst." Er lacht falsch und ich stimme mit ein.

„Also, was brauchst du denn?"

Ich muss kurz überlegen, bevor ich verstehe, was er meint.

„Ich bin auf Heroin gekommen. Und da alle meine Bekannten bei ihnen kaufen, dachte ich, es wäre am besten, ein Geschäft mit Ihnen einzugehen." Ich fühle mich fremd in meiner eigenen Person.

Er winkt ab. „Duz mich, wenn ich dich schon bald als neuer Kunde begrüßen darf. Außerdem ist es natürlich am besten, dass du zu mir kommst. Alle Kleindealer in der Gegend werden von mir versorgt, also wieso nicht gleich zur Quelle gehen?" Er lacht wieder so unfassbar falsch, während er aufsteht. „Warte mal. Ich hole es schnell."

Ich beobachte ihn, wie er zum Regal gegenüber von uns läuft und die Schublade aufzieht. Hervor zaubert er mehrere

Tüten. Verwundert mustere ich das Regal. Der Gedanke ist befremdlich, dass der Typ im Haus verteilt seine Drogen aufbewahrt ohne schlechtes Gewissen.

„Also, pass auf. Bei mir gibt es zwei Kategorien. Ich weiß, dass viele meiner Kunden nicht viel bieten können", er mustert mich bei der Aussage spöttisch und ich runzele die Stirn. „Deshalb habe ich hier einmal achtzehn Prozentiges Heroin. Ein Gramm, 52 Euro. Ich finde, das ist ein fairer Preis. Mein neunzig Prozentiges kostet zwischen 80 und 90 Euro. Qualität hat seinen Preis. Ich werde es dir nur ab einem Gramm verkaufen, das Zeug muss weg, das verstehst du doch sicher, nicht?", erklärt er grinsend, während er die Tüten auf dem Wohnzimmertisch verteilt. Gebannt starre ich auf das Pulver in der kleinen, durchsichtigen Plastiktüte. Ich lasse mir die Zahlen durch den Kopf gehen, obwohl ich weiß, dass ich nichts habe.

„Wieso ist das so teuer?", rutscht es mir raus. Marc lacht.

„Na, hör mal. Es ist der billigste Preis, den ich dir für den Stoff bieten kann. Aber wenn es dir zu teuer ist, ich habe noch anderes im Angebot. Ecstasy zum Beispiel. Die Pillen sind ziemlich niedrig dosiert, ich bekomme sie so. Keine Ahnung, wieso, aber auf jeden Fall kannst du davon eine Menge kaufen. Zum selben Preis." Ich schüttele den Kopf.

„Oder Gras. Ein Gramm, fünfzehn Euro. Das Billigste, ansonsten bist du bei mir falsch." Sein Tonfall ist mittlerweile hart und man merkt ihm an, dass er endlich zu einem Ergebnis kommen will. Ich nicke dann schließlich. Fünfzehn Euro klingen machbar, zwar nicht für mich, aber für andere.

„Also, Gras. Warte hier, ich muss es holen. Meine Lieferung kam gestern und es befindet sich alles noch unberührt im Keller. Herzlichen Glückwunsch, du bist der Erste, der was abkriegt."

Er schenkt mir ein widerwärtiges Grinsen, bevor er mit einem Ächzen aufsteht und den Raum verlässt. Ich höre seine langsamen Schritte, die zuerst den Gang überqueren und dann die Kellertreppen in Anlauf nehmen. Mein Gehirn rattert und arbeitet und sucht nach einer Lösung. Mit leeren Händen werde ich hier nicht weggehen.

Ich starre auf die Tüten auf dem Tisch und treffe eine Entscheidung. Kurzerhand greife ich nach meinem Glas, kippe den Rest des Alkohols in einem Zug runter und greife schnell nach dem Heroin. In Sekundenschnelle verschwindet es in den Taschen meines Hoodies. Konzentriert versuche ich auszumachen, ob Marc sich bereits auf dem Rückweg befindet, aber ich höre keine Schritte.

Ohne weiter darüber nachzudenken, eile ich möglichst leise zur Haustür und versuche, sie so still es geht zu öffnen. Das Blut rauscht durch meine Venen und der Adrenalinkick scheint mich fast umzubringen. Kurzerhand lasse ich die Tür offen und renne los. Willkürlich, in irgendeine Richtung. Hauptsache weg.

Erst, nachdem ich völlig außer Atem und mit schmerzenden Gliedern an irgendeiner belebten Straßenecke voll mit Restaurants stehen bleibe, wird mir bewusst, was ich getan habe. Ich habe gerade meinen eigenen Tod unterschrieben.

KAPITEL ACHTZEHN

Mit meinem geklauten Heroin in der Tasche und pochendem Herzen mache ich mich auf dem Weg nach Hause. Ich bin mir sicher, dass mir aus dieser Aktion niemand heraushelfen können wird. Weder Hatice noch Logan. Meine Gedanken kann ich kaum ordnen, meine Handlung kaum verstehen.

Ich lasse mir möglichst lange Zeit auf dem Weg und drehe mich immer wieder um, um mich zu vergewissern, dass mir niemand folgt. Meine Paranoia finde ich berechtigt, denn ich habe schon oft im Fernsehen Dokumentationen über Drogendealer und ihr Handeln gesehen. Ich könnte mir gut vorstellen, dass gleich einer von Marcs Handlangern aus dem Gebüsch springt und mich mit einem Messer in Fleischhäppchen zerhackt.

Ich stecke meine Hände in die Taschen meines Hoodies und fühle die kühlen Tütchen, gefüllt mit dem Zeug, für das ich mich gerade höchstwahrscheinlich in eine lebensgefährliche Situation gebracht habe.

Ich kann mich selbst nicht mehr verstehen. Alles, was ich weiß, ist, dass mein Körper danach verlangt. Dass es davon abhängig ist. Fast wie von Essen oder gar Luft. Mein Gewissen zerfrisst mich, als ich vor der Haustüre ankomme. Genau so, wie mich das Verlangen nach der Droge zerfrisst. Ich öffne die Türe, laufe gerade aus ins Wohnzimmer zu Hatice' Matratze und krame nach ihren Sachen, ohne darauf zu achten, wer mich dabei sehen könnte.

„Was hast du vor?", fragt sie mich, doch ich gebe ihr keine Antwort und hole nur eines der Tüten aus meinem Hoodie. Ob es das Teure oder das Billige ist, kann ich nicht sagen. Hatice kommt zu mir und runzelt die Stirn, sieht mir dabei zu, wie ich mir meinen ersten eigenen, mehr oder weniger, selbst verdienten Schuss vorbereite. Meine Finger zittern, als ich das Pulver erhitze.

„Scheiße, woher hast du das? Das ist ja gutes Zeug", sagt sie verblüfft und sie beantwortet mir die Frage, ob es Teures oder Billiges ist.

„Woran sieht man das?", frage ich sie, während ich meinen Ärmel hochkremple. Ich stelle mich ungeschickt beim Spritzen an, weshalb Hatice es übernimmt. „Das reine Zeug ist bestens geeignet, um es zu spritzen. Je weniger Heroinanteil enthalten ist, desto mehr stinkt es und desto widerlicher ist es. Sowas sollte man dann Schnupfen oder so. Ach, keine Ahnung. Ich habe noch nie wirklich schlechtes Zeug in die Finger gekriegt."

Ich atme einmal tief ein und aus, als ich das Heroin in meiner Blutbahn spüre.

„Woher hast du das?", fragt sie erneut und stellt somit die Frage aller Fragen. Ich räuspere mich und überlege, ob ich ihr die Wahrheit sagen soll.

„Ich habe es geklaut."

Verwirrt zieht sie die Augenbrauen hoch und mustert mich fragend.

„Von Marc", füge ich letztendlich hinzu und atme langsam aus.

Ihre Augen weiten sich und sie sieht mich völlig schockiert an. „Wie, du hast es geklaut?", fragt sie und springt auf.

„Ich dachte mir, es wäre vielleicht cool, mal bei ihm nach Heroin zu fragen. Keine Ahnung, was ich mir dabei dachte. Auf jeden Fall bin ich irgendwie vor seiner Haustüre gelandet. Er hat mich eingeladen, mir das Zeug vor die Nase geworfen und mir die Preise genannt. Alles war cool, bis mir auffiel, dass ich kein Geld habe. Aber ich hatte den Eindruck, dass ich da nicht lebend rauskomme, wenn ich nichts kaufe." Lachend versuche ich, meine Situation ins Lächerliche zu ziehen.

„Und dann hast du es einfach genommen und bist weggerannt?", ihre Stimme klingt aufgebracht und verwirrt. Ich hebe meine Hände und zucke mit den Schultern.

„Er wollte mir was anderes anbieten und ist es holen gegangen. Währenddessen habe ich es genommen und bin ganz normal aus dem Haus gegangen." Den Teil, in dem ich einen halben Marathonlauf hingelegt habe, um ihm ja nicht in die Finger zu geraten, lasse ich aus. Sie läuft nervös hin und her und stöhnt dann auf. „Du bist doch komplett bescheuert. Einem Drogendealer die Drogen zu klauen, weißt du, was das heißt? Weißt du, wie viel Verlust er damit macht?", meint sie vorwurfsvoll und ich zucke mit den Schultern.

„Wie viel hast du mitgehen lassen?"

Ich hole alle Tüten aus meiner Hoodietasche und zähle fünf Stück.

„Ist dir bewusst, dass du da ca. fünfhundert Euro Verlust für ihn in der Hand hältst?"

Ich nicke und packe alles wieder weg.

„Das ist doch total bescheuert. Du bist bescheuert. Wieso hat er dich überhaupt reingelassen? Man braucht Ewigkeiten, um Kontakt zu Marc aufnehmen zu können."

Ich denke nach und lache dann kurz auf. „Ich habe ihm gesagt, dass ich ein Freund von Levi bin. Levi und ich, Freunde. Lustig, nicht?"

Sie rollt mit den Augen und verpasst mir einen Klaps auf den Hinterkopf. „Ja, unfassbar lustig. Fast so lustig wie der Moment, in dem sie dich um einen Kopf kürzer machen werden. Ist dir bewusst, was du getan hast? Levi wird sehr große Freude daran haben, dich zu häuten und deine Körperteile zu verkaufen, denn da du ja so schlau warst und angegeben hast, ihr wärt Freunde, wird Marc dich sofort finden. Und glaub mir, er kennt keine Gnade."

Verwirrt sehe ich sie an und bemerke erst dann meinen Fehler. Natürlich. Selbst, wenn ich mich verstecken wollen würde, Levi wüsste wegen Medea und den anderen immer, wo ich bin.

„Scheiße", meine ich schließlich trocken und starre auf den Boden.

„Ja, du sagst es. Scheiße." Hatice klingt mehr oder weniger besorgt, wütend und teils hilflos. Ich höre den Schlüssel, der die Haustüre öffnet und sehe wenige Sekunden später Medea und Logan in der Tür auftauchen. Stumm sehe ich sie an. Die beiden merken sofort, dass etwas nicht stimmt und Logan wirft Hatice einen fragenden Blick zu.

„Wir haben ein Problem", meint diese dann und deutet mit einer Handgeste auf mich. „Erzähl ihnen von deiner meisterhaften Tat, Devin."

In dem Moment schäme ich mich zu Grund und Boden.

„Ich habe Heroin geklaut", meine ich kleinlaut und Medea blickt mich verwirrt an.

„Und sag ihnen, bei wem du es geklaut hast", fordert Hatice mich dann mit einem höhnischen Unterton auf.

„Bei Marc."

Logan seufzt und fährt mit der Hand über seine Schläfe. „Das kann doch nicht wahr sein."

Hatice lacht auf und nickt. „Oh, doch, guck dir das Zeug an. Marc hat ihm das Teuerste angeboten."

Logan sieht mich mitleidig an, aber ich merke die Enttäuschung in seinem Blick. „Komm schon, Devin, ich dachte, wenigstens du seist vernünftig."

Während sich die anderen angeregt unterhalten, blicke ich nur teilnahmslos zu Boden.

„Ich kann ihm da nicht raushelfen. Du kennst die Liste meiner Schulden, Marc wird das nicht durchgehen lassen", höre ich Hatice flüstern. Sie versuchen, es hinter meinem Rücken für mich klären zu wollen. Ich fühle mich wie ein kleines Kind, das bemuttert werden muss.

„Wir könnten es zurückbringen mit einem Gramm von deinem Stoff", schlage ich zögernd vor.

„Und was willst du ihm dann sagen? Sorry, aber es war eine Kurzschlussreaktion, oder was?", zischt Hatice. Ich kann nicht genau festlegen, ob sie sauer oder enttäuscht ist. Vermutlich beides. Die hitzige Diskussion der beiden wird von einem Schlüsselklirren und dem Öffnen der Türe unterbrochen. Medea, die sich bis jetzt ebenfalls nicht am Gespräch beteiligt hat und nur stumm auf dem Sofa sitzt, sieht Richtung Flur und verzieht ihr Gesicht.

„Ich sehe Böses auf uns zukommen", meint sie trocken. Keine Sekunde später marschiert Levi in das Zimmer, gefolgt von seiner Schoßhündin Arwen, die nebenbei bemerkt immer schlimmer und schlimmer aussieht. Man könnte meinen, sie wäre eine wandelnde Leiche, denn ihre Haut ist so unfassbar blass und weiß, ihre Augenringe sind tief und die Lippen völlig farblos und ausgetrocknet. Ihr Blick wandert unruhig hin und her, während sie uns ohne jegliche Regung in ihren Augen mustert.

Levis Lippen verziehen sich zu einem widerlichen Grinsen.

„Du bist wirklich der Letzte, der uns gerade jetzt gefehlt hat", spricht Hatice die Gedanken aller in diesem Raum aus.

„Aber wieso so freundlich? Na, Devin, wie geht es dir denn so?", er grinst mich provokant an und scheint mir damit klar machen zu wollen, aus welchem Grund er hier ist.

„Ihm geht es bestens, danke der Nachfrage", antwortet Hatice für mich. Verärgert verzieht er seine Augenbrauen und wirft ihr einen mahnenden Blick zu. „Ich denke, er ist in der Lage für sich alleine zu sprechen. Oder braucht er etwa jemanden, der für ihn spricht?"

Hatice blickt verächtlich zu Arwen. „Na, wenigstens kann er noch aus eigenem Willen entscheiden, nicht so wie deine Prinzessin hier."

Arwen schließt kurz die Augen, atmet ein und aus und senkt dann den Blick. Man merkt ihr an, wie unangenehm die Situation für sie ist und wie unwohl sie sich in Hatice' Gegenwart fühlt.

„Vielleicht solltest du ihm dann mal beibringen, seinen Willen zu kontrollieren. Nicht wahr, Devin? Sonst kommen da wirklich verantwortungslose und schlimme Sachen bei raus."

„Was willst du, Levi?", frage ich und seufze.

„Sag du es mir." Er kommt einen Schritt näher und tut so, als würde er nachdenken. „Vor nicht mal einer halben Stunde erhalte ich einen Anruf von meinem guten und wahrscheinlich sogar ältesten Bekannten Marc, der mir völlig aufgebracht davon berichtet, dass ein Freund von mir ihn beklaut hat. Ich war zuerst total überrascht, ich meine, ich habe keine Freunde. Ich habe viele Feinde, das ist gut möglich, aber als Freund würde ich niemanden bezeichnen. Aber dein schlimmster Feind ist gleichzeitig der beste Freund, den du haben kannst. Wie dem auch sei, ich habe ihn völlig verwirrt gefragt, wen er denn meint. Und dann ist dein Name gefallen“, er macht eine Pause, sieht mich an und lacht leise auf, „und ab dem Zeitpunkt war ich ein Ticken verwirrter, als ich es davor schon gewesen war. Der kleine Devin, der Heroin stiehlt. Irgendwie wollte mein Gehirn diese Information nicht verarbeiten. Und dann meinst du auch noch, dass ich dein Freund wäre. Dachtest du wirklich, du kommst damit davon?“

Ich sehe ihn an und antworte ihm nicht.

„Was willst du jetzt konkret, Levi?“, mischt sich Logan nun ebenfalls ein.

„Nun ja, ich denke, du hast ab heute einen Feind mehr, Devin. Und Marc ist brutal gegenüber seinen Feinden. Ich würde niemals auf die Idee kommen, etwas zu machen, bevor er denkt, ich wende mich gegen ihn. Dann bin ich ebenfalls dran. Devin badet es alleine aus. Falls er überhaupt die Chance dafür bekommt.“

Er klingt gehässig und lacht, während Logan ihn stumm mustert. „Was meinst du damit?“

„Interpretier meine Aussage, wie du möchtest.“ Er zwinkert noch und möchte sich zum Gehen wenden, packt Arwen am Arm und zieht sie hinter sich her. Ein ungutes Gefühl macht sich in mir breit.

„Levi, warte!“, hält ihn Logan auf. „Tu, was du kannst. Denk dran, wie oft wir dir schon geholfen haben. Du bist uns unfassbar viel schuldig. Von Anfang an, Loyalität. Soll ich dir Ereignisse aufzählen, in der du Hilfe gebraucht hast und wir dir zur Seite standen?“

Ich sehe ihn überrascht an und wundere mich, dass er versucht, ausgerechnet Levi um Hilfe zu bitten. Hilfe, die mir wahrscheinlich den Hintern retten würde. Er lacht auf und sieht ihn vorwurfsvoll an. „Denkst du, ich werde mich ins Feuer werfen für ihn? Nein, kommt nicht in Frage. Ich riskiere nichts.“

Hatice steht vom Sofa auf und geht mit stechendem Blick auf ihn zu. „Du...“, unterbrochen wird sie von Medea, die sie am Arm zurückhält: „Im Jahr, als Sophie starb. Erinnerst du dich an sie? Natürlich tust du das. Die erste große Liebe vergisst man nicht", sie blickt zu Arwen. „Entschuldige, Arwen. Als du wegen ihrem Tod nur noch auf Drogen warst. Harte Drogen haben zu dir noch nie wirklich gepasst. Deine Psyche kommt damit nicht klar. Du warst so aggressiv, zu jeder Zeit. Du hast jemanden krankenhausreif geschlagen, einfach so. Weil du gerade Lust darauf hattest. Wer hat dir danach zugehört und die Sache geregelt? Wir. Als deine Schwester gegangen ist. Weißt du noch, wie verzweifelt du warst? Du hättest dir das Leben genommen, hätten wir dich nicht aufgehalten. Du würdest ohne uns nicht mal mehr hier stehen. All das Geld, dass du dir von uns geliehen hast, um dir irgendwelche Dinge zu kaufen, die deines Erachtens nach lebensnotwendig sind. All die Zeit, die wir dafür aufgeopfert haben, um dir nach einer Party wieder mal den Hintern zu retten, weil du andere angepöbelt hast. Wir kennen uns schon etliche Jahre, Levi, und die Liste ist endlos lang. Ich könnte noch so viel aufzählen. Also bitte, tu uns einmal einen Gefallen. Gib etwas zurück", die harte Tonlage ist man von Medea kaum gewohnt. Selbst Levi scheint überrascht zu sein, denn er wird unsicher. Man merkt es ihm an.

„Wir würden dich niemals um etwas bitten, wenn es nicht verdammt wichtig wäre", fügt Hatice hinzu. Zum ersten Mal seit Wochen bemerke ich auch das letzte Positive in Arwen. Sie kaut kurz auf ihren Lippen herum, zupft dann schließlich an Levis Ärmel und räuspert sich. Dieser sieht sie verwirrt an. „Bitte", ist das einzige Wort, dass sie herausbringt. Levi scheint überfordert zu sein, denn er schließt die Augen und seufzt. „Ich werde schauen, ob ich etwas tun kann. Aber ich werde kein Risiko für den da eingehen", er blickt mich angewidert an. „Und ich garantiere nicht, dass ich etwas daran ändern kann." Er dreht sich um und geht. Lässt uns alle, mitsamt Arwen, sprachlos im Raum stehen. Ich kann es kaum glauben. Ausgerechnet Levi musste man um Hilfe bitten. Und ausgerechnet Levi wird mir helfen.

Nach kurzem Schweigen fängt Hatice an zu lachen. Es ist ein hysterisches und völlig aufgezwungenes Lachen. „Er hat nicht mal nach dem Heroin gefragt. Freier Stoff", meint sie und versucht scheinbar zwanghaft, die Situation aufzulockern. Logan wirft ihr einen strafenden Blick zu.

„Na, dann hoffen wir mal, dass er etwas an der Situation ändern kann", sagt er und verschwindet in seinem Zimmer. „Sagt mir Bescheid, wenn etwas ist. Ich kann Marc nicht einschätzen, und verdammt, genau deshalb habe ich Angst. Er ist gefährlich und zu allem fähig. Gerade, wenn es um seine Drogengeschäfte geht."

Er schließt die Tür hinter sich und eine schlagartige Stille erfüllt den Raum.

Hatice seufzt letztendlich und lässt sich auf meiner Matratze nieder. „Du gibst mir doch bestimmt was vom Stoff ab, nicht? Mein letzter Schuss ist ein paar Stunden her."

Ich nicke geistesabwesend. Einzig und allein Medea scheint Arwen, die immer noch im Raum steht und uns gedankenverloren anstarrt, zu bemerken. Sie sieht uns an und deutet unauffällig auf sie. Unsere Blicke wandern zu ihr und sie senkt den Kopf. Sie wirkt so unfassbar unsicher, es ist keine Spur mehr von ihrem damaligen Selbstbewusstsein übrig.

Ich würde sie niemals wiedererkennen. Weder ihr Charakter noch ihr Aussehen ist so, wie ich es kenne. Erst jetzt wird mir klar, dass sie mittlerweile eine fremde Person für mich ist. All unsere gemeinsamen Erlebnisse sind vergessen, denn das Mädchen, das vor mir steht, ist nicht Arwen. Es ist eine drogenabhängige Nutte, die alles dafür aufgegeben hat, um das zu werden, was sie jetzt ist. Doch mir wird auch klar, dass ich kein Stück besser bin. Ich könnte mir gut vorstellen, dass sie dasselbe von mir denkt. Immerhin habe ich mich selbst in eine kritische Lage gebracht, nur um an Drogen ranzukommen. Und ich habe so Vieles hinter mir gelassen, um da zu stehen, wo ich jetzt bin.

„Ist alles okay mit dir? Du siehst nicht wirklich gut aus", unterbricht Medea schließlich das stille Starren und klingt tatsächlich besorgt. Von all den Leuten hier ist Medea wahrscheinlich die Einzige, die noch ein Stück weit unfassbar human ist. Ich könnte mir nicht vorstellen, dass hier jemand nicht auf sie zählen könnte, wenn es sein müsste. Arwen scheint überrascht zu sein, dass Medea sie anspricht, denn einen kurzen Moment lang sieht sie sie nur schockiert an. Dann nickt sie schnell und betrachtet daraufhin ihre Nägel.

Medea runzelt die Stirn und steht auf. „Komm, wir gehen in die Küche. Ich kann dir Tee machen. Oder einen Kaffee, was hältst du davon?"

Sie lässt ihr keine andere Wahl, als mitzugehen. Ich sehe Hatice an, doch die zuckt nur mit den Schultern. „Her mit dem Zeug. Aber wage es ja nicht, mir das Billige zu geben", witzelt sie und ich reiche ihr eine Tüte.

„Was macht Medea mit ihr?", frage ich, doch wieder zuckt sie nur mit den Schultern.

„Medea, der kleine Gutmensch. Sie erinnert sich viel zu gut an die Zeit, als sie selbst an dem Punkt angelangt war. Sie kann Arwens Situation nachvollziehen. Ich nicht. Ich habe alles verdrängt und den Grund, wieso ich es getan habe, nie verstanden. Beziehungsweise, wieso ich es immer noch tu. Aber man kann sich im Leben nichts aussuchen und entweder du kämpfst, oder du überlebst es nicht. Und zum Kämpfen gehört manchmal auch das ehrenvolle Kapitulieren dazu. Unterwerfung, verstehst du? Es ist so ein grässliches Wort. Aber wenn du dich unterwirfst, bringst du dich damit selbst außer Gefahr." Ich beobachte sie, während sie sich konzentriert ihren Schuss vorbereitet. Ich beobachte sie dabei, wie sie auf ihrer Unterlippe kaut und wie sie ihre Haare aus dem Gesicht streift, damit sie ihr nicht ins Auge fallen. Ich beobachte sie einfach, während ihre Ausstrahlung mich umhaut.

„Vermisst du manchmal deine Familie?", platzt es aus mir heraus und ich beiße mir automatisch auf die Zunge. Sie hält inne und schaut mich dann kurz verwirrt an.

„Wie kommst du darauf?"

„Nur, weil man etwas verdrängt, heißt es ja nicht, dass es einem nicht nahe geht."

Sie zuckt mit den Schultern und ich weiß nicht, ob das bereits die Antwort auf meine Frage ist.

„Vermisst du denn deine?", stellt sie die Gegenfrage. Ich denke an meine Eltern. An meine Mutter, die ihr halbes Leben in der Küche verbringt, nur damit wir warme Mahlzeiten auf dem Tisch stehen haben, wenn wir alle nach Hause kommen. An meinen Vater, der früher mit mir so oft Fußball spielen war, dass uns tagelang die Füße wehtaten.

„Ja. Irgendwie schon", antworte ich letztendlich ehrlich und sie lacht verächtlich auf. „Sowas steht dir nur um Weg. Und Hindernisse gibt es auf deinem Weg bereits genug."

Ich runzele die Stirn und seufze überfordert. „Wieso tust du immer so, als würde dir nichts nahe gehen? Als würde es dich nicht interessieren?"

Sie scheint nachzudenken, zu zögern, bevor sie mir eine Antwort gibt. „Ich tu nicht so, Devin. Es interessiert mich wirklich nicht."

Ich möchte etwas erwidern, doch Medea betritt das Wohnzimmer und sieht uns überfordert an.

„Devin, ich glaube, da braucht dich jemand. Ich kann ihr nicht helfen", meint sie und klingt etwas niedergeschlagen. Verwirrt sehe ich sie an. „Was?"

Medea rollt mit den Augen und deutet mir, ihr zu folgen. Hatice und ich tauschen kurz verwirrte Blicke aus, bevor wir beide aufstehen und Medea in die Küche folgen. Am Tisch finden wir eine völlig aufgelöste, von hunderten von Tempos umgebene, weinende Arwen. Wie ein Häufchen Elend sitzt sie auf der Eckbank und schluchzt bitter vor sich hin. Überfordert sehe ich Medea an, doch sie scheint ebenfalls ratlos zu sein. Selbst Hatice scheint keinen bissigen oder provokanten Kommentar abgeben zu wollen, denn ihr Blick ist schlagartig von Mitleid erfüllt.

„Ihr müsst mich nicht so hilflos anstarren. Es ist alles okay. Ich habe gerade momentan nur … ich weiß auch nicht, was ich habe", presst Arwen hervor und lacht leise.

„Das wird mir hier zu emotional“, meldet sich Hatice
schließlich zu Wort und geht wieder in das Wohnzimmer.

„Arwen, es ist alles okay. Du kannst mit uns reden. Ich
glaube, es gibt niemanden auf dieser Welt, der dich besser
verstehen kann, als wir“, versucht Medea sie sanft dazu auf-
zufordern, mit uns zu reden.

„Ist schon okay, Medea.“ Sie zwingt sich einem schwachen
Lächeln auf und greift zu einem weiteren Tempo. Ich hätte
niemals gedacht, dass binnen weniger Minuten so viel ge-
heult werden kann.

„Ich kann auch gehen, dann bleibt nur Devin bei dir“,
schlägt sie vor und innerlich protestiert alles in mir. Doch als
Arwen keine Antwort gibt, nickt Medea schließlich und lässt
mich allein mit meiner alten besten Freundin in der Küche
stehen. Ich fühle mich völlig fehl am Platz und bin total
überfordert mit der Situation. Nach langem Zögern setze ich
mich auf den Küchenstuhl gegenüber von ihr und höre ihr
beim abwechselnden Schluchzen und Schnäuzen zu. Sie sieht
mich nicht an, selbst als sie beginnt, zu sprechen, hebt sie
ihren Blick nicht an. „Es ist komisch, weißt du? Dich hier
mit ihnen sitzen zu sehen, als würdest du sie schon ewig
kennen. Dabei ist es nicht so. Dabei sollten wir gemeinsam
dort sitzen und uns über unsere hoffnungslose Lage lustig
machen“, meint sie, lächelt dabei und klingt dennoch verbittert.

Ich lache verächtlich auf und fühle mich deswegen nicht
mal schlecht. Denn alles, was ich für Arwen noch empfinde,
ist tatsächlich Verachtung. „Wenn es nach mir gegangen
wäre, wäre das der Fall. Du bist diejenige, die diese Entscheidung getroffen hat.“

Sie schweigt kurz und seufzt schließlich. „Ich bereue es.
Ich bereue es wirklich, Devin. Du weißt nicht, was ich
durchstehen muss. Was ich tun muss. Er war anfangs alles,
was ich wollte. Ich hätte alles für ihn getan. Wirklich alles.
Ich würde es wahrscheinlich immer noch tun. Aber gleichzeitig macht er mich so kaputt. Ich kann nicht mehr“, meint
sie schließlich leise und kämpft gegen weitere Tränen an.

Ich versuche Mitleid für sie zu empfinden. Ich dränge mich dazu, dass ich das Bedürfnis kriege, ihr zu helfen. Aber ich schaffe es nicht. „Es ist einzig und allein dein Problem, Arwen. Niemand kann dir dabei helfen, nicht mal ich. Du bist die Einzige, die es ändern kann und wenn es dir schlecht damit geht, dann tu es."

Sie möchte was erwidern, doch wird von Logan unterbrochen, der in die Küche eilt. „Levi ist wieder da, ich habe den Wagen gehört."

Arwen, welche mit offenem Mund und roten Augen am Tisch sitzt, ist schlagartig vergessen. Mein Puls fängt an zu rasen und ich habe das Gefühl, dass jeder mein Herz schlagen hören kann. Auch Hatice und Medea gesellen sich zu uns und warten gespannt darauf, dass Logan die Tür öffnet und Levi reinlässt. „Ich hoffe für ihn, dass er sich die größte Mühe gegeben hat, etwas an der Situation zu ändern", zischt Hatice neben mir und ich seufze. Als Levi mit finsterer Miene den Raum betritt und es langsam eng wird, kann man die Spannung in der Luft förmlich riechen.

„Willst du einen Kaffee?", Medea ist die Erste, die das Schweigen bricht und ihn anlächelt. Man merkt ihr an, wie schwer es ihr fällt, Levi gegenüber Nettigkeit zu zeigen. Immer wieder huscht ihr mitleidiger Blick zu Arwen, die wie das fünfte Rad am Wagen auf ihrem Platz sitzt und schweigend auf die Tischplatte starrt.

Levi lacht verächtlich auf und lehnt sich gegen den Türrahmen. Logan stellt sich neben ihm hin und wirkt, als könnte er jeden Moment zuschlagen, wenn Levis Verhalten es verlangt. „Spar dir die Nettigkeiten, Medea. Ich brauche nichts von euch", meint er schließlich und mustert dann mich. „Weißt du, wir hatten wirklich keinen guten Start. Ich meine, ich habe dir das alles hier ermöglicht und du hast mich dafür einfach nur behandelt wie ein Stück Dreck", beginnt er, wie immer spöttisch grinsend, und ich runzele die Stirn. Ich will ihn unterbrechen, doch Hatice kommt mir vor.

„Bist du völlig bescheuert? Für was soll er dir denn dankbar sein, du Arschloch? Dafür, dass du ihn und seine beste Freundin aus ihrem gewohnten, guten Umfeld herausgerissen und noch dazu auseinandergerissen hast?“, ihre Worte klingen so hart und voller Hass, dass es sogar mich ein wenig erschreckt. Levi deutet ihr mit einer Geste, dass sie die Klappe halten soll. Beleidigt verschränkt sie die Arme, aber nicht, um davor noch demonstrativ ihre Haare nach hinten zu werfen und ihren arroganten Blick aufzusetzen. Ich kann mir das Lächeln kaum verkneifen.

Levi mustert sie noch abfällig, bevor er wieder mich ansieht.

„Aber ich dachte mir nur *Hey Levi, du bist doch so ein netter Kerl und jeder verdient eine zweite Chance.* Ich meine, einen schlechten Start kann jeder mal haben und ich bin doch wirklich ein herzensguter Mensch“, wieder wird er unterbrochen, doch dieses Mal nicht von Hatice. Es ist Arwen, die ihre Tasse energisch auf den Tisch knallt und mit einem Ruck aufsteht. Sie greift nach der Jacke, die neben ihr liegt und funkelt Levi mit glasigen Augen an.

Sie drängt sich an uns vorbei und umklammert das Stück Stoff fest. „Ich warte im Auto“, sagt sie und ihre Stimme zittert, trotz ihrer Versuche, hart zu klingen. Als sie durch die Tür laufen will, packt Levi sie am Arm. Mit so einer Gewalt, dass selbst ich zusammenzucke. Ich kann mir vorstellen, dass sein Griff einen schönen, blauen Fleck hinterlassen wird. Er sieht sie durchdringlich an, während sie versucht, seinem Blick auszuweichen. „Ich komme in fünf Minuten“, sagt er in einem scharfen Ton, als würde er ein Kind ermahnen.

Ein kurzes Schweigen entsteht im Raum, bevor sie schließlich nickt und sich losreißt. Ich warte darauf, dass ich die Tür hinter ihr zuknallen höre, während Levi bereits weiterspricht.

Ich seufze und blicke ihn wieder an, in der Hoffnung, seinen Worten jetzt noch folgen zu können.

„Ich habe mit Marc anschließend geredet. Ich hätte bei der Aktion vielleicht ebenfalls draufgehen können, da du dich ja als mein toller Freund vorgestellt hast und er zunächst gemeint hat, es wäre meine Schuld", erzählt er weiter. Ich rolle mit den Augen und unterbreche ihn schließlich. „Kommst du heute noch zum Punkt oder wird das hier noch länger, als es bereits hat?", frage ich ihn.

Er seufzt gespielt und schüttelt den Kopf. „Undankbar, ich sagte es doch. Sei froh, dass ich noch Geld über hatte von meinem Deal, den ich vor deinem kleinen Spielchen erledigen musste", er funkelt mich wütend an. „Mit dem habe ich deinen Scheiß bezahlt. Er hat mich regelrecht dazu gezwungen." Er kommt einen Schritt auf mich zu und baut sich bedrohlich vor mir auf. Alle meine Muskeln spannen sich automatisch an. „Damit eins klar ist, du wirst mir jeden einzelnen Cent zurückzahlen. Es ist mir scheiß egal, wie du es anstellst. Ehrlich, du kannst von mir aus deswegen draufgehen, aber ich will mein Geld."

Ich denke nach und nicke schließlich langsam. Eine andere Wahl habe ich schließlich nicht. Schlagartig stellt sich mir die Frage, bei wem sich die Schulden denn schlimmer ausgewirkt hätten: Marc oder Levi?

„Jeden Cent will ich sehen, das sei dir gesagt", zischt er und blickt dann Logan an.

„Wow, Levi, man merkt, dass du natürlich immer wieder für einen da bist und dich für andere, ohne zu zögern, einsetzt", meint dieser und zeigt auf die Tür.

„Logan, ich bin mir sicher, dass du ebenfalls dafür sorgen wirst, dass ich mein Geld zurückkriege. Du bist doch mein Bruder, nicht? Seit Tag eins, vergiss das nicht." Er grinst ihn abfällig an und lacht dann leise, während Logan ihn nur kalt ansieht und ich das Gefühl habe, dass Hatice ihn gleich attackiert und ihm die Kehle aufschlitzt.

„Schönen Tag noch, meine Freunde", er salutiert noch lächelnd und verlässt dann schließlich die Küche. Hatice atmet angespannt aus und als ich merke, dass die Tür sich schließt, wende ich mein Blick zum Fenster. Ich entdecke Levis Auto und darin Arwen. Ich sehe, wie Levi energisch zum Wagen läuft und die Fahrertür aufreißt. Sofort beginnt er zu sprechen, doch Arwen scheint ihm nicht zuzuhören. Denn während er redet und den Motor anspringen lässt, treffen sich unsere Blicke.

Ein Schauder überkommt mich, während ich in ihre Augen sehe und ihre Verzweiflung spüren kann. Das Gefühl hält an und ihr hilfloser Blick, der förmlich *rette mich* schreit, brennt sich in mein Gedächtnis ein und ist präsent, selbst als Levi längst den Rückwärtsgang eingelegt hat und wegfährt. Selbst, als ich meinen Blick vom Fenster abwende und die Anderen ansehe, die mich stumm mustern.

KAPITEL NEUNZEHN

Medea seufzt und greift schließlich nach Arwens Tasse, um den übrig gebliebenen Inhalt wegzukippen.

„Es ist zumindest etwas. Dir hätte Schlimmeres passieren können als Schulden bei Levi. Die haben wir alle, im Endeffekt sieht er es gar nicht so eng, wie er es gerade dargestellt hat", versucht sie die Situation aufzuheitern – wie immer. Hatice rollt mit den Augen und seufzt. „Ich brauche jetzt einen Kaffee oder sowas. Oder Essen. Was haltet ihr davon, wenn wir mal was richtig Tolles kochen?", sie wirft die Frage ihn den Raum, als würde sie keine Antwort erwarten.

„Das wäre schön", meine ich deshalb schließlich. Ich denke an Camilles Lieblingsessen, verdammtes Ofengemüse, welches es so oft gab. Selbst Mum mochte es nicht, wenn ihre Auberginen und die Zucchini aus dem Ofen kamen, aber sie machte es trotzdem so unfassbar oft.

Auch Logan schien überraschenderweise von der Idee überzeugt zu sein, denn er nickt nur grinsend. „Ich habe noch Geld über. Es ist ja schließlich erst der Anfang des Monats. Wir können schnell in den Walmart unten an der Ecke fahren und ein paar Sachen kaufen", schlägt er vor und löst damit eine Welle an Freudenschreien aus. Er lacht mich an, während ich die Mädchen beobachte, die komplett ausrasten.

„Manchmal frage ich mich wirklich, wie ich es all die Jahre mit diesen komischen Wesen aushalten konnte", witzelt Logan.

Ihre Freudentänze führen sie auch aus, während wir bereits auf dem Weg zum Wagen sind und das Haus dunkel und einsam hinter uns lassen.

„Ich war schon seit einer halben Ewigkeit nicht mehr in einem Supermarkt einkaufen", meint Medea aufgeregt und ich wundere mich darüber, dass man sie mit einer so normalen – für viele Leute alltäglichen – Sache so aus dem Häuschen bringen kann. Wir steigen ein und Logan startet den Wagen.

„Ich überlege die ganze Zeit, ob mir irgendein Rezept einfällt, aber es scheint irgendwie alles weg zu sein“, sagt Hatice und Medea seufzt. „Ich konnte noch nie kochen. Das ist total unfair. Wieso ist das nicht ein angeborenes Talent oder so? Ich meine, wie sollen sich Leute, die eine totale Niete im Kochen sind, am Leben halten? Hat das irgendwer schon einmal bedacht?“

Ich verkneife mir ein Lachen und starre aus dem Fenster. Es ist bereits dunkel und man spürt die Kälte in den Knochen. Der späte Herbst macht sich bemerkbar.

„Wo ist denn dieser Supermarkt?“, beteilige ich mich am Gespräch, nachdem mir auffällt, dass ich bei meinen zahlreichen Spaziergängen noch nie einen Supermarkt bemerkt habe.

„Den Berg runter und dann die zweite Straße links. Kaum zu übersehen“, erklärt Logan grinsend und ich seufze. Langsam sollte ich es wirklich in Betracht ziehen, mir eine Arbeit zu suchen, damit ich mich endlich selbstständig in dieser Stadt bewegen kann und nicht auf Kosten anderer leben muss. Außerdem muss ich das Geld für Levi auftreiben, denn ich habe das Gefühl, dass er es ziemlich ernst meint, auch wenn Medea meint, es wäre nur halb so schlimm.

Nach fünf Minuten Fahrt, die wir auch hätten laufen können, kommen wir an und ich werde aus meinen Gedanken gerissen. Medeas Gesicht glüht regelrecht vor Vorfreude und auch Hatice scheint wie ausgetauscht. Während Logan und ich aussteigen, stürmen die beiden bereits auf die kilometerlange Schlange der Einkaufswägen zu.

„Hatice kriegt einen und ich kriege einen“, ruft Medea quer über den Parkplatz und Logan und ich folgen ihnen grinsend. Die anderen Menschen, die um diese Uhrzeit wahrscheinlich nur noch kurz ihren Salat für das Abendessen kaufen wollen, blicken uns verwundert an.

„Wir machen ein Wettrennen!“, verkündet Hatice und springt in einen Einkaufswagen. „Devin und ich gegen euch zwei.“

Angriffslustig grinst sie Medea und Logan an. Logan scheint zu zögern, aber krempelt dann schließlich seine Ärmel hoch, während er versucht, möglichst professionell auszusehen. Ich greife nach dem Einkaufswagen und kann mir das Lachen kaum verkneifen.

„Drei, zwei, eins – LOS!", schreit Hatice und ich stürme los, während Logan mir dicht auf den Fersen ist. Medea bewegt lachend ihre Hand so, als würde sie lenken und Logan gibt Geräusche von sich, als wäre er ein Auto.

„Schau nach vorne, du Idiot!", ruft Hatice lachend und ich lenke den Wagen in den ersten Gang des Supermarktes. Die Leute schauen uns teilweise erschrocken und empört an, doch es ist uns egal. Lachend und schreiend rennen wir durch die Gänge. Für einen Moment ist es mir so unfassbar egal, wie sehr wir auffallen und dass wir womöglich rausgeschmissen werden. Ich realisiere einfach nur, dass sie zu meiner Familie geworden sind. Die Familie, in der ich endlich wunschlos glücklich bin. Diese drei Idioten, die mit mir gemeinsam durch den Supermarkt rennen, sind mehr als nur Freunde.

„Anhalten!", schreit Medea plötzlich und ich stoppe abrupt. „Da ist die Tiefkühltruhe mit den Pizzen!"

Ich runzele die Stirn und beginne dann zu lachen. „Wollten wir nicht etwas kochen?", erinnere ich Medea an Hatice' Worte.

„Wir können ja unseren Belag selber schneiden und drauflegen", schlägt diese vor, während sie aus dem Wagen klettert. Ich schüttele lachend den Kopf.

„Ich will eine mit Thunfisch!", meint nun auch Logan.

„Nimm die Billigen, die Packung, in der mehrere Pizzen sind", dirigiert Hatice Medea und diese greift nach einem Karton mit drei Thunfischpizzen.

„Ich will noch Salami-Schinken."

Ein paar Sekunden später drückt Medea mir eine Packung Salami-Schinken mit drei Stück darin in die Hand.

„Wie ausgewogen wir uns ernähren", sagt Logan grinsend und packt die Pizzen in den Wagen.

„Da sind wichtige Nährstoffe drin. Das ist wissenschaftlich erwiesen!“, erwidert Hatice patzig.

Man könnte für einen Moment vergessen, in welch einer Scheiße wir eigentlich stecken. Die Menschen um uns herum wissen nicht, wie wir leben. Wissen nicht, dass Drogen die größte Rolle in unserem Leben spielen. Und sie wissen nicht, dass wir völlig hoffnungslos sind. Zu wissen, dass sie nicht hinter unsere graue, bröckelnde Fassade blicken können, tut gut.

KAPITEL ZWANZIG

„Bitte sage mir, dass du in der Lage bist, wenigstens den Ofen anzumachen", meint Logan genervt und Medea lacht. „Das sollte ich hinkriegen", sagt sie, während sie die zwei Pizzahälften, die sie davor mit einem Messer zurechtgeschnitten hat, auf ein Blech legt.

„Ich habe wirklich Angst, dass die Bude hier gleich brennt." Er kaut bedenklich auf seiner Lippe herum, während Medea ihn spielerisch einen Schubs verpasst und ihn mit funkelnden Augen ansieht. „Sei nicht so ein Fiesling."

„Gott, wie süß. Fiesling, Medea, ich sollte dir deinen Ausdruckswortschatz erweitern", neckt Hatice sie grinsend, während sie sich am Esstisch einen Schuss vorbereitet.

„Sei bloß vorsichtig, sonst spuckt sie dir heimlich auf deine Pizza", lacht Logan und setzt sich an den Tisch. Bereits den gesamten Abend über kann ich mir ein Grinsen nicht verkneifen. Lachend schiebt Medea die erste Pizza, die wir seit langem endlich essen dürfen, in den Ofen.

„Ich freue mich auf meine Pizza wie ein kleines Kind auf Weihnachten", gebe ich zu und die anderen stimmen mir lachend zu. Wir werden jedoch von einem Klingeln unterbrochen, welches sich als Logans Handy herausstellt. Schlagartig denke ich an meins und frage mich, ob es bereits möglich ist, es zu nutzen. Logan blickt auf seinen Bildschirm und runzelt die Stirn. „Es ist Levi. Er hat mich schon vorhin angerufen, als ich auf dem Klo war", erzählt er uns und wir blicken uns ratlos an.

„Geh doch ran. Ich möchte wissen, was der Idiot will", schlägt Hatice vor, während sie sich im Schneidersitz auf die Bank setzt. Logan nickt, zögert kurz und geht dann ran. Je länger er redet, desto stärker runzelt er seine Stirn. „Was meinst du? Komm sofort her", befiehlt er Levi schließlich hektisch. Ich sehe zu Hatice, die nur mit den Schultern zuckt.

„Los, schnell!" Er steht auf und knallt das Handy auf den Tisch, während er aufspringt. „Irgendetwas ist mit Arwen. Er sagt, ihr geht es anscheinend nicht gut“, meint er und mein Herz beginnt zu rasen. „Was meinst du?“

Er zuckt mit den Schultern. „Keine Ahnung. Er klang total aufgewühlt und kommt sofort her. Er ist in wenigen Minuten da“, antwortet er und bringt mich damit ebenfalls zum Aufstehen. Gemeinsam hasten wir zur Haustüre und treten in die Kälte. Der Kies in der Auffahrt knirscht unter unseren Füßen und die Kälte beißt sich durch unsere Körperwärme. Ich laufe unruhig hin und her.

„Verdammt, dass auch immer wieder was dazwischenkommen muss!“, flucht Logan. Die Minuten vergehen so unendlich langsam, dass ich das Gefühl kriege, wir stünden schon seit Ewigkeiten hier. Ich zittere vor Kälte und vor Aufregung. Als die Lichter des Wagens am Ende der Straße auftauchen, stehe ich wie versteinert da. Was wird jetzt geschehen? Haben wir überhaupt die benötigten Medikamente, wenn es Arwen wirklich so schlecht geht?

„Fuck“, murmelt Logan, als Levi in der Auffahrt vor uns hält.

„Sie liegt auf der Rückbank“, meint dieser, schon während er aussteigt. Logan und ich rennen zur hinteren Autotür und reißen sie auf. Der Anblick erschreckt mich und ich zucke zurück. Auf der Rückbank liegt Arwen, leichenblass und scheinbar nicht bei Bewusstsein. Auch Logan scheint erschrocken zu sein. „Sie ist während der Fahrt bewusstlos geworden. Bitte, mach was“, er klingt völlig verzweifelt. So, wie Arwen ein paar Stunden zuvor klang.

„Was ist mit ihr? Ist sie krank?“, fragt Logan. Levi zuckt nur hilflos mit der Schulter. Die Unruhe draußen bringen scheinbar auch Medea und Hatice dazu, nachzuschauen, was los ist.

„Ach du Scheiße. Bringt sie rein, na los“, befiehlt Hatice und Logan und ich greifen nach Arwen. Behutsam hebe ich sie aus dem Auto, während Logan mir hilft. Ich zucke zusammen, als ich ihre eiskalte Haut berühre.

„Warte!“, ruft Logan und ich halte inne. Er mustert Arwen kritisch und seine Augen funkeln vor lauter Sorge. „Bringt sie nicht rein. Sie muss in mein Auto. Ich bringe sie in das Krankenhaus. Irgendwas ist mit ihr und es beschleicht mich das Gefühl, dass wir ihr nicht helfen können", sagt er und langsam wird mir mulmig zumute. Zusammen hieven wir sie in sein Auto, nachdem Hatice den Wagenschlüssel geholt und das Auto geöffnet hat.

„Ich will mit", sage ich, doch er winkt ab. „Die Vermisstenanzeige. Es ist schon schlimm genug, dass sie sie erkennen werden."

„Was wirst du tun?", fragt Medea. Logan zuckt mit den Schultern. „Ich werde improvisieren. Levi, gib mir dein Handy. Meins liegt auf dem Küchentisch. Ich werde anrufen, wenn ich mehr weiß."

Levi zögert kurz, bevor er ihm sein Handy aushändigt.

Logan wartet keine weitere Sekunde und springt sofort ins Auto. Wir gehen ein Stück zur Seite und sehen ihm beim Losfahren zu. Die Kälte ist mittlerweile vergessen, während wir den Lichtern nachsehen. Auch der tolle Abend ist vergessen, denn plötzlich fühle ich mich Stunden zurückversetzt. Und wieder sehe ich Arwen beim Gehen zu.

Während die anderen noch draußen stehen und dem Wagen nachblicken, raffe ich mich zusammen und reiße mich aus den Gedanken. Ich drehe mich um und laufe in die Küche, um mir Logans Handy zu schnappen, damit ich der Erste bin, der im Falle eines Anrufs rangehen kann.

„Was hast du mit ihr gemacht? Was ist passiert?", höre ich Hatice fast schon beängstigend ruhig fragen, während die drei ins Haus kommen. Ich kann mir Levi gerade nur allzu gut mit einem unsicheren Blick vorstellen, während Hatice ihn am liebsten mit zahlreichen Messerstichen töten will.

„Ich weiß es nicht. Ihr war daheim so schlecht und ich kann mir nicht erklären, wieso. Sie hat mir noch gesagt, dass es geht und dann bin ich kurz zu Chris. Als ich zurückkam, lag sie leichenblass im Bett und meinte, dass sie es kaum noch aushalten kann", erzählt er und ich runzele die Stirn. Medea betritt die Küche und lächelt mich aufmunternd an.

Zum Pizza aufbacken scheint sie bis jetzt noch nicht gekommen zu sein.

„Ich sehe es dir an, Levi", zischt Hatice und ich frage mich, was sie damit wohl meint. Auch sie betritt die Küche und setzt sich auf ihren Stammplatz. Nur zögernd gesellt sich Levi zu uns. Er wirkt schlagartig wie ein hilfloser, kleiner Welpe, der nicht weiß, wo er hingehört. Schweigend starren wir in den Ofen, wo eine Pizza bereits drin aufbackt.

„Der Ofen funktioniert immer noch nicht einwandfrei. Es wird ein bisschen dauern", entschuldigt sich Medea und setzt sich ebenfalls hin. Stille erfüllt den Raum. Ich denke daran, wie toll der Abend bis vor ein paar Minuten noch war. Und wie toll er noch hätte werden können.

Ich frage mich, was Arwen wohl gerade durchmachen muss. Zwar kenne ich mir nach der langen Zeit hier immer noch nicht wirklich gut mit Drogen aus, aber mein Wissen reicht, um sagen zu können, dass die Übelkeit vielleicht von schlechtem Stoff oder Ähnlichen kommen könnte. Hatice stöhnt genervt auf und tippt mit den Fingernägeln auf dem Holztisch herum.

„Hör auf damit, das macht mich komplett wahnsinnig", fahre ich sie an und erschrecke mich vor mir selbst. Eigentlich möchte ich sie gar nicht anmeckern oder meine Nervosität in Form von Aggressivität an anderen auslassen. Ich schließe die Augen und atme einmal tief ein und aus, während sie mich nur mustert. „Vielleicht bräuchtest du einen Schuss, damit du hier nicht rumzickst", bemerkt sie spöttisch und ich beschließe, ihren sarkastisch gemeinten Ratschlag doch zu befolgen. Wortlos stehe ich auf und laufe ins Wohnzimmer, um meine geklauten Drogen hervorzukramen. Es ist ein komisches Gefühl zu wissen, dass ich sie tatsächlich gestohlen habe. Das Eigentum von jemand anderem entwendet habe. Ich betrachte das Pulver in den Tüten. Mein letzter Schuss ist bereits einige Stunden her und nachdem Hatice es erwähnt hat, bemerke ich, dass mein Körper förmlich nach dem Stoff schreit. Seufzend packe ich es aus.

„Das war nur ein Witz. Du brauchst keinen Schuss“, höre ich Hatice sagen und drehe mich um. Mit verschränkten Armen steht sie im Türrahmen und mustert mich. Ich beschließe zu schweigen und sie zu ignorieren. Nach ein paar Minuten gesellt sie sich zu mir auf die Matratze.

„Weißt du, was mit Arwen ist?“, frage ich sie beinahe beiläufig. Unsicher sieht sie mich aus ihren großen Augen an, bevor sie mit den Schultern zuckt.

„Dabei habe ich mich so auf die Pizza gefreut“, witzele ich und sie lacht nur nervös. Ich fühle mich sofort besser, nachdem ich mir das Heroin gespritzt habe. Mein Körper scheint zu schweben und ich würde glatt behaupten, dass nicht mal der beste Sex annähernd an dieses Gefühl rankommt. Ich zucke beim Klingeln eines Handys zusammen und blicke Hatice verwirrt an, die sich suchend umschaut, bis ich bemerke, dass ich mir Logans Handy in die Hosentasche gesteckt hatte. Mit zitternden Händen fische ich es heraus und hebe ab. Meine Hände lassen das Smartphone fast fallen.

„Hallo?“, frage ich leise, als sich niemand meldet. Im Hintergrund höre ich viele Stimmen und lauten Trubel. Ich runzele die Stirn und sehe Hatice an, die mich gespannt mustert. Die ganze Zeit über zwirbelt sie eine ihrer Haarsträhnen.

„Ich bin gleich daheim“, meint Logan schließlich und die Tiefe seiner Stimme erschreckt mich. Ohne ein weiteres Wort zu sagen, legt er auf.

„Und?“

Ich zucke mit den Schultern. „Er hat nur gesagt, dass er gleich kommt“, erzähle ich ihr und sie nickt. „Weißt du, Arwen tut mir doch ein wenig leid. Ich weiß nicht, woher das so plötzlich kommt. Aber Levi ist wirklich ein Arschloch und ich kann mir nur allzu gut vorstellen, wie sie sich fühlt“, meint sie schließlich leise und ich schweige.

„Sie könnte wieder zu uns kommen, wenn sie aus dem Krankenhaus kommt. Damit es so ist, wie es am Anfang war. Nur ohne Levi, den sollten wir wohl alle aus unserem Leben verbannen.“

Ich muss leicht grinsen bei ihren Worten. „Du würdest also mit Arwen unter einem Dach wohnen wollen? Freiwillig?“, hake ich nach und sie nickt langsam.

„Erinnerst du dich an den ersten Tag, als wir hier ankamen? Es kam mir vor, als würdest du uns umbringen wollen, weil wir hier sind und dir die Luft zum Atmen stehlen“, erinnere ich sie lachend und sie schlägt leicht und grinsend mit ihrer geballten Faust gegen meinen Oberarm. „Ich bin nun mal kein riesiger Fan von Wohngemeinschaften. Aber habe ich denn eine andere Wahl, als euch zu akzeptieren? Stell dir mal vor, ich müsste dich jeden Tag angiften. Irgendwann wird das selbst mir zu stressig“, gibt sie lachend zurück.

„Ich glaube kaum, dass dir tagelanges Meckern etwas ausmachen würde.“

Sie grinst mich an und will gerade etwas erwidern, als ich die Schlüssel im Haustürschloss höre. Sofort springe ich auf und helfe ihr hoch, bevor ich zur Tür eile. Logan betritt das Haus und ich blicke suchend hinter ihn, doch Arwen folgt ihm nicht. Arwen ist nicht dabei.

„Was ist mit…“, setze ich gerade an, doch Logan läuft wutentbrannt an mir vorbei, schubst mich beinahe gegen die Wand und stürmt in die Küche. Medea sieht ihn erschrocken an, während er Levi am Kragen packt und ihn vom Stuhl hochreißt.

„Du mieses Arschloch!“, schreit er und alle im Raum zucken überrascht zusammen. So wütend habe ich Logan noch nie erlebt und wenn ich es mir so recht überlege, möchte ich ihm auch niemals einen Grund geben, so wütend zu werden. Verwirrt sehen wir ihm zu, wie er Levi eine Faust verpasst. Dieser fasst sich nur erschrocken an die Nase.

„Was ist passiert?“, fragt Medea und zieht Levi von Logan weg.

„Er hat sie getötet!“, schreit Logan weiter und mein Herz scheint stehen zu bleiben.

„Wen? Wen soll er denn getötet haben?“, fragt Hatice nun ebenfalls völlig verwirrt.

„Arwen! Er hat Arwen getötet! Sie ist verdammt nochmal tot“, die Adern an seinem Hals pulsieren und sind das Einzige, was ich noch sehen kann. Mein Blick wird verschwommen und es fühlt sich an, als würde ich gleich ohnmächtig werden.

„Was?“, frage ich stotternd und meine Stimme zittert. Mein Körper will nicht auf meine Befehle reagieren.

Logan rauft sich die Haare und kickt gegen eine der Stühle. Der Krach, der dabei entsteht, ist nichts gegen den Sturm in mir.

„Sie war deswegen bewusstlos, als er sie hergebracht hat. Es war ein goldener Schuss. Der Arzt hat gemeint, es sei eine Überdosis. Sie hatte so furchtbare Krampfanfälle, als man ihr eine Trage geholt hat. Sie ist schließlich an Atemnot gestorben.“ Das Erzählen scheint ihm schwer zu fallen, denn er wirkt abwesend. Sein leerer Blick trifft meinen. „Ich habe ihre Wertsachen gekriegt. Sie hatte so ein kleines, altes Handy bei sich. Ich habe mich gewundert, da ihr die Handys ja eigentlich nicht mehr benutzt und habe es entsperrt. Ihr Anrufprotokoll zeigt an, dass sie mich angerufen hat, ca. eine halbe Stunde vor Levi.“

Er sieht wieder wütend zu Levi. „Wie konnte das passieren?“, schreit er ihn wieder an, doch auch Levi wirkt komplett abwesend. Mit offenem Mund starrt er auf den Boden.

Wie in Trance fische ich Logans Handy heraus und reiche es ihm. Er nimmt es in die Hand und starrt es an wie ein Objekt, welches nicht ihm gehört. Für eine kurze Zeit fühlt es sich an, als hätte ich vergessen, wie Atmen geht. Alles in mir schreit, aber ich kann nicht schreien. Mein Mund gibt kein Ton von sich.

„Was machst du?“, fragt Medea mit zitternder Stimme, während Logan auf seinem Telefon herumtippt. „Ich wusste doch, dass etwas faul ist“, murmelt er und hält sein Handy ans Ohr.

Niemand weiß, wie er reagieren soll.

Ein paar Sekunden später hält Logan das Handy vor sich und schaltet den Lautsprecher an. Das typische Geleier der Mailbox erfüllt den Raum.

„Es wurde ein zweiminütiges Gespräch geführt, laut Arwens Handy. Aber ich habe nicht telefoniert, also habe ich mich gefragt, wie das möglich ist. Sie hat mir auf die Mailbox gesprochen", erklärt er konzentriert und wir hören gespannt der Stimme zu, bis es plötzlich knackt. Ein Schluchzen ertönt und mir wird klar, dass das hier womöglich Arwens letzten Worte sind.

„Ich weiß nicht, wo ich anfangen soll. Ich habe das Gefühl, dass du der Einzige bist, der mir momentan helfen kann."

Ich kann mir die Tränen beim Klang ihrer Stimme letztendlich nicht mehr verkneifen. Sie klingt so hilflos, alleine und unendlich traurig.

„Ich weiß, dass ihr mich wahrscheinlich alle nicht wirklich leiden könnt. Aber ich halte das nicht mehr aus hier mit Levi. Ich bin keine Schlampe, Logan, so war ich nie. Devin kann das bezeugen. Ich möchte das nicht mehr tun."

Wieder folgt ein Schluchzen und sie scheint mit sich zu ringen.

„Ich habe alles probiert, weißt du? Ich liebe ihn doch. Gott, wie ich das tue. Und ich würde immer noch alles für ihn tun, obwohl das wahrscheinlich ein riesiger Fehler meinerseits ist. Ich habe so viel verloren wegen ihm. Es tut mir so schrecklich leid, was er euch angetan hat. Was er mir angetan hat und was ich letztendlich Devin angetan habe. Ich möchte hier weg. Aber als ich vorhin mit ihm geredet habe, hat er gesagt, wenn ich aufhöre, mich zu prostituieren, dann wird er mich verlassen. Und ich kann nicht ohne ihn. Ich brauche ihn. Er meinte, er würde zu meinen Eltern gehen und ihnen alles erzählen. Gott, ich kann das doch nicht zulassen. Ich möchte da nie wieder hin. Ich kann dort nicht so auftauchen! Sie werden mich hassen, das kann ich ihnen nicht antun. Noch nie hat mich ein Junge so behandelt wie er. Ich bin für ihn ein Stück Dreck. Ich wollte nie eines der Mädchen werden, die sich von ihrem Freund bedrohen, unterdrücken und schlagen lassen. Du musst mir helfen, Logan. Ich schaffe das nicht mehr. Ich habe mit Devin reden wollen, doch er wollte mir nicht zuhören. Ich kann das verstehen, ehrlich. Ich habe ihm so viel Unrecht getan. Ach, was rede ich hier überhaupt? Völlig wirres Zeug.“

Eine Totenstille entsteht und mein Herz scheint in der Zeit ebenfalls stehen zu bleiben.

„Bitte helft mir. Helft mir hier raus, ich brauche euch.“

Wieder folgt ein Knacken und die Nachricht ist zu Ende. Und ehe ich mich versehe, stürme nun ich auf Levi zu. Wie angewurzelt steht er da und starrt mich an, während ich schreie. Einfach nur schreie. Noch nie habe ich so einen starken Drang dafür gespürt, jemanden umzubringen.

Doch bevor ich mein Ziel erreiche, geben meine Beine nach und ich falle auf den Boden. Die Tränen strömen heiß über mein Gesicht und ich möchte einfach nur schreien. Die Töne, die aus mir kommen, klingen nicht mal nach mir.

Gott, Arwen, wie konntest du nur denken, dass ich dir nicht helfe? Ich hätte dir aus jeder Patsche geholfen, egal zu welcher Tageszeit. Du hättest immer auf mich zählen können.

Die Tränen brennen sich regelrecht in meine Haut und ich fühle zwei warme Hände, die mich an den Schultern packen und rütteln.

„Hör auf, Devin! Hör auf!“, schreit mich Hatice, ebenfalls mit Tränen gefüllten Augen, an. Doch ihr höre sie kaum. Ich will sie nicht hören. Und nicht sehen. Ich schließe meine Augen. Am liebsten würde ich sie nie wieder öffnen. Meine beste Freundin ist tot. Es fühlt sich an, als würde ein Teil von mir abbrechen und in tausende Stücke zersplittern.

Stunden später sitze ich schweigend auf meiner Matratze, mit Hatice‘ Kopf auf meinem Schoß und den anderen um mir herum. Nennt man das einen Nervenzusammenbruch? Ich kann mir nicht erklären, was vorhin mit mir geschehen ist.

Es hatte eine halbe Ewigkeit gedauert, bis ich mich beruhigen konnte. Jedes einzelne Gefühl, das ich spüren kann, habe ich gefühlt.

Arwen ist tot. Die süße, kleine Arwen mit den zwei geflochtenen Zöpfen aus dem Nachbarshaus. Die süße, kleine Arwen mit dem aggressivsten Blick, den ich jemals gesehen habe, nachdem man es wagt, ihre Barbiepuppe wegzunehmen. Es wird nie wieder nächtliche Gespräche geben, nie wieder die traditionellen Geburtstagsfeiern, nie wieder das Ausführen von hirnrissigen Ideen. Vielleicht ist es besser so. Die letzte hat ihr schließlich das Leben gekostet.

Ich fühle mich leer. Ich kann nicht mal mehr um sie trauern, denn es gibt keine Emotionen mehr in mir drin. Es ist, als wäre mein Lächeln gestorben und jeder Blick in die Zukunft ohne Aussicht.

Der heutige Tag hat mir jedoch eines gezeigt: Man weiß nie, wann man jemanden zuletzt in den Arm nehmen kann. Hätte ich gewusst, wie schlimm es um sie und Levi steht, hätte ich sie heute Nachmittag niemals wegfahren lassen. Ich habe sie im Stich gelassen. Ich bin ein schlechter, bester Freund. Ich fühle mich nicht wie ein bester Freund, denn Arwen wurde mir in den letzten Monaten so fremd. So fremd war sie mir nicht mal, als ich sie kennenlernte. Wir haben uns nur wegen Schwachsinn gestritten, bis wir uns fremd waren.

„Sollen wir schlafen gehen?", fragt Logan und reißt mich somit aus meinen Gedanken. Ich blicke ihn an und zucke mit den Schultern.

Levi sitzt etwas weiter abseits auf der Couch und starrt seit Stunden auf den schwarzen Bildschirm des Fernsehers. Niemand von uns hat auch nur ein Wort mit ihm gewechselt. Ich habe Hass noch nie definieren können, bis ich in seine Augen sah.

„Ich kann sowieso nicht schlafen", bemerkt Medea und spricht damit meine Gedanken aus. Sie kaut verzweifelt auf ihrer Unterlippe herum und ich kann mir nur allzu gut vorstellen, wie stark ihre Schuldgefühle sind.

„Was haben die im Krankenhaus gesagt?", frage ich und meine Stimme klingt nicht nach mir. Mein Bein fängt langsam an, einzuschlafen und die Position, in der ich gerade sitze, ist mehr als nur unbequem, aber ich möchte es nicht riskieren, Hatice aufzuwecken. Logan runzelt die Stirn und seufzt dann.

„Ich habe sie quasi als Leiche dorthin geliefert. Die Ärzte konnten nichts mehr für sie tun. Sie wurde in einen...", ich unterbreche ihn mit einer Handbewegung.

„Nein, ich meine, was haben sie gesagt, als sie sie gesehen haben. Haben sie sie erkannt?", erinnere ich ihn daran, dass Arwen und ich als vermisst gemeldet sind. Zwar ist die Anzeige eine Ewigkeit her, aber so oft, wie sie damals gezeigt wurde, habe ich das Gefühl, dass man mich nach einer längeren Zeit auf der Straße sofort erkennen würde.

„Sie haben sie erkannt. Natürlich haben sie das. Sie haben mich gefragt, woher ich sie kenne und ich meinte, dass ich sie gefunden habe. Das ist die schlechteste Ausrede, die mir jemals eingefallen ist", meint er und wischt sich mit beiden Händen über das Gesicht. „Sie haben mich nach meinem Ausweis gefragt und ich habe es ihnen gegeben. Es klingt idiotisch, aber ich wollte meine und Arwens Identität nicht verleugnen."

Ich zucke zusammen und sehe ihn verwirrt an. „Heißt das, sie kennen jetzt deinen Namen?"

Logan nickt langsam. „Aber das sollte eigentlich nicht weiter schlimm sein. Ich bin hier nicht offiziell gemeldet."

Ich atme erleichtert aus. Es ist schön zu wissen, dass Arwen letztendlich wieder zurück zu ihren Eltern kehrt. Vielleicht wird sie neben ihrem Opa vergraben, dessen Grab wir so oft als Kinder besucht und mit Blumen geschmückt haben. Ob ich jemals die Chance dazu haben werde, ihr Grab zu besuchen?

Fragen, die ich mir eigentlich nicht stellen sollte. Aber vielleicht wären die Fragen nie entstanden, wenn ich nicht so unfassbar stur und dumm gewesen wäre. Ich hätte mir anhören sollen, was sie mir zu sagen hat, und das, ohne sie zu unterbrechen. Und ich hätte ihr sagen sollen, dass ich ihr beistehe, egal, was passiert. Ich denke, dieser Satz allein hätte gereicht. Würde sie noch leben, wenn ich ihr das gesagt hätte? Wollte sie sterben? Oder war es aus Versehen?

Arwen und ich sind nicht für die Welt der Drogen geschaffen. Wir haben keinen Plan davon. Und uns wurde bereits oft genug gezeigt, dass das zu unserem Verhängnis wird. Ein Mensch kann so Vieles fühlen. Die Auswahl an Emotionen, die unser Kopf zu bieten hat, ist enorm und so vielfältig, dass man manchmal denkt, man könnte in seinem ganzen Leben nicht alles spüren. Aber im Moment fühle ich nichts. Möchte ich trauern? Ich kann mir keine der Fragen beantworten, die ich gerne beantwortet haben möchte. Und ich bin wütend, da ich es hätte verhindern können. Sind zu viele Gefühle auf einmal nicht möglich? Das Wissen, dass ich mir auf nichts von all dem eine Antwort geben kann, macht mich fertig. Deshalb beschließe ich, mich hinzulegen, wenn auch in einer ungemütlichen Position mit meinem Kopf auf den Beinen, und schließe die Augen. Irgendwann muss der Mensch einschlafen. Und das tu ich dann auch.

Ich träume vom Fliegen und Fallen und unendlich langen Wegen, die ich gehen muss, doch es scheint kein Ziel zu geben. Vielleicht hätte ich lieber weiter träumen sollen, abgekapselt von der schrecklich kalten Realität. Doch leider war das einige Stunden später bereits nicht mehr möglich.

Ich wurde aufgeweckt von lautem Trubel und Schritten. Meine Beine sind eingeschlafen und mein Nacken schmerzt, als ich die Augen öffne und Logan und Levi beim Diskutieren sehe. Schweigend sitzt Hatice neben mir und sieht den beiden zu.

„Was ist denn los?", murmele ich und setze mich langsam auf.

„Wir haben ein gewaltiges Problem. Naja, nicht unbedingt wir. Oder doch, eigentlich wir", brabbelt sie vor sich hin und ich sehe sie fragend an. Logan scheint bemerkt zu haben, dass ich aufgewacht bin und beendet die Diskussion.

„Wir müssen weg, Devin", sagt er und ich runzele die Stirn. „Wieso?", ich bin vollkommend verwirrt. Mein Gehirn scheint die Informationen noch nicht wirklich aufzunehmen.

„Bedanke dich bei ihm", zischt er und sieht Levi dabei an, als würde er ihm am liebsten an die Gurgel springen.

„Man scheint mich kontrolliert zu haben. Die Polizei versucht seit Jahren das Drogenproblem aus der Welt zu schaffen und immer wieder schicken sie Zivilbeamte, meistens junge Personen, um Drogendealer ausfindig zu machen. Anscheinend habe ich meinen letzten Deal mit einem dieser Zivilpersonen abgewickelt. Ich habe in letzter Zeit in einer Wohnung von Chris' Eltern gelebt, die sie eigentlich vermieten, aber jetzt steht sie leer. Er hat mir versichert, dass sie dort nie hingehen. Aber scheinbar haben sie es doch getan und als sie unsere Sachen dort liegen sahen, haben sie die Polizei gerufen. Sie dachten, es seien irgendwelche Obdachlose, die in leere Häuser einbrechen und sich einnisten. Ich habe meine und Arwens Sachen in der Wohnung. Unsere Papiere, Ausweise, alles. Da ich sowieso schon wegen Drogenbesitz gesucht wurde und gestern zufällig ein junges Mädchen an Drogen gestorben ist, die eindeutig mit mir in Kontakt stand, haben die Beamten scheinbar eins und eins zusammengezählt. Dumm sind sie ja nicht, die Cops. Jetzt fahnden sie nach mir. Das Problem ist, dieses Haus hier läuft offiziell auf den Namen meiner Großeltern. Nachdem sie gestorben sind, hat niemand gemeldet, dass das Haus nun im Besitz von jemand anderem ist. Sie haben denselben Nachnamen wie ich. Chris hat gesagt, er ist zur Wache gegangen, um seine Eltern davon abzuhalten, Anzeige zu erstatten. Die Polizisten haben ihnen gesagt, dass ich bald zur Wache gebracht werde. Es handelt sich vielleicht sogar um Minuten, die wir in diesem Haus noch haben. Ihr müsst weg."

Schockiert starre ich Levi an, aber wie bereits erwähnt, mein Gehirn scheint keine Informationen verarbeiten zu wollen.

„Steh auf, Devin, wir müssen hier weg", meint schließlich Hatice panisch und ich springe auf. Ich sehe mich verzweifelt im Raum um.

„Nehmt alles mit, was ihr braucht", befiehlt Logan in seinem autoritären Ton. Es fühlt sich langsam wirklich so an, als wäre er mein Vater.

Ich sehe Hatice dabei zu, wie sie ihren Stoff einpackt und ich tu es ihr nach und stecke mir die übrig gebliebenen, kleinen Tütchen in die Jackentasche.

„Ich brauche eine Tasche", meine ich mit zittriger Stimme, doch Logan winkt ab. „Du musst die Sachen mit der Hand mitnehmen."

Ich stöhne frustriert auf, greife nach meinem Handy, welches sowieso kein Akku mehr hat und nach meinen wenigen Klamotten.

„Wieso hat mich niemand geweckt?", meckere ich und realisiere langsam die Situation.

„Wir haben es selber erst jetzt erfahren", antwortet Hatice. Sie starrt nach vorne an die Wand und rührt sich nicht.

„Beweg dich, Hatice", fährt Logan sie an, doch sie schaut nicht mal auf.

„Jetzt müssen wir schon wieder gehen. Ihr habt versprochen, dass es dieses Mal sicher ist", flüstert sie und ich sehe zuerst sie und dann die anderen an, doch sie scheinen es nicht gehört zu haben.

Ich weiß nicht, wie viel Zeit verging, bevor Medea mit wässrigen Augen das Wohnzimmer betrat.

„Eine Streife ist gerade in diese Straße abgebogen. Sie steuern zu hundert Prozent auf unser Haus zu", sagt sie und es fühlt sich an, als würde mein Körper plötzlich von allein funktionieren. Niemals hätte ich diese Situation erwartet. Das Letzte, was ich noch habe, wird mir genommen.

„Fuck", schreit Logan, während Levi sich seelenruhig auf das Sofa setzt.

„Geht durch das Bad", meint er und Logan läuft hin und her.

„Das Bad, richtig", murmelt er und gibt uns allen ein Zeichen, ihm zu folgen. Zu viert betreten wir das Badezimmer, sodass es eng wird.

„Einer nach dem Anderen, okay? Wenn ihr draußen seid, dann rennt ihr. Am besten nicht in die Arme der Polizisten."

Ich möchte nicht.

Mit klopfendem Herzen und in einem gelähmten Zustand sehe ich zuerst Hatice und dann Medea dabei zu, wie sie aus dem Fenster springen. Das Fenster zeigt in Richtung Hinterhof und ich sehe, wie beide in verschiedene Richtungen rennen.

„Devin, verdammte Scheiße, mach schon!", fährt mich Logan an. Ich höre ein lautes Klopfen an der Tür.

„Was ist mit Levi?", frage ich stotternd und Logan winkt ab.

„Geh, na los. Sie werden die Tür einbrechen und davor das Haus umstellen. Beeil dich!"

Ich steige mit zitternden Beinen auf das Fensterbrett und blicke aus dem Fenster. Zum Glück ist es nur das Erdgeschoss.

„Wenn du draußen bist, rennst du. Versteck dich", erklärt mir Logan und auch bei ihm spüre ich, dass er das nicht zum ersten Mal macht. Ich sehe ihn an und frage mich, was er wohl machen wird. Werde ich sie alle je wiedersehen?

„Danke, für alles", flüstere ich. Es fühlt sich wie ein Abschied an.

Er blickt mich schief an und lächelt dann leicht. „Immer wieder gern, Kumpel. Versprich mir, dass du dir hiernach Hilfe suchst. Du hast noch eine Chance, Devin. Wir nicht."

Ich nicke hektisch und atme tief durch. Ohne darüber nachzudenken, springe ich aus dem Fenster. Sobald meine Beine den Boden berühren, renne ich. Mein Körper kämpft allein und ich könnte schwören, dass es ein Kampf ums Überleben ist.

So wie es in der Natur der Fall ist. Es gibt Jäger und Gejagte, die um das Überleben kämpfen. Ich wäre gerne der Jäger, aber leider wurde ich zum Gejagten.

KAPITEL EINUNDZWANZIG

Ich renne und renne, so wie ich es in den letzten Monaten hier besonders oft getan habe. Wie verhält sich ein gejagtes Tier in solch einer Situation?

Ich sehe weder Medea noch Hatice und Logan scheint bereits ebenfalls in eine andere Richtung gerannt zu sein. Hektisch drehe ich mich einmal im Kreis, bis mir die leerstehenden Gebäude neben unserem Haus auffallen.

Wahrscheinlich ist es eine unfassbar schlechte Idee, denn jeder normale Mensch würde sich von der Gefahr so weit wie möglich entfernen, aber ich fasse einen Entschluss und stürme auf das Haus neben unserem zu. Die Fenster sind eingeschlagen und es wirkt noch verfallener als die anderen Gebäude in dieser Straße. Ich habe Angst, dass die Polizei das Haus umstellt und mich sieht oder mich schnappt.

Vorsichtig kicke ich mit der Fußspitze die Scherben weg und versuche, mich beim Reinklettern in das Haus nicht an den übrig gebliebenen Glasteilen im Fensterrahmen zu schneiden. Leider gelingt mir das nicht so, wie ich es mir vorgestellt habe und während ich mich mühsam in das Haus hieve, schneide ich mir in meine Handfläche. Für Schmerz bleibt jedoch keine Zeit und ich springe hinein und sehe mich um. Es ist leer und schlichtweg zerfallen. Ich vermute, dass ich mich gerade wohl in einer alten Küche oder einem Badezimmer aufhalte, aber da ich es nicht für sinnvoll erachte, ein Bad mit Ausgang zum Garten zu haben, entscheide ich mich für die Küche. Fasziniert beobachte ich die dunklen Fliesen, die teilweise schon zertrümmert auf dem Boden liegen, weil sie wahrscheinlich von der Wand gefallen sind.

Ich trete über den ganzen Müll hinweg, um mich im Haus umzuschauen. Die Treppe scheint noch in Ordnung zu sein, weshalb ich mich auf den Weg in das erste Stockwerk mache. Es sollte mir dumm vorkommen in einem höchstwahrscheinlich einsturzgefährdeten Haus herumzuschleichen, aber ich habe das Gefühl, dass man aus dem oberen Stockwerk direkt auf unsere Einfahrt blicken kann. Ich muss sehen, was dort passiert. Eine innere Unruhe breitet sich in mir aus. Ich sehe mich einmal im oberen Stockwerk um und schleiche dann in geduckter Haltung in ein Zimmer. Die Fenster sind auch hier zerstört worden, aber zu meiner Überraschung kann ich tatsächlich runtergucken und die Menschen vor unserem Haus beobachten. Die fremden Menschen.

Mehrere Polizisten stehen an dem Streifenwagen und ich habe Angst, dass sie mich entdecken. Ich ziehe mich ein wenig zurück, um es dennoch weiter beobachten zu können. Sie reden und notieren sich Einiges und ich frage mich, ob sie auch über mich Bescheid wissen.

Nach einer Weile kommen zwei weitere Polizisten aus dem Haus, im Schlepptau haben sie Levi.

Sein Blick ist gesenkt, seine Lippen hat er aufeinandergepresst. Er sieht vollkommen verändert aus. Ich erkenne nicht mehr den richtigen Levi, sein richtiges Ich. Oder ist das etwa sein wahres Ich? Ein verängstigter, aber entschlossener, sturer Junge? Seine Arme sind hinter seinem Rücken und er trägt Handschellen, die man ihm angelegt hat, obwohl er sich nicht dagegen zu wehren scheint. Es schockiert mich ihn so zu sehen. Deshalb ist er vorhin so ruhig geblieben und hat das Haus nicht vorher schon panisch verlassen.

Ich beiße mir auf meine Lippen, als er den Kopf anhebt und sich umsieht. Vielleicht spürt er meine Anwesenheit, vielleicht möchte er aber auch einfach nur wissen, ob noch jemand von uns zu sehen ist. Jemand von seinen Freunden, die er in die Scheiße geritten hat. Levi hat so vielen Menschen das Leben kaputt gemacht. Ich hasse ihn. Ich hasse ihn für alles, was er getan hat. Er hat meine beste Freundin umgebracht und mich gewissermaßen mit schuldig gemacht. Aber ich blicke nicht mehr mit hasserfüllten Augen auf ihn herab. Er tut mir leid, als er von einem der Cops in den Wagen gedrückt wird.

Die Beamten unterhalten sich noch einen Moment, bevor sie einsteigen. Ich habe einen riesigen Kloß im Hals, während ich dem Wagen, in welchem Levi sitzt, mit meinem

Blick folge. Selbst als die Straße bereits wieder leer ist, schaue ich ihnen nach. Es ist plötzlich wieder so still und fühlt sich so an, als wäre das alles gerade hier nicht passiert, so schnell ging es. Ich kann und möchte mir nicht ausmalen, was nun mit ihm passieren wird. Aber ich hoffe, dass er seine gerechte Strafe kriegen wird.

Bis vor ein paar Minuten habe ich noch seelenruhig im Haus geschlafen und plötzlich bin ich obdachlos.

Bin ich das? Ich habe keine Ahnung, wo ich hinkönnte und vor allem, wen ich um Hilfe bitten könnte. Ich habe nichts und niemanden mehr, selbst Hatice, Medea und Logan haben sich egoistisch allein aus dem Staub gemacht, um sich selbst zu schützen.

Wo soll ich hin? Das alte Haus kommt nicht in Frage, da ich befürchte, dass die Polizei hier nochmal herkommen wird. Die Erkenntnis trifft mich wie ein harter Schlag ins Gesicht, aber sie überrascht mich auch nicht: Ich bin verloren.

Niemand, der mich noch unterstützen kann. Niemand, der mir hilft und mir zur Seite steht. Dann wird mir klar, dass ich ab jetzt auf mich alleine gestellt bin. Ich habe niemanden mehr, an den ich mich wenden könnte und mir wird bewusst, dass ich nun allein zurechtkommen muss.

Mit zitternden Beinen stehe ich auf und greife nach meinen wenigen Sachen. Ich weiß nicht, was ich jetzt tun soll. Völlig planlos laufe ich die Treppen des einsturzgefährdeten Gebäudes hinunter. Es würde mir nicht mal was ausmachen, wenn es in den folgenden Sekunden über mir zusammenbrechen würde.

Ich bin mit nichts hierhergekommen, bin mit nichts aufgebrochen, bin mit nichts in dieses Abenteuer gesprungen. Und jetzt habe ich noch weniger.

Ich verlasse das Haus und trete auf die Straße. Ein kalter Windzug kommt mir entgegen und ich friere. Der Winter steht an. Erst jetzt realisiere ich, dass ich nicht nur mehrere Tage oder Wochen hier verbracht habe: Es ist bereits fast ein halbes Jahr her. Es kommt mit nicht so vor. Es kommt mir höchstens wie ein paar Wochen vor, aber die Realität ruft mir wieder in Erinnerung, dass ich meine Familie vor einer halben Ewigkeit im Stich gelassen habe.

Noch immer planlos laufe ich die Straße entlang. Ich laufe bis zur Kreuzung, den Berg herunter, den Medea und ich immer genommen habe. Ich komme in der Gegend an, in der wir die Pizza geklaut haben, streife vorbei an den alten Häusern, die mich so fasziniert haben. Den ganzen, langen Tag lang tu ich nichts anderes als laufen. Ziellos irre ich durch die Stadt. New York ist schön. Schöner als meine Heimatstadt. Aber sie wäre schöner, wenn ich sie anders kennengelernt hätte.

Nachdem es langsam anfängt, zu dämmern, bemerke ich meine innere Unruhe. Ich bin nervös und angespannt und suche nach dem Grund dafür. Es kommt nicht von meinen momentanen Problemen. Es kommt davon, dass mein Körper sich gierig nach dem Stoff sehnt, welcher in meiner Jackentasche ruht. Das Zeug, das mir so viel zerstört hat. Wer hätte gedacht, dass man so schnell nach Heroin süchtig werden kann? Und wer hätte gedacht, dass ausgerechnet ich danach süchtig werde?

Mein Körper zwingt mich regelrecht, mir einen ruhigen Ort zu suchen. Angewidert betrete ich eine alte, öffentliche Toilette. Es stinkt und alles ist dreckig, so, wie man sich eben eine öffentliche Toilette in einer Großstadt vorstellt. Ich versuche, möglichst wenig zu berühren und könnte in Tränen ausbrechen, wenn ich an all die Bazillen denke. Ich habe keine andere Wahl, als eine Kabine zu betreten und die Tür hinter mir zu schließen, bevor ich meine Sachen hervorkrame. Ich halte die Tüte hoch und betrachte das Zeug. Wie viel Gramm braucht ein Mensch pro Tag? Zwei? Oder doch drei? Ich versuche mich daran zu erinnern, was Hatice gesagt hat. Wie viel Gramm habe ich noch mal dabei? Was soll ich tun, wenn es leer geht?

Ich habe keine Nadel, nichts, womit ich mir meinen Schuss zubereiten könnte.

Man kann jede Droge schnupfen, habe ich mal irgendwen sagen hören. Es kommt mir dämlich vor, aber ich schütte ein wenig Heroin auf meinen Handrücken. Ich schätze, dass es mindestens ein halber Gramm ist. Ich habe im Laufe der Zeit ein Gefühl für Dosierungen bekommen. Kurzerhand ziehe ich das Zeug in meine Nase. Es fühlt sich widerlich an und brennt schrecklich. Ich habe nicht mal eine Ahnung, ob ich es richtig gemacht habe. Ich rümpfe meine Nase und würde das Zeug am liebsten wieder rauskratzen, aber mein Körper will es so. Und ich habe keine Kontrolle mehr über meinen Körper.

Ich trete aus der Kabine und blicke mich um, in der Hoffnung, dass hier immer noch niemand ist. Dabei fällt mein Blick auf eine völlig gefliese Wand. Ein mit Edding auf das kalte Weiß Geschriebenes *Alles Gute kommt von Drogen* ziert die Fliesen. Ich lache verächtlich auf und verlasse die Toilette so schnell ich kann.

KAPITEL ZWEIUNDZWANZIG

Die Tage vergehen zäh und langsam, es wird immer kälter und ich fühle mich immer schlechter. Wie lange lebe ich schon hier draußen? Einen Tag? Zwei Tage? Eine Woche? Ich weiß es nicht mehr. Während ich tagsüber durch die Straßen schleiche, beobachte ich Menschen. Ich frage mich, was sie wohl gerade denken oder wohin sie fahren, wenn sie in ein Taxi steigen. Manchmal setze ich mich vor einen kleinen Imbiss. Der Besitzer kennt mich mittlerweile und scheint nichts gegen meine Anwesenheit zu haben. Wenn ich Glück habe, verwechseln mich die Leute mit einem Bettler und geben mir ein wenig Kleingeld, wovon ich mir beim Imbiss etwas zu essen kaufen kann. Selbst, wenn das Geld mal nicht reicht, gibt sich der Besitzer mit dem kleinen bisschen zufrieden und gibt mir dafür etwas zu essen. Er scheint Mitleid mit mir zu haben, welches ich eigentlich gar nicht brauche. Ich brauche kein Mitleid, denn ich habe mir diese Situation selbst eingebrockt. Jedoch bin ich so unendlich dankbar dafür, dass ich etwas zu essen habe. Ich kenne nicht mal seinen Namen und ich denke, manchmal hat er Angst davor, mit mir zu sprechen, obwohl ich mich gerne mit ihm unterhalten würde. Ein bisschen Gesellschaft wäre schön. Abends, wenn er um halb zehn schließt, bedanke ich mich und mache mich auf den Weg zum Busbahnhof.

Dort im Wartebereich ist es warm und ich kann die Nacht dort problemlos verbringen. Ich habe Angst, zu schlafen und bin unruhig, aber mein Körper würde sonst zusammenbrechen. Und wenn ich mal nicht schlafen kann, beobachte ich die wartenden Menschen, die herumfluchen, weil ihr Zug Verspätung hat.

Sie starren mich an, wenn sie mich sehen, was ich verstehe. Ich muss widerlich aussehen. Dreckig, ungewaschen und erschöpft. Aber ich akzeptiere ihre Blicke, denn sie schauen zurecht. Ich würde auch eine Person wie mich anstarren.

Mit dem Heroin gehe ich sparsam um. Von drei Tüten bleiben mir jedoch nur noch anderthalb und ich weiß nicht, was ich tun soll, wenn sie leer sind.

Und so geht es seit etwa einer Woche. Ich habe kein Zuhause mehr und das Leben auf der Straße ist härter, als ich es mir immer vorgestellt habe, wenn in der Schule ein Vortrag über die hohe Obdachlosenrate gehalten wurde. Ich habe immer gemeint, es wäre ihre eigene Schuld und sie könnten sich doch Hilfe holen. Aber ich kann nicht. Von wem denn auch?

New York ist voller Bettler und Straßenpennern. Und ich bin einer davon.

Die Tatsache, dass es immer kälter wird, beunruhigt mich extrem. Selbst nach dieser einen Woche ist mein Körper bereits so ausgelaugt und es fühlt sich an, als würde ich nie wieder auftauen können. Wie jeden Tag schnappe ich mir nach einem Spaziergang und einer Pause beim Imbiss meine Sachen und laufe zum Busbahnhof. Ich finde es beruhigend, Menschen dabei zu beobachten, wie sie warten.

Auch heute sind wieder viele da, trotz später Abendstunde. Ich suche mir eine Bank, auf die ich mich setzen und die Nacht verbringen kann. Die Leute um mich herum bevorzugen es meistens, im Stehen zu warten und aufgeregt hin und her zu laufen, weshalb ich meist schnell eine Ecke für mich gefunden habe.

Während ich meine dreckigen Shirts auf das kalte Metall lege, um es wenigstens ein bisschen angenehmer zu haben, läuft eine junge Frau an mir vorbei. Sie mustert mich mit einem mitleidigen Blick und fesselt mich damit. Ich sehe sie genau an und bin überrascht, wie bekannt sie mir vorkommt. In meinem Kopf rattert es und ich versuche verzweifelt, ihr Gesicht zu einem Namen zuzuordnen.

Auch sie scheint zu merken, dass sie mich kennt und bleibt stehen. Sie legt den Kopf schief und kneift die Augen zusammen, bevor sie mich verwundert ansieht. „Devin? Bist du es?", fragt sie schließlich überrascht und ich nicke zaghaft als

Antwort. Ein Grinsen erscheint auf ihrem Gesicht und augenblicklich fällt mir ihr Name ein.

„Raven", antworte ich und lächle matt zurück. Sie kommt auf mich zu und zieht mich in eine Umarmung. An ihrer Stelle hätte ich mich davor geekelt, mich anzufassen, denn ich stinke und sehe unfassbar scheußlich aus.

„Wow, ich bin echt überrascht, dich hier zu treffen. Was machst du denn hier? Ich war gerade auf den Weg zu meinem Wagen, weil ich aus Seattle zurückgeflogen bin. Musste da wegen der Arbeit für ein paar Tage hin, unfassbar stressig", plappert sie aufgeregt und ich versuche ihren Worten lächelnd zu folgen.

„Schläfst du etwa hier?", fragt sie dann schließlich verwundert und zeigt auf meine Bank. Ich nicke und es ist mir ein wenig peinlich.

„Kommt nicht in Frage, du kommst zu mir. Ich habe schon mitbekommen, was bei euch abging", sagt sie und beugt sich dann zu mir herüber. „Levi wurde verhaftet, zusammen mit mehreren anderen Drogendealern", flüstert sie mir zu und ich blicke sie gequält an.

„Ich weiß, ich habe es gesehen."

Sie schenkt mir ein aufmunterndes Lächeln und deutet auf meine Sachen. „Nimm sie mit, wir gehen zu mir."

Ich könnte niemals in Worte fassen, wie erleichtert ich bin. Raven zu treffen fühlt sich so surreal an. Ich treffe jemanden, den ich kenne und der mir helfen möchte. Es kommt mir vor, als würde ich träumen. Wie in Trance folge ich ihr mit meinen Sachen unter den Armen zu ihrem schicken Auto. Ich erinnere mich daran, dass sie damals bei der Party erzählt hat, dass sie einen guten Job hat, aber sowas hätte ich dann doch nicht erwartet.

„Seit wann schläfst du denn hier?", fragt sie, als wir einsteigen. Ich habe das Gefühl, mein Gestank verpestet die Luft, aber sie scheint es nicht zu stören.

„Seitdem Levi abgeführt wurde. Ich wusste nicht, was ich tun soll", erkläre ich ihr meine Situation und sie seufzt.

„Es tut mir leid, was passiert ist. Vor allem das mit Arwen", sagt sie, während sie fährt. Geschickt schlängelt sie sich durch den Straßenverkehr.

Ich winke ab und versuche zu lächeln. „Es ist nicht deine Schuld."

Ich kann es kaum glauben, dass ich wirklich auf dem Weg zu einer Wohnung bin, in der ich für eine Nacht bleiben darf. Sicher, warm und sauber.

Wir fahren noch eine Weile und schweigen dabei. Am liebsten würde ich ihr um den Hals fallen und ihr sagen, wie viel mir das bedeutet, aber das möchte ich ihr nun wirklich nicht antun und außerdem würde es sie vom Verkehr ablenken. Wir fahren in eine komplett andere Gegend und nach kurzer Zeit hält sie an.

„Hier sind wir", meint sie und deutet auf das Gebäude neben uns. Es sieht aus wie ein typischer Block mit vielen Wohnungen darin.

„Danke, dass ich mitkommen darf", sage ich zögernd, doch sie winkt nur ab und steigt aus. Ich folge ihr und wir laufen die Treppen hoch zu einer Tür, vor der sie stehen bleibt.

„Bei mir sind jegliche Art von Gästen immer herzlich willkommen", sagt sie lachend und öffnet die Tür.

„Tritt ein in mein Reich."

Ich betrete den langen Flur, der Abzweigungen zu verschiedenen Zimmern hat.

„Einfach geradeaus, da ist das Wohnzimmer."

Ich befolge ihren Hinweis und betrete das relativ große Wohnzimmer, welches liebevoll eingerichtet ist. Mein Herz bleibt für einen Moment stehen, als ich Hatice, eingehüllt in einer Decke, auf dem Sofa sitzen sehe.

Sie schaut mindestens genauso doof aus der Wäsche wie ich es tue. Raven betritt mit einem breiten Grinsen den Raum. „Ich sagte doch, bei mir ist jeder willkommen", meint sie und legt ihre riesige Tasche auf dem Boden ab.

„Was machst du hier?", fragen wir beide gleichzeitig und sehen uns verwirrt an.

„Ich bin zu Daniel gegangen und er meinte, Raven würde mich aufnehmen. Weil sie auf eine Reise gehen musste, kam es ihr ganz Recht, dass ich hier bin und die Wohnung nicht leer ist", erklärt sie und steht auf. „Und was ist deine Ausrede?", fragt sie grinsend.

„Ich bin zu einem Penner geworden und Raven hat mich aufgegabelt", antworte ich und fahre mir einmal durch die Haare. Sie sind so fettig, dass man problemlos etwas darin frittieren könnte. Hatice sieht mich abfällig an und lacht dann. „Sieht man dir an. Ich würde dich sogar zur Begrüßung umarmen, aber ich habe Angst, dich anzufassen. Geh duschen", provoziert sie mich und Raven lacht.

„Ja, das wäre wahrscheinlich keine schlechte Idee. Das Bad ist um die Ecke. Ich habe einige Männerklamotten von meinem Ex-Freund hier, die kannst du anziehen. Das Drecksschwein braucht sie sowieso nicht mehr", meint sie und lächelt mich an. Ich habe keine Ahnung, wie ich Raven jemals dafür danken soll. Als sie mir frische Klamotten in die Hand drückt und mich ins Bad schickt, stehe ich kurz vor den Tränen.

Während ich die Dusche anmache und es wenig später dampft, ziehe ich die ekelhaften und dreckigen Klamotten aus und schmeiße sie in eine Ecke. Zögernd trete ich unter den Duschstrahl, der mich hart trifft und für einen kurzen Moment fühlt es sich an, als würde mein Körper verbrühen. Ich genieße das heiße Wasser und stehe einige Minuten regungslos unter dem Strahl. Ich starre die Fliesen an und kann nicht in Worte fassen, wie erleichtert und glücklich ich in diesem Moment bin. Ich hatte eigentlich angenommen, dass ich nie wieder jemanden zu Gesicht kriegen werde, der mir wichtig ist. Ich raffe mich zusammen und greife nach einem Duschgel. Es riecht viel zu weiblich und ich muss leise auflachen, während ich mich mit dem Kokos-Pfirsich Geruch einhülle und den Dreck abschrubbe. Da ich nicht zu viel davon verbrauchen möchte, benutze ich das auch als Shampoo.

Nach zehn Minuten stehe ich in frischer Kleidung und endlich frisch gewaschen im Wohnzimmer. Der Exfreund von Raven war entweder dicker oder um einiges breiter als ich, denn der Kapuzenhoodie ist mir etwas zu groß und die Jogginghose zu weit, aber ich bin zufrieden damit.

„Sieh mal einer an, man hat dich unter dem ganzen Dreck kaum erkannt", witzelt Raven, als ich das Bad verlasse und sie mir aus der Küche entgegenkommt. Ich lache, möchte mir aber nicht anmerken lassen, wie verlegen ich bin. Es ist mir wirklich peinlich.

„So Leute, ich muss jetzt zu Daniel. Ich bin echt gespannt, wie es um Levi steht. Essen habt ihr im Kühlschrank, Hatice kennt sich bereits aus", sie greift nach ihrer Jacke, während ich mich auf das Sofa schmeiße. Ich kann an nichts mehr anderes denken, als mich hinzulegen und einzuschlafen auf einem weichen Untergrund.

„Ist gut. Ich will sowieso noch ein bisschen die Nachrichten gucken, vielleicht kommt ja was", meint Hatice und setzt sich ebenfalls auf die Couch, bewaffnet mit der Fernbedienung und einer Tüte Chips. Sie sieht so unbeschwert aus. Ich mustere sie von der Seite und sie bemerkt es.

„Guck mich nicht so an", lacht sie und wir hören die Tür hinter Raven zuschlagen. Hatice schaltet den Fernseher an und sucht sich einen Nachrichtensender aus.

„Und, wie gehts dir so?", fragt sie nebenbei und ihr Blick ist auf den Bildschirm gerichtet. Ich zucke mit den Schultern, was sie nicht sieht.

„Redest du jetzt nicht mehr mit mir?"

Verwirrt sehe ich sie an. „Wieso sollte ich nicht mehr mit dir reden?"

Sie blickt mich verlegen an und schiebt sich schnell eine handvoll Chips in den Mund, um nicht sofort antworten zu müssen.

„Keine Ahnung. Wir haben dich alle alleine gelassen. Dich, der sich hier am wenigsten auskennt. Aber Logan meinte, es wäre besser, wenn jeder seinen eigenen Weg geht", erklärt sie und ich nicke. Ich weiß, dass ich vor ein paar Tagen dieselben Gedanken hatte. Ich habe mich verlassen und im Stich gelassen gefühlt von den Leuten, die ich Freunde genannt haben. Aber jetzt ist alles vergessen.

„Es ist okay", meine ich schulterzuckend und sie atmet erleichtert auf. Sie scheint etwas erwidern zu wollen, doch wird vom Klang der Musik unterbrochen, die einem signalisiert, dass die News verkündet werden. Sie setzt sich angespannt hin und wir hören dem Nachrichtensprecher zu.

„Und jetzt die neusten Informationen zum neusten Drogendelikt New Yorks ", hören wir ihn sagen und zucken zusammen.

„Der Angeklagte Levi W. kam heute in Untersuchungshaft. Mit seiner Hilfe konnte die Polizei eine Reihe wichtiger Dealer festnehmen, unter anderem den Kopf der Organisation, Marc K. Die Mithilfe von Levi W. übt sich positiv aus und beeinflusst sein Urteil, welches im kommenden Monat entschieden wird ", ein Video wird abgespielt, in dem Levi in einen Streifenwagen geführt wird. Er guckt auf den Boden, während die Polizisten versuchen, die Reporter wegzuschubsen. „Er wird dem Richter aufgrund von Drogenhandel, Verstoß gegen das Betäubungsmittelgesetz und weiteren Straftaten vorgeführt."

„Dieses Schwein, ich wünschte, es gäbe die Todesstrafe für ihn", zischt Hatice und ich seufze.

„Ich finde es gut, dass er sich stellt. Er möchte helfen", meine ich und sie mustert mich abfällig.

„Ich lege mich, glaube ich, schlafen. Du kannst hier auf der Couch schlafen. Eine Decke liegt da auf dem Tisch", meint sie, steht auf und verlässt den Raum.

Erst jetzt macht sich meine Müdigkeit wieder bemerkbar und ich stehe auf, um mir die Decke zu holen. Ich möchte so schnell wie möglich schlafen, um den Schlafmangel loszuwerden. Den Fernseher lasse ich an, da ich durch die Geräuschkulisse besser einschlafen kann. Wenige Minuten später döse ich bereits vor mich hin und ich habe das Gefühl, dass mein Körper sich noch nie so sehr entspannt hat.

Irgendwann mitten in der Nacht höre ich, wie Raven die Haustüre aufsperrt und versucht, so leise wie möglich in der Wohnung herumzulaufen. Ich bin aufmerksamer geworden in der letzten Woche, weshalb ich aufgewacht bin. Sie läuft ins Bad und bleibt dort eine Weile, bevor sie in ihr Zimmer geht. Eine Minute lang ist es still, bevor man wieder Schritte hört. Der Fernseher erleuchtet den Raum ein wenig und wenige Sekunden später steht Hatice vor mir und versperrt mir die Sicht.

„Rutsch mal ein Stück", befiehlt sie und ich sehe sie verwirrt an. Sie rollt mit den Augen und hält ihre Decke hoch. „Ich will mich da hinlegen", erklärt sie und ich rücke ein Stück weiter hinten.

„Wieso?", frage ich verwirrt. Es ist auf diesem kleinen Sofa schon eng genug, weshalb zwei Personen kaum Platz haben.

„Keine Ahnung", sie zuckt mit den Schultern. „Ich schlafe immer neben dir. Du bist schließlich mein Matratzenkumpel."

Ich grinse und sie fügt zaghaft hinzu: „Außerdem hat Raven mich aus ihrem Bett geschmissen, weil sie alleine darin schlafen will."

Ich kann nicht anders und muss anfangen zu lachen. Die Vorstellung, wie Raven Hatice aus dem Zimmer schmeißt, ist göttlich.

„Pscht, sei still", zischt sie, muss aber selbst lachen. Sie drückt mir ein Kissen auf das Gesicht, um die Lautstärke zu dämmen. Sie legt sich hin und ich versuche, ihr so viel Platz wie möglich zu machen. Dann ist es still und ich nehme an, dass sie bereits eingeschlafen ist. Ich schließe ebenfalls die Augen und versuche wieder zu schlafen.

Als ich mich bereits im Halbschlaf befinde, fühle ich plötzlich zwei Hände, die meine Hüfte umschließen, einen Kopf an meiner Brust und eine Menge Haare in meinem Gesicht.

„Ich dachte, ich sehe dich nie wieder."

KAPITEL DREIUNDZWANZIG

Da Raven keine Rollos zu haben scheint, bin ich relativ früh wach. Ich konnte noch nie schlafen, wenn der Raum nicht vollständig abgedunkelt ist. Ich beobachte ein wenig Hatice, die neben mir tief und fest schläft. Am liebsten würde ich sie immer so sehen wollen, so ruhig und gelassen. Nach einer Weile fällt mir ein, dass ich noch ein wenig Geld von den Leuten übrighabe, die mir welches gegeben haben. Eigentlich möchte ich so unehrlich verdientes Geld nicht ausgeben, aber ich möchte Raven und Hatice eine Freude machen und ihnen Frühstück besorgen. Ich erinnere mich wage daran, dass ich auf der Fahrt zu Ravens Wohnung eine kleine Bäckerei gesehen habe.

Vorsichtig stehe ich auf und versuche dabei, Hatice nicht zu wecken. Da ich keine anderen Klamotten habe, bin ich gezwungen, in dem Hoodie und in der Jogginghose zu gehen. So leise wie möglich schleiche ich in den Flur, wo meine Hose von gestern liegt. Mein Heroin und das bisschen Geld verstecken sich in der Hosentasche. Vorsichtshalber nehme ich beides mit.

Schnell ziehe ich mir noch Schuhe an und verlasse die Wohnung. Es fühlt sich komisch an, jetzt wieder draußen zu sein. Ich ziehe die Kapuze tief in mein Gesicht und merke mir den Straßennamen, bevor ich mich auf den Weg mache. Einige Zeit irre ich orientierungslos herum, denn ich erinnere mich nicht an Details der Fahrt. Aber nach einer Weile kann ich die Bilder in meinem Kopf zusammenordnen und finde schließlich mein Ziel. Es ist wirklich sehr klein, aber das Innere sieht gemütlich aus. Kaffeegeruch kommt mir entgegen und ich muss unwillkürlich lächeln. Mir kommt in den Sinn, dass ich schon seit mehreren Stunden kein Heroin genommen habe und bereits ein wenig aufgewühlter bin. Ich hasse es, dass dieses Zeug solch eine Wirkung auf mich hat.

„Was kann ich für Sie tun?", fragt die Dame an dem Tresen und ich zähle mein Geld. Am Ende reicht es für zwei Schokocroissants und drei normale Semmel. Zufrieden verabschiede ich mich und verlasse den kleinen Laden.

Die Straßen füllen sich langsam und ich sehe auf die große Uhr, welche an einem Gebäude befestigt ist. Es erscheint mir noch zu früh, um direkt zurückzugehen, weshalb ich beschließe, dass ich einen Umweg zurücknehme, um die Gegend ein bisschen besser kennenzulernen.

Ich schaue in die Schaufenster und mustere die Menschen, die an mir vorbeilaufen. Ich mag es, in einer Großstadt unterwegs zu sein. Sie schläft nie.

In einem Dönerladen sehe ich mehrere Jugendliche, die sich lachend einen einzigen Döner teilen. Eine Straße weiter beobachte ich einen Kerl, der mit drei Kaffeebechern und seiner riesigen Aktentasche Probleme hat, in das Gebäude zu gelangen. Kurz überlege ich, ob ich ihm helfen soll, aber es würde zu lange dauern, über die Straße zu kommen. Es wäre bis dahin längst drin, weshalb ich weiterlaufe. Das Letzte, was ich erwartet hätte, wäre es, jemanden auf der Straße zu erkennen, doch dann sehe ich sie.

„Medea?", schreie ich, nachdem sich meine Vermutung bestätigt. Die kleine Person sieht sich verwirrt um.

„Medea!", rufe ich wieder und renne auf sie zu. Ihre Miene verändert sich und sie sieht mich teils glücklich, teils verwirrt an.

„Devin? Wo kommst du denn her?", sie scheint es kaum zu glauben. Als Antwort zeige ich in die Richtung, aus der ich gekommen bin. Sie blickt nach hinten und mustert mich dann traurig.

„Geht es dir gut?", fragt sie schließlich und ich lache. „Der Situation entsprechend, aber es ist okay. Und dir?"

Sie zuckt mit den Schultern. „Es ist schwer zu beschreiben. Logan und ich werden die Stadt verlassen."

Überrascht sehe ich sie an. „Wieso denn das?"

Sie lächelt zaghaft. „Es wird uns einfach zu viel hier. Er will mir helfen, einen Entzug zu machen. Und wir ziehen zusammen in ein tolles, kleines Haus, das wollten wir schon immer."

Ich kann sie mir mit Logan zusammen auf einer kleinen Veranda bei Sonnenuntergang unfassbar gut vorstellen.

„Das freut mich für euch, wirklich."

„Du solltest das auch tun, Devin. Lass dir helfen. Du musst nicht so enden wie wir. Keine Polizei, kein Weglaufen mehr", sagt sie und streicht mir über die Schultern.

„Versprich mir, dass du dir Hilfe suchst!", sagt sie und ich nicke langsam.

„Danke für alles, Medea. Ich hoffe, du schaffst es", sage ich ehrlich und der Abschied fühlt sich unfassbar schlimm an. Ich bin mir sicher, dass ich die zwei wichtigen Personen, die mir immer aufgeholfen haben, in meinem Leben nie wiedersehen werde. Aber ich wünsche ihnen mehr als alles andere auf der Welt, dass sie glücklich werden.

„Ich danke dir, Devin. Ich bin froh, dich kennengelernt zu haben. Bitte pass auf dich auf", sind ihre letzten Worte, bevor sie lächelt und sich dann umdreht und geht.

Es fühlt sich gut an, mich dieses Mal wirklich verabschiedet zu haben. Viel besser als diese ständige Ungewissheit. Ich schlucke und blicke Medea nach, die plötzlich so erwachsen aussieht. Sie dreht sich noch einmal um und winkt mir zu, bevor sie in der Menschenmenge verschwindet. Ihre Worte schwirren in meinem Kopf herum, während ich zu Raven laufe. Ich möchte Hilfe, wirklich. Aber wie soll ich das anstellen? Wie soll ich mir helfen lassen?

Ich betrete das Haus und klopfe an die Tür. Eine aufgewühlt Hatice reißt die Tür auf. „Wo warst du, verdammt? Wir dachten, du bist einfach wieder verschwunden!", fährt sie mich an und ich drücke ihr das Essen in die Hand.

Wild entschlossen laufe ich in das Badezimmer und stelle mich vor die Toilette. Ich hole die Tüten aus meiner Tasche und betrachte das verfluchte Zeug. Es hat mein Leben zerstört und ich möchte ihm nicht mehr die Chance dazu geben, dies weiterhin zu tun.

Ich öffne die erste Tüte und schütte den Inhalt in das Klo. Der Inhalt rieselt wie Schnee in das blaue Wasser.

„Was machst du da?", kreischt Hatice hysterisch hinter mir. „Ich will das nicht mehr", erkläre ich konzentriert, während ich die zweite Tüte öffne. Hatice schnapp es mir jedoch aus der Hand und hält es beschützerisch vor ihre Brust.

„Gib es mir wieder, Hatice."

Sie schüttelt hartnäckig den Kopf. „Du kannst doch nicht den Stoff da reinschütten. Ich brauche das!"

Ich seufze und gehe einen Schritt auf sie zu, doch sie weicht aus.

„Ich habe gerade Medea getroffen."

Ihre Miene wird weich, als ich ihren Namen ausspreche.

„Sie und Logan werden gehen. Sie wollen nichts mehr mit den Drogen zu tun haben. Ich möchte das auch nicht mehr. Sieh nur, wo wir gelandet sind. Sieh dich an und sieh mich an. Wir brauchen das nicht", erkläre ich ihr, doch sie schüttelt weiterhin den Kopf.

„Es macht dich kaputt, du weißt das? Das lassen wir nicht mehr zu. Du kannst nicht Leben gegen Drogen tauschen. Drogen werden keine Lücken in deinem Herzen füllen und sie werden dir nicht helfen."

Sie lächelt schwach und steht kurz vor den Tränen. „Ich kann das nicht. Ich brauche sie."

Ich schüttele den Kopf und gehe auf sie zu. Dieses Mal weicht sie nicht aus. „Wir schaffen das, okay? Wir brauchen keine Drogen." Vorsichtig nehme ich sie ihn den Arm und sie lässt es zu. Sie drückt so fest zu, dass ich Angst habe, dass ich keine Luft mehr kriege. „Wir schaffen das", flüstere ich.

KAPITEL FÜNFUNDZWANZIG

„Möchten Sie Ihren Kaffee mit Milch und Zucker?", fragt die ältere Dame, als ich gedankenverloren die Speisekarte anschaue. Ich sehe sie an und schüttele den Kopf. „Ich trinke ihn schwarz."

Ein paar Minuten später reicht sie mir den heißen Becher und streckt die Hand aus. Seufzend gebe ich ihr die letzten paar Dollar, die ich in meiner Hosentasche finden kann.

„Schönen Tag noch", sagt sie fröhlich und ich murmele eine Verabschiedung, bevor ich den kleinen Laden wieder verlasse und raus in die Kälte trete. Ich laufe durch die Straßen, sehe den Autos beim Fahren zu und betrachte die Läden, die New Yorks Straßen füllen. Nach einer Weile packt mich die Langeweile und ich schlendere zur nächsten Bushaltestelle. Mehrere Menschen stehen in der Menge und warten auf ihre Busse, die sie zu ihren Zielen bringen sollen. Ich tauche in der Menge unter und lasse mich auf einen Sitz fallen. Ich mag die Menge mittlerweile mehr als leere Stille und ich höre den Leuten beim Telefonieren und Reden zu, während ich meinen Kaffee trinke, der mir hilft, die Müdigkeit zu vergessen. Es ist ziemlich kalt für die Jahreszeit und ich sehe, wie viele ihre Jacke enger um sich schlingen oder in der Tasche nach einem Schal kramen. Auch mir ist kalt, jedoch habe ich bereits alles an, was mir an Klamotten geblieben ist.

„Wo möchtest du denn hin?"

Ich zucke zusammen, als ich bemerke, dass die Oma rechts neben mir scheinbar versucht, ein Gespräch mit mir anzufangen. Ich sehe sie an und zucke mit den Schultern. „Ich habe kein Ziel", antworte ich und sie lächelt. „Müsstest du nicht in der Schule sein?", fragt sie interessiert. Schule, ein Ort, der schon so lange aus meinem Gedächtnis gestrichen ist. „Nein, eigentlich nicht."

Sie lächelt wieder und sieht sich um. Ihren kleinen Koffer hat sie zwischen ihren Beinen abgestellt, während sie ihre Oberschenkel dagegen presst, als müsse sie das Ding beschützen. „Nun gut. Du siehst sehr jung aus, weißt du. Ich gehe nach Princeton, meine Nichte besuchen. Ich verstehe nicht, was sie so großartig an dieser Stadt findet. Ich hasse den Weg dorthin", erzählt sie und ich zucke zusammen, als sie den Namen meiner Heimatstadt ausspricht.

„Es ist schön dort", meine ich und sie hebt verwundert die Augenbrauen an. „Ich habe dort gewohnt", erkläre ich ihr, nachdem sie mich fragend ansieht.

„Oh, möchtest du auch da hin? Dann habe ich einen Gesprächspartner während der Fahrt. Ich hasse lange Busfahrten im Stillen", meint sie lachend. Ich lächle ebenfalls, gequält.

„Nein, Ma'am. Ich habe kein Geld mehr für ein Ticket übrig", erkläre ich ihr mein Problem. Ich fühle mich unwohl dabei, es auszusprechen. Sie hebt die Augenbraue an und scheint zu überlegen. „Was tust du denn ohne Geld in New York?"

Die Frage ist gut. Ich zucke mit den Schultern, da ich selbst die Antwort darauf nicht kenne. Sie blickt mich an, besorgt wie es meine Oma auch immer getan hat, wenn wir mit einer gekränkten Miene bei ihr aufgetaucht sind.

„Weißt du was?", sie beginnt zu schmunzeln. „Wir teilen uns das Ticket. Sie kontrollieren meins nie, weil sie denken, nur weil ich alt bin halte ich mich an das Gesetz." Sie kichert und ich sehe sie überrascht an. „Wie meinen Sie das?"

„Ich gebe dir mein Ticket, wenn der Schaffner zum Kontrollieren kommt", schlägt sie breit grinsend vor und ich hebe die Augenbraue an.

„Meinen Sie das ernst?" Sie nickt, voll und ganz überzeugt von ihrem Plan. Sprachlos sehe ich sie an und weiß nicht, was ich davon halten soll. Will ich überhaupt noch zurück nach Princeton? Soll ich mich wirklich nach fast zwei Jahren dort blicken lassen?

Kurzerhand steht sie auf und zieht mich dabei mit hoch.

„Der Bus ist da. Du kommst mit, keine Widerrede", meint sie und nimmt mir damit meine Entscheidung ab. Sie zieht mich mit zu einem Bus, etwas weiter weg von der Haltestation, anscheinend ist es bei jeder Fahrt nach Princeton derselbe. Sie zieht energisch ihren Koffer hoch, steigt ein und grinst den Busfahrer an. Fast unmerklich drückt sie mir dabei den kleinen Zettel in die Hand. Von NY nach Princeton, fast 30 Dollar die Fahrt. Ich schließe die Augen und versuche mein schlechtes Gewissen zu beruhigen. Nach einem kurzen Gespräch mit dem Busfahrer läuft sie grinsend nach hinten, ohne nach ihrem Ticket gefragt worden zu sein. Mit zitternden Händen zeige ich dem Busfahrer mein Fahrticket, er nickt und schickt mich weiter.

Zögernd nehme ich neben der Oma Platz.

„Na siehst du", flüstert sie mir zu und greift nach dem Ticket.

„Jetzt fahren wir sozusagen beide schwarz. Gott, ist das aufregend."

Ich lache los und fühle mich das erste Mal seit Monaten wieder gut. So eine Oma braucht doch jeder.

„Nun gut, die paar Stunden Fahrtzeit halten wir aus. Und dann sind wir zuhause", meint sie und lehnt sich zurück. Ja, zuhause.

„Was macht Ihre Nichte in Princeton?", frage ich sie freundlich. Sie lacht und schüttelt den Kopf. „Sie studiert dort. Ich verstehe nicht, wieso man New York verlässt, um in Princeton zu studieren. Hier stehen einem jungen Menschen doch alle Türen offen. Aber sie hat sich für Princeton entschieden. Sie studiert Medizintechnik im dritten Semester. Es scheint ihr zu gefallen und sie lebt auch gerne in Princeton. Ihre Mutter ist immer noch nicht davon begeistert, jedoch bin ich der Meinung: wenn es dem Kind gut geht, dann sollten wir es machen lassen. Ich bin unendlich stolz auf sie", erzählt sie verträumt und ich lächele.

„Weißt du, junger Mann, ich bin damals nach New York gekommen, gemeinsam mit meiner Schwester. Wir waren der Meinung, dass wir dort mehr aus unserem Leben machen können als in unserem kleinen Heimatort. Aber im Endeffekt hat es sich für mich nicht gelohnt. Ich sehne mich nach einem Leben in einer kleinen und ruhigen Ortschaft."

Ich nicke verständnisvoll. „Ich kann mir vorstellen, dass ein Ort wie New York auf viele Menschen beängstigend wirkt", meine ich. Sie nickt hastig. „Besonders für mich als alte Frau! Ich fühle mich dort so gefährdet. Nicht einmal die Straße kann ich sicher überqueren, ohne dass die Ampel bereits wieder rot zeigt und die Autos mich haarscharf überfahren", beschwert sie sich. „Aber das liegt an meinem Alter. Ich bin alt", fügt sie hinzu. Aufmunternd sehe ich sie an. „Man ist immer nur so alt, wie man sich fühlt."

Sie lacht herzlich. „Nun denn, dann müsste ich wohl noch 24 Jahre jung sein. Mein Körper passt sich dem jedoch nicht an. Wo möchtest du denn hin, mein Junge? Ich überflute dich mit meinen Erzählungen, entschuldige mich. Ich unterhalte mich gerne, jedoch habe ich viel zu selten die Möglichkeit dazu", entschuldigt sie sich und ich winke ab. „Ich denke, ich möchte zu meiner Schwester", murmele ich leise und sie nickt verständnisvoll.

„Ich habe sie lange nicht mehr gesehen. Es wäre schön, sie mal wieder in den Arm nehmen zu können."

Die alte Frau tätschelt meinen Arm. „Tu das. Familie ist das Wichtigste. Es ist der Ort, an dem dein Leben begonnen hat und die Liebe niemals enden wird. Deine Familie wird dir immer zur Seite stehen", sagt sie und nickt dabei bekräftigend. Ihre Worte sollen zwar aufmunternd sein, jedoch machen sie mich unendlich traurig und bestätigen mir nur erneut, was für ein Idiot ich doch bin. Ich kann mir selbst nicht erklären, wieso ich meine Familie im Stich gelassen habe. Und ich kann mir auch nicht erklären, wieso ich dachte, dass ich dem Glück höchstpersönlich begegne, wenn ich sie verlasse.

Die Fahrt vergeht schneller als gedacht. Immer mehr Leute steigen zu, bis der Bus beinahe rappelvoll ist. Es erinnert mich an meine Heimfahrten von der Schule, als die Busse aufgrund der vielen Schüler und Studenten bis auf den letzten Millimeter ausgefüllt waren. Je länger wir fahren, desto mehr pocht es in mir. Die Aufregung, die Angst und die Trauer überkommen mich.

„Wir sind gleich da!" Begeistert klatscht die Dame in die Hände. „Hätte ich gewusst, dass diese lange Fahrt mit einem Gesprächspartner viel angenehmer ist, hätte ich mir schon früher jemanden gesucht, der mich auf dem Weg nach Princeton begleitet", lacht sie und greift nach ihrer Tasche. „Wo musst du denn aussteigen?", fragt sie mich und ich zucke mit den Schultern.

„Ich schätze, ich werde den Bus an der ersten Haltestelle verlassen", entgegne ich und sie lächelt. „Wenn du des Öfteren von New York nach Princeton fährst, gib mir doch Bescheid, mein Junge. Ich möchte ungern alleine fahren", meint sie und ich nicke.

„Sie können sich gar nicht vorstellen, was sie mir mit ihrem Ticket ermöglicht haben", bedanke ich mich aufrichtig und umarme sie. Sie winkt ab. „Ach, das ist doch gar kein Problem. Ich habe sonst immer das Gefühl, ich kaufe die Dinger völlig umsonst", meint sie und ich helfe ihr noch dabei, ihre Reisetasche vom Gepäckträger auf den Nebensitz zu legen, bevor ich mich verabschiede und schließlich zu den Türen eile. Der Bus hält an seiner ersten Haltestelle in Princeton.

Die Türen öffnen sich und fast schon ängstlich betrete ich den Boden. Princetons Boden. Ich nehme einen tiefen Atemzug und sehe mich um. Die Haltestelle liegt ein wenig außerhalb der Stadt. Jedoch ist der Fußweg durch Princeton bei Weitem nicht mit einem Marsch durch New York zu vergleichen. Langsam laufe ich los, sauge alles um mich herum regelrecht ein. Mein Princeton. Meine Heimat.

Ich laufe vorbei an geschlossenen Läden, an den Parks, an einem Kindergarten. Einen Bäcker, eine Metzgerei und einen Lebensmittelladen erblickte ich ebenfalls. Ich bin erleichtert und es scheint, als würde eine unendliche Last von mir fallen.

Die Fahrt hier her kam mir überhaupt nicht lang vor und die Oma, die sich als Mrs. Winston vorgestellt hat, hat mir sogar ihre Adresse, beziehungsweise die ihrer Nichte genannt, damit ich sie mal besuchen komme. Ich überlege fieberhaft, wie ich mich bei ihr bedanken könnte, denn sie hat mir mehr geholfen, als sie sich wahrscheinlich vorstellen kann. Ich seufze und bin dankbar dafür, dass es noch Menschen wie sie gibt.

Ziellos laufe ich durch die Gegend und fasse dann all meinen Mut zusammen, um mich Richtung Walnut Lane mache. Es ist kurz vor zwei, als ich an der John Witherspoon Middle School von Princeton ankomme. An Camilles Middle School, die sie seit mehreren Jahren besucht.

Und jetzt stehe ich hier, nach einer unglaublich langen Zeit vor der Schule meiner Schwester und warte darauf, dass sie Schulschluss hat. Ich habe Angst vor dem Aufeinandertreffen. Wieso ich ausgerechnet auf Camille warte und nicht direkt nach Hause gehe, weiß ich selbst nicht. Jedoch habe ich Angst davor, was sie sagen wird. Angst davor, dass sie mich nicht mal mehr erkennt oder erkennen will. Ich laufe auf und ab und betrete den Pausenhof der Schule. Auch ich habe sie mal mit Arwen zusammen besucht vor der High School.

Als der Gong ertönt, zucke ich zusammen und meine Handflächen werden feucht. Ich möchte nicht wissen, wie ich auf die anderen Schüler wirke. Unrasiert, in komischen Klamotten und die Kapuze meines Pullis ins Gesicht gezogen. Ich lasse meinen Blick über die Schüler schweifen, die die Schule mit einem Grinsen verlassen. Es dauert eine ganze Weile, bis ich meine Schwester unter all den Menschen erkenne.

Ich kann mir die Tränen kaum zurückhalten, als ich sie lachend gemeinsam mit ihren Freunden sehe. Sie sieht anders aus und doch genauso, wie sie immer ausgesehen hat. Genauso, wie ich Camille in Erinnerung habe, jedoch scheint sie so viel erwachsener als das letzte Mal.

Ich räuspere mich, bevor ich ihren Namen rufe, da ich das Gefühl habe, dass meine Stimme nicht das tun möchte, was ich will. Sie sieht sich verwirrt um, nach dem Ursprung der Stimme. Ich hebe meine Hand, als ich in ihrem Blickfeld bin und schiebe meine Kapuze vom Kopf. Ihre Freunde mustern mich und beginnen zu tuscheln. Camille sagt kurz etwas, bevor sie auf mich zukommt.

Je näher sie an mich rankommt, desto fassungsloser sieht sie aus. Ich lächle, zaghaft, da ich nicht weiß, was ich sonst tun soll.

„Devin?", fragt sie leise und ich nicke als Antwort. Die Sorge, dass sie mich nicht mehr erkennen würde, ist wie weggeflogen. Ohne ein weiteres Wort zu sagen, fällt sie mir in die Arme und ich umschließe zögernd meine kleine Schwester, die mittlerweile überhaupt nicht mehr die kleine Schwester ist. „Du warst einfach weg", flüstert sie und ich stütze mein Kinn auf ihrem Kopf ab.

„Ich weiß", lautet meine langweilige Antwort, aber ich weiß nicht, was ich sagen soll. Obwohl so viele Wörter in meinem Kopf tanzen, kommt nichts raus. Sie löst sich von mir und wischt schnell eine Träne aus dem Augenwinkel, was mich zum Lächeln bringt. „Du Vollidiot."

Ich lache leise auf und nicke. „Ich weiß. Es passiert nie wieder, versprochen", sage ich und weiß, dass ich dabei völlig idiotisch klinge.

Und dann herrscht Stille, eisig kalte Stille, während sie mich einfach nur mustert, als müsse sie sich mein Gesicht neu einprägen.

„Wie geht es Mum?", frage ich zögernd und sie zuckt mit den Schultern. „Wie immer. Ich weiß es nicht."

„Und Toby? Und dem anderen Giftzwerg?"

Jetzt lacht sie. „Sie agieren jetzt miteinander und ich musste feststellen, dass sie im Doppelpack noch viel giftiger sind", erzählt sie und ein Stein fällt mir vom Herzen, auch, wenn es irgendwie doch schmerzt. Ich habe all das nicht miterlebt. „Kommst du heim?", fragt sie hoffnungsvoll und ich weiß nicht, was ich darauf antworten soll. Heimkommen, etwas, was ich schon so lange nicht mehr getan habe. Habe ich überhaupt noch ein Heim?

„Ich weiß nicht, ob Mum und Dad das möchten", gebe ich zu. Camille zieht mich mit sich los und wir verlassen den Pausenhof. „Natürlich möchten sie das, du Idiot. Sie dachten, du seist tot oder entführt oder sonst was", meint sie und ich schließe kurz die Augen. Ich habe meine Eltern im Glauben gelassen, dass ich nie wieder zurückkehre und möchte jetzt einfach so wieder bei ihnen antanzen.

„Sie werfen mich sowieso wieder raus. Das würde ich auch tun."

Sie winkt ab. „Wo warst du überhaupt? Wo ist Arwen?"

Fragen, die ich nicht beantworten möchte. Ein riesiger Kloß in meinem Hals bildet sich unaufgefordert und ich habe das Gefühl, gleich platzen zu müssen.

„Ich erzähle es dir daheim", sage ich nach kurzem Zögern und merke, dass wir unserer Wohngegend immer näherkommen. Damit wächst auch die Angst in mir.

„Ich habe dich eigentlich ganz schön vermisst, weißt du", erzählt Camille und ich lächele sie traurig an.

„Es ist so viel passiert. Dad hat einen neuen Job. Weißt du, was das heißt? Wir können uns was leisten, Devin."

Ich lächle, das Lächeln möchte meine Lippen überhaupt nicht mehr verlassen. Aber dennoch merke ich, dass ich bald wieder einen Schuss brauche. Der letzte ist eine Weile her und ich habe mein Zeug bei Hatice gelassen. Trotz meines anfänglichen Willens, mit den Drogen aufzuhören, habe ich es nicht ausgehalten. Seit Wochen nehmen Hatice und ich nun gemeinsam regelmäßig Heroin, welches wir uns mit erbetteltem Geld und kleinen Arbeiten für Raven finanzieren. Ich würde es gerne schaffen, aber ich schaffe es einfach nicht. Ich bin zu schwach.

Ich atme tief durch und hoffe, dass ich nicht völlig auf Entzug bei meinen Eltern ankomme.

„Hast du noch den Hausschlüssel?", fragt Camille plötzlich. Ich runzle die Stirn. „Nein. Ich glaube, ich habe ihn damals nicht mal mitgenommen."

Sie blickt auf den Boden. „Wusstest du, dass du gehen wirst?"

Ich kicke einen Stein, welcher im Weg liegt, mit der Spitze meines Schuhs weg. „Nein. Es war nichts geplant."

Camille seufzt. Kurze Zeit später laufen wir über den gemähten Rasen unseres Vorgartens. Es hat sich nichts verändert, alles sieht aus wie damals, nur am Küchenfenster hing noch etwas Dekoration, die Mum wahrscheinlich noch nicht abgehangen hat. Mein Blick wandert zu Arwens Haus. Auch das sieht immer noch aus, wie ich es in Erinnerung beibehalten habe. Nur irgendwie kälter, einsamer. Ich schaue hoch zu unseren Balkonen. Zum Zimmer von Arwen, welches sie nie wieder betreten wird. In welchem sie nie wieder herumtanzen oder sich schminken wird. Welches nie wieder von ihrem Lachen erfüllt wird.

„Kommst du?", reißt mich Camille aus den Gedanken und ich zucke zusammen. Schnell nicke ich mit dem Kopf und laufe zu ihr zur letzten Treppenstufe. Mein Herz pocht wie verrückt und ich habe das Gefühl es springt mir aus der Brust, als meine Schwester auf die Klingel drückt. Ich höre Gelächter von innen, Kinderlachen. Immer, wenn ich heimgekommen bin, hat man das Lachen gehört.

Die Tür wird aufgerissen und ich zucke zusammen. Meine Mutter, wie immer mit einer Schürze, steht im Türrahmen und lächelt Camille an. Erst einen Moment später bemerkt sie ihren Begleiter. Sie runzelt die Stirn und öffnet dann ihren Mund. Fassungslosigkeit steht ihr ins Gesicht geschrieben und ihre Augen füllen sich mit Tränen, bevor sie mir fast in die Arme springt.

Ich weiß nicht, welchen Weg ich gegangen bin. Ich weiß nicht, wieso ich ihn gegangen bin. Aber ich habe das Gefühl, endlich angekommen zu sein.

KAPITEL VIERUNDZWANZIG

All die schlechten Taten, alle Gedanken sind vergessen, als ich meine Arme um meine Mama schließe.

„Kind, wo bist du nur gewesen?", schluchzt sie, während ich bewegungslos dranstehe und den Geruch einatme, den ich seit meiner Kindheit kenne. Haarspray, Parfüm und ein wenig Waschmittel. Sie lässt mich los und sieht mich mit geröteten Augen an. Zögernd lächelt sie und zieht mich dann ins Haus.

„Wir dachten, dass du nicht mehr kommst", sagt sie leise, während ich wortlos meine Schuhe ausziehe und ihr in die Küche folge. Als Toby in die Küche hüpft, gefolgt vom Kleinsten des Hauses, muss ich ein weiteres Mal meine Tränen unterdrücken. Denn während Toby mich noch erkennt, hat Jackson keine Ahnung, wer ich bin.

„Na, kleiner Mann", sage ich zu Toby, als er mich mit großen Augen ansieht. „Hast du auch fleißig das Fußballspielen geübt?", erinnere ich ihn an unsere Abmachung, die wir geschlossen hatten, als er unbedingt täglich mit mir Fußball spielen wollte, aber noch zu klein dafür war. Er nickt heftig und beginnt sofort zu erzählen, während meine Mutter das Teegeschirr auf den Tisch stellt. So wie immer.

„Lass Devin erstmal zur Ruhe kommen", meint meine Mutter sanft und schubst die zwei Kleinen leicht aus der Küche. Ich nutze die Sekunde, um tief ein und aus zu atmen, denn mein Körper fing an, nach dem Teufelszeug zu verlangen, welches mich hierhergebracht hatte. Zu diesem Punkt.

Meine Mutter stellt mir eine Tasse hin und lässt sich ebenfalls am Tisch nieder. Camille steht ratlos im Türrahmen und scheint sich nicht entscheiden zu können, ob sie dabei sein will oder eher nicht.

„Komm schon her, Cam", fordert meine Mutter sie nach einer Weile auf und sie kommt zögernd an den Tisch. Ich starre die Tasse vor mir an und fühle mich unwohl und dreckig.

„Ich verlange nicht viel, Devin. Nur eine Erklärung." Meine Mutter mustert mich, das spüre ich wie Nadelstiche auf meiner Haut. Ich sehe sie ratlos an und zucke mit den Schultern. „Ich würde es gerne erklären können, aber ich kann es nicht. Ich weiß nicht, wie", stottere ich vor mich hin und sie seufzt. Sie legt eine Hand auf meine Schulter und sieht mich durchdringlich an. „Vielleicht fängst du von vorne an."

Ich seufze. Wo fing es an?

„Ich bin nach New York gefahren", sage ich und starre auf die Platte. Meine Mutter runzelt die Stirn. „Mit wem?" Mit einem Miststück. Mit meiner ehemals besten Freundin.

„Mit Arwens Freund." Mum nickt und greift zu ihrer Tasse.

„Wo ist Arwen?", fragt sie schließlich und stellt mir damit die Frage, vor der ich am meisten Angst habe.

Ich versteife mich und wieder bildet sich der Kloß in meinem Hals. Sie fragt nochmal, dieses Mal mit etwas mehr Druck.

„Sie ist tot. Arwen ist tot", antworte ich, leise und stumm. Arwen ist tot. Meine beste Freundin ist tot, und ich habe sie sterben lassen. Meine Mutter setzt an, um etwas zu sagen, scheint aber sprachlos zu sein. Stille herrscht im Raum.

„Wieso?", fragt Camille schließlich genauso tonlos, wie meine Antwort lautet.

„Drogen. Wir haben Drogen genommen. Sie ist daran gestorben."

Meine Mutter atmet die Luft zischend ein. Ich weiß, dass sie enttäuscht von mir ist. Ich bin zu dem geworden, wovor andere Eltern ihre Kinder warnen. „Sie kann doch nicht einfach so an Drogen gestorben sein", murmelt meine Mutter. Ich nicke.

„Es war eine Überdosis. Sie wurde noch ins Krankenhaus gebracht und dann starb sie dort."

„Wir müssen es ihren Eltern sagen", meint meine Mutter und steht auf, um hin und her zu laufen. Sie sieht geschockt aus. Arwen war für sie immer wie eine weitere Tochter.

„Sie wissen es nicht?", frage ich und sehe sie verwirrt an. Mum zuckt mit den Schultern und seufzt. „Sie sind weggezogen, vor etwa einem Jahr. Sie haben es nicht mehr ausgehalten." Ich zucke bei ihren Worten zusammen. Sie klingen hart, vorwurfsvoll. Aber ich verdiene jeden Vorwurf.

„Ich wollte das nicht, Mama. Niemals", schluchze ich nun und kann die Tränen nicht mehr zurückhalten. Der Damm bricht und bringt mich regelrecht um.

„Ich nehme sie, Mum. Ich nehme dieses Zeug. Ich wollte es nie nehmen. Ich habe sie alle gesehen, wie sie litten und wie irgendwelche Kreaturen einfach nur atmeten. Und dann habe ich es trotzdem getan. Es ist, als würde ich explodieren, wenn ich es nicht nehme. Mir wird kalt, mein Herz rast. So wie jetzt. Ich habe es nicht genommen, als ich hier her gefahren bin. Das Zeug, das meine beste Freundin getötet hat, ist immer noch mein Freund. Freund und gleichzeitig mein größter Feind, aber man sagt schließlich, man soll seine Feinde lieben", bricht es aus mir heraus und ich höre meine Mutter ein und ausatmen. Camille steht auf und verlässt wortlos den Raum.

„Mum, ich möchte das nicht mehr. Bitte, hilf mir", sage ich leise. Und die Ereignisse flimmern an meinem inneren Auge vorbei wie ein Film.

„Wir warten auf deinen Vater, okay?", schlägt sie leise vor und ich nicke.

„Möchtest du in dein Zimmer?"

Wieder antworte ich nur mit einem Zeichen und stehe auf. Meine Mutter lächelt mich aufmunternd an, aber ich kann dennoch die Trauer in ihren Augen sehen. Ich wollte meine Eltern nie unglücklich machen. Im Schneckentempo laufe ich zur Treppe und hebe meine Beine wie schwere Betonklötze Stufe für Stufe an. Es fällt mir schwer, den Weg zu gehen, den ich früher täglich gelaufen bin. Mein Zimmer sieht gleich aus. Unverändert, alles so, wie es immer war. Aber es wirkt anders. Es wirkt kalt, verlassen und unbenutzt. Ich lasse mich auf meinem Bett nieder und streiche über die Bettdecke. Es ist schon eine Ewigkeit her, dass ich in einem richtigen Bett geschlafen habe. Ich sehe zum Balkon und kann in das leere Zimmer gegenüber sehen. Arwens Möbel sind weg und es ist alles so, wie ich mich fühle. Verlassen. Immer mehr Details fallen mir ein und es fühlt sich an, als würde mein Kopf platzen.

Kurzerhand stehe ich auf, laufe zu meinem Schreibtisch und setze mich auf meinen Stuhl. Hektisch krame ich nach Stift und Papier. Ohne groß darüber nachzudenken, setze ich die Mine des Stiftes auf das leere Papier und beginne zu schreiben. Immer mehr Worte füllen das leere Weiß und ich bin von mir selbst überrascht, als ich Bruchstücke der Geschichte erkenne. Meiner Geschichte.

KAPITEL FÜNFUNDZWANZIG

Als ich am nächsten Tag in der Küche sitze und meiner Mutter beim Telefonieren zuschaue, fühle ich mich schrecklich. Mir ist schlecht, ich zittere und all die Entzugserscheinungen, die man kennt, treten auf.

Während Camille in der Schule und die anderen im Kindergarten sind, frühstücke ich gemeinsam mit meinem Vater, dem ich gestern ebenfalls noch alles erzählt habe. Ich betrachte den reichlich gedeckten Frühstückstisch, so viele Lebensmittel, die ich seit einer gefühlten Ewigkeit nicht mehr gegessen habe. Und dennoch habe ich keinen Appetit, überhaupt kein Verlangen nach Nahrung.

Ich bemerke immer wieder den verstohlenen Blick, den mir mein Vater über den Rand seiner Morgenzeitung zuwirft. Ich merke an der Art, wie er mich mustert, dass er unfassbar enttäuscht von mir ist. Von dem, was von mir übriggeblieben ist. Aber er vertuscht es, und das sogar sehr gut.

„Dankeschön, Kathy. Mein herzliches Beileid nochmal", damit beendet meine Mutter das Gespräch mit Arwens Mum und legt dann schließlich auf. Sie fährt sich seufzend durch die Haare und lehnt sich dann gegen den Küchentresen.

„Arwen wurde hier in Princeton beerdigt. Das Krankenhaus hat damals ihre Eltern angerufen, da die Vermisstenanzeige immer noch in den Akten der Polizei stand und sie somit identifiziert werden konnte", erzählt sie mir und ich nicke langsam. Ich habe mir gewünscht, dass Arwen wieder heimkehrt.

„Sie war aufgelöst. Sie wollte mir nicht glauben, dass du wieder aufgetaucht bist", murmelt sie und ich starre auf den Boden. Ich verstehe Arwens Mutter. Ich verstehe die Frau, die bis vor kurzem für mich noch zu meiner Familie gezählt hat. Mit der ich aufgewachsen bin, auf die ich mehr gehört habe als auf meine eigenen Eltern. Ich verstehe es, wenn sie mich nun hasst. Schließlich habe ich ihre Tochter sterben lassen, ich habe dabei tatenlos zugesehen, wie sie sich immer mehr dem Tod nähert. Tränen füllen meine Augen und ich atme tief die Luft ein, um sie aufzuhalten. Ich bin nicht schwach.

„Mum, ich brauche Hilfe", wispere ich, während ich meinen Händen beim Zittern zusehe und den kalten Schweißfilm auf meiner Stirn fühle.

„Wie soll ich dir denn helfen?", flüstert sie völlig tonlos und starrt mich dabei ohne Mimik an. Mein Vater räuspert sich und verlässt dann den Raum. Ich verstehe es, wenn er mich nicht mal mehr ansehen kann. „Ich brauche Hatice", sage ich und seufze.

Meine Mutter scheint zu überlegen. „Ist sie noch dort? Irgendwo da draußen?"

Ich nicke und frage mich, was sie wohl in diesem Moment tut.

„Wir holen sie", sagt meine Mutter nach einer langen Schweigeminute und stößt sich dann schließlich von der Theke ab. Ungläubig sehe ich sie an.

„Ich kann doch nicht ein Mädchen, das noch so jung ist, dort draußen lassen, wenn ich davon weiß", erklärt sie, nachdem ich sie fragend ansehe. Ein weiteres Mal falle ich ihr in die Arme. Ich bin so unfassbar dankbar dafür, eine Mutter wie sie zu haben. Ich habe nie realisiert, wie sehr sie sich um uns bemüht und wie viel sie für uns tut, bis zum heutigen Tag. „Danke, Mum", flüstere ich und sie drückt mich fest. „Ich hole meine Tasche und meinen Führerschein", meint sie und bindet sich ihre Haare zu einem unordentlichen Dutt zusammen. Sie sieht müde und ausgelaugt aus. Sie sieht auch unfassbar alt aus. Schnell stellt sie die auf dem Tisch liegenden Teller in die Spülmaschine und möchte gerade nach dem Besteck greifen, als ich sie unterbreche. „Lass nur. Ich mache das schon", sage ich und greife nach den Brotmessern. Einen Augenblick lang sieht sie mich erstaunt an, denn das kennt sie überhaupt nicht von mir. Noch nie habe ich ihr unaufgefordert meine Hilfe angeboten.

Sie fasst sich jedoch schnell, nickt und verlässt die Küche. Ich höre, wie sie meinen Vater darum bittet, die zwei Jüngsten aus dem Kindergarten abzuholen.

„Bist du dir sicher, dass es eine gute Idee ist?", fragt mein Vater leise und ich höre meine Mutter seufzen. „Was sollen wir denn sonst tun? Ich habe keine Ahnung, wie man mit solch einer Situation umgeht. Ich möchte nicht, dass ein weiteres Kind zu Schaden kommt. Stell dir vor, wie wir uns fühlen würden, wenn man uns angerufen hätte, um uns mitzuteilen, dass er tot ist, so wie es bei Kathy der Fall war. Sie hat bestimmt auch Eltern, die auf sie warten", sagt sie und daraufhin schweigen sie. Ich kann mir vorstellen, wie mein Vater seine faltige Stirn zusammenzieht und meine Mutter ihn skeptisch anblickt.

Schnell räume ich den Tisch ab und schalte die Spülmaschine an. Die Benutzung einer funktionstüchtigen Küche ist mir mittlerweile genauso fremd wie ein sauberes Haus mit Heizung und stetig warmen Wasser.

Ich höre, wie meine Mutter die Treppen hinauf in ihr Schlafzimmer geht und blicke an mir herab. Ich trage eine Jogginghose und einen warmen Pullover und beschließe, dass ich somit startbereit bin und mich ins Auto setzen kann.

Kurze Zeit später folgt auch meine Mutter, die ihre Handtasche auf den Rücksitz pfeffert und neben mir Platz nimmt. Sie steckt den Schlüssel in das Zündschloss und startet den Motor, um die Heizung warm laufen zu lassen. „Du musst mir sagen, wo ich lang muss. New York klingt so unfassbar faszinierend", sagt sie lächelnd und ich nicke.

Nach anfänglichen Schwierigkeiten fahren wir auf den Highway und ich entdecke nach wenigen Minuten das erste Schild, welches den Weg nach New York weist.

Immer wieder bemerke ich die kritischen Seitenblicke meiner Mutter, mit denen sie mich mustert. „Wie geht es dir?", fragt sie schließlich und ich seufze. Um ehrlich zu sein ging es mir noch nie so schlecht wie jetzt. Mein Körper verlangt nach der Droge und jede Faser in mir zeigt es mir mit endlosen Schmerzen. Und ich habe das Gefühl, dass man mir das anmerkt. Man muss es mir anmerken können, dass ich im Moment einer lebenden Leiche gleiche.

„Du wirst einen Entzug machen müssen, Devin. Ich möchte, dass du einen machst", meint meine Mutter schließlich. Ich nicke hastig. „Ich möchte nicht abhängig sein. Ich wollte es nie", flüstere ich, während ich meine Handgelenke umfasse. Mein Herz schlägt rasend schnell.

„Dein Vater ist der Meinung, dass du erstmal wieder in das normale Leben eingeführt werden musst. Danach suchen wir dir eine Klinik aus", sie stoppt kurz. „Dir und dieser Hatice." Ich lächle kurz, jedoch verschwindet dies schnell wieder. „Hasst Dad mich jetzt?", spreche ich leise meine Gedanken aus. Meine Mutter winkt ab. „Rede doch keinen Unsinn, er könnte dich nie hassen. Ich denke, es ist nur schwierig für ihn, das alles zu verarbeiten. Ich denke, es ist schwierig für ihn, dich nach dieser langen Zeit wieder bei sich zu haben."

Ich nicke langsam, obwohl ich ihren Worten irgendwie keinen Glauben schenken kann.

„Du siehst schlecht aus. Schlaf vielleicht etwas", meint sie schließlich, nachdem sie mich kurz gemustert hat. Ich lehne meinen Kopf gegen die Fensterscheibe. Ein weiteres Mal trete ich den Weg nach New York, der Stadt der Freiheit, an. Der Weg fühlt sich anders an als damals. Als ich mit Levi gefahren bin, hatte ich keine Ahnung, wohin es geht. Ich wusste nicht, was mich erwartet und wie ich mit der Situation umgehen soll. Jetzt tu ich es bewusst, mit den Konsequenzen dieses einen Tages in der Tasche.

„New York ist schön, Mum", berichte ich ihr und sie lächelt.

„Princeton ist auch schön."

Ich lache und nicke. „Schön klein, leer und alt. Da hast du recht."

„Ach, ich spreche ja hier gerade mit einem Großstadtkind, tut mir leid", gibt sie zurück und grinst. Ich lächele auch und bin unfassbar dankbar dafür, dass sie versucht, die Situation aufzulockern, doch mir fällt daraufhin Ravens Bezeichnung ein. Tablettenkind.

Medea war ein richtiges Tablettenkind, sie hat immer nur an ihren Tabletten gehangen. Das Atmen wird plötzlich schwer, als ich an Medea und Logan denken. Wo die beiden wohl hin sind? Ob ich sie wohl jemals wiedersehen werde, meine Freunde, die an meiner Seite standen?

„An was denkst du?", fragt mich meine Mutter, doch ich winke ab. Innerlich nehme ich mir jedoch vor, auch über sie etwas in meine Notizen einzubringen. Der Junge, der viel zu erwachsen für sein Alter handelte und das Mädchen, welches viel zu verloren in der riesengroßen Welt war.

„Erzähl doch mal. Wie ist diese Hatice so?", meine Mutter wirft mir einen Seitenblick zu und zwinkert. Ich grinse und setze mich auf. Ohne Schwierigkeiten erinnere ich mich an jedes Detail von ihr.

„Sie ist sehr temperamentvoll. Ich fand sie am Anfang ziemlich gruselig, weißt du. Und sie ist beschützerisch. Wenn ihr etwas wichtig ist, gibt sie alles dafür", ich stoppe kurz und denke an die schönen Momente, die ich in der Wohngemeinschaft damals verbracht habe. „Sie liebt Kuchen. Massenhaft Kuchen. Aber sie will es nicht zugeben."

Mum lacht. „Dann kann ich endlich mit meinen Backkünsten angeben", unterbricht sie mich. Ich nicke. „Sie ist schön, weißt du? Vor allem wenn sie lacht. Sie kann so lachen wie Camille, so laut und herzlich und ansteckend."

„Das klingt schön. Was nimmt sie?", wagt sich meine Mutter an das Thema ran.

„Das Gleiche wie ich", erkläre ich ihr. Zögernd nickt sie.

Nach einer Weile entdecke ich schon die ersten Häuser, die in den Vorstädten New Yorks stehen. „Wir sind bald da", murmelt meine Mutter konzentriert und ich nicke. Mein Herz pocht, mein Kopf schmerzt, aber dennoch bin ich aufgeregt.

„Du musst mir dann sagen, wo wir hinmüssen."

Ich nicke und beobachte alles, um jedes Detail aufzunehmen. Um es nie wieder vergessen zu können. Es ist komisch, wieder in der Stadt zu sein, obwohl ich sie erst gestern verlassen habe.

„Du musst mehrmals rechts abbiegen, um in das Viertel zu kommen", informiere ich meine Mutter. Völlig konzentriert lenkt sie den Wagen auf die richtige Spur. Meine Muskeln beginnen sich zu verkrampfen und ich atme schwer ein. Ich möchte keine Drogen nehmen, nie wieder diese Giftkombi in meinen Blutbahnen haben, aber es geht nicht anders. Es tötet mich. Ich tue mir schwer damit, meine Mutter auf die richtigen Wege zu leiten und meine Konzentration ist völlig weg. Es dauert länger, als es eigentlich sollte und das wegen mir. Ich steige aus dem Wagen und mustere das Gebäude, in dem sich Ravens Wohnung befindet.

„Ich habe es mir total schäbig und kaputt vorgestellt", gibt meine Mutter zerknirscht zu, nachdem sie sich neben mich gestellt hat.

„Das ist stereotypisches Denken", kommentiere ich und laufe dann schließlich zur Eingangstür. Zögernd folgt sie mir. Es kostet mich eine Menge Kraft, in den dritten Stock zu kommen und ich klopfe schwer atmend gegen die Tür. „Raven, mach auf. Ich bin es", rufe ich und meine Mutter seufzt. Die Tür wird langsam geöffnet und Raven erscheint im Türrahmen.

„Devin. Wir dachten schon, du wärst verschwunden", sagt sie verwundert und mustert meine Mutter. Diese schenkt ihr ein zaghaftes Lächeln. Ich dränge mich an ihr vorbei ins Wohnzimmer, in dem ich Hatice finde.

„Hatice, wir kommen hier raus", berichte ich ihr glücklich. Verwirrt mustert sie mich und steht dann auf, um auf mich zu zu kommen.

„Wo warst du? Du bist einfach verschwunden!", wirft sie mir vor und ich hebe abwehrend die Arme hoch. „Ich bin nach Hause", erkläre ich. Wie auf Kommando betritt meine Mutter das Zimmer.

„Hatice", sie tritt einen Schritt auf sie zu und reicht ihr ihre Hand, die Hatice verwirrt betrachtet. „Ich freue mich, dich kennenzulernen."

Skeptisch reicht auch Hatice meiner Mutter die Hand und sieht mich daraufhin fragend an, als würde sie nicht verstehen, was hier gerade vor sich ging.

„Wir kommen hier raus, verstehst du? Wir sind frei."

„Frei", murmelt sie und sieht mich an. „Wieso?"

„Wir machen eine Therapie, zusammen. Wir ziehen weg, weg aus New York und in ein normales Haus mit normalen Menschen und einem normalen Alltag. Du wirst nicht mehr abhängig sein, nie wieder, Hatice. Du wirst von nichts mehr abhängig sein", erkläre ich es ihr. Meine Mutter lächelt sie herzlich an. „Du kannst mit zu uns kommen. Devin hat mir alles erzählt. Es wäre mir eine Freude, wenn du mitkommen würdest." Ich nicke bekräftigend und grinse sie an. „Wir haben es geschafft, uns zu retten. Und wir werden auch den Entzug schaffen."

Erst jetzt scheint sie zu realisieren, was ich ihr erzähle. Sie scheint zu realisieren, dass sie nicht mehr in diesem Loch wohnen muss, ohne Zukunft und Halt. Meine Mutter lächelt ihr zu, als sie sie ungläubig ansieht. Und dann fällt sie mir in die Arme, einfach so aus heiterem Himmel, fällt mir die kleine Kriegerin um den Hals und weint.

KAPITEL SECHSUNDZWANZIG

Es geht alles so unfassbar schnell. Ich sitze auf dem kleinen Sofa, während ich Hatice dabei zusehe, wie sie ihre wenigen Sachen in einen Stoffbeutel wirft und ins Bad eilt, um sich frisch zu machen und herzurichten. Ich beobachte auch meine Mutter, die sich angeregt mit Raven unterhält und sich interessiert über Drogen erkundigt.

Nachdem Raven ihr erzählt hat, dass sie arbeitstätig ist und ein völlig normales Leben trotz Abhängigkeit führt, schien meine Mutter sich entspannt zu haben. Aufgeregt stellt sie ihr einen Haufen Fragen über Heroin, die Wirkung, den Entzug und die Nebenwirkungen, die durch den Konsum entstehen. Raven erklärt ihr alles geduldig und beantwortet ihre Fragen sachlich. Sie erzählt auch von dem Haus, in dem ich gelebt habe und dem Tag, an dem sie mich obdachlos beim Busbahnhof aufgegabelt hat. Kurz wirft meine Mutter mir einen mitleidigen Blick zu und kramt daraufhin in ihrer Tasche. Sie zückt ihr Portemonnaie und ich sehe, wie sie einen 100$-Schein zückt und ihn Raven hinhält. „Ich weiß, dass es bei Weitem nicht das ausgleicht, was Sie für meinen Sohn getan haben. Sehen Sie es als kleines Dankeschön an. Ich werde dafür sorgen, dass Sie eine Entschädigung erhalten", meint sie fest entschlossen. Ich weiß, wie viel Geld das für meine Familie und mich ist. Mit 100 Dollar können meine Eltern uns fast zwei Wochen lang ernähren. Umso rührender finde ich die Geste meiner Mutter, jedoch bereitet es mir auch ein schlechtes Gewissen. Ich möchte nicht, dass meine Familie noch mehr leidet wegen meinen Fehlern.

Raven sieht sie fassungslos an und winkt ab. „Das ist nicht nötig, um Himmels Willen. Hatice und Devin haben sich größtenteils selbst versorgt und waren in keiner Hinsicht eine Belastung für mich. Das habe ich gerne getan und ich würde es immer wieder tun. Ich bedanke mich bei Ihnen, jedoch kann ich das nicht annehmen", sagt sie und lächelt meine Mutter freundlich an. Diese sieht sie zögernd an und seufzt. „Ich bin Ihnen so viel schuldig", murmelt sie und Raven schließt sie in die Arme. „Nein. Wenn, dann sind mir Hatice und Devin was schuldig“, sagt sie lachend und grinst mich an. Ich nicke hastig, obwohl ich weiß, dass sie es nicht ernst meint. Ich überlege, ob ich zuhause irgendwo die Möglichkeit auf einen festen Arbeitsplatz mit annehmbarem Verdienst habe. Zurück zur Schule werde ich wahrscheinlich nicht mehr gehen können, weshalb ich wenigstens etwas dafür tun will, um Raven und meiner Familie meine Schuld in Form von Geld auszugleichen. Meine Mutter blickt mich nachdenklich an, während sie das Geld in ihre Jackentasche steckt. „Das ist wohl wahr. Ich hoffe, er hat sich dafür bedankt“, sagt sie mahnend und ich nicke. Raven sieht mich aufmunternd an und in dem Moment betritt auch Hatice den Raum.

„Ich wäre jetzt fertig“, sagt sie leise und blickt meine Mutter an. „Sind Sie sicher, dass Sie mich mitnehmen möchten?“, hakt sie noch einmal nach, als würde sie nicht glauben können, dass meine Mutter sie bei uns zuhause aufnehmen möchte. Lachend greift Mum nach ihrer Stofftasche. „Nun gib schon her, Mädchen. Zieh dich an, damit wir losfahren können.“

Hatice nickt hastig und greift nach ihren abgetretenen Sneaker und ihrer dünnen Jacke, die meine Mutter kritisch betrachtet. Hatice richtet sich auf und mustert Raven mit trauriger Miene.

„Ich habe nicht erwartet, dass ihr den Platz auf meinem Sofa so schnell freigebt. Mit einer Laufzeit von einem Jahr habe ich mindestens gerechnet. Nun kommt schon her“, sagt sie lachend und breitet die Arme aus. Hatice eilt zu ihr, um sie an sich zu drücken und auch mir wirft Raven einen auffordernden Blick zu. Zögernd lasse auch ich mich von ihr in die Arme schließen, sodass wir zu dritt einen kleinen Kreis bilden und uns festhalten. „Ich möchte, dass ihr euer Leben in den Griff kriegt, verstanden? Macht was draus, wenn ihr so eine Chance erhaltet. Vor allem du, Hatice. Du hast es verdient, ein normales Leben zu führen, meine Süße. Wehe, ihr taucht hier noch einmal auf. Ich möchte euch nie wieder in New York sehen", mahnt uns Raven und lächelt uns traurig an. „Ihr werdet mir fehlen."

Ich nicke und drücke sie fest an mich. Kurz habe ich das Gefühl, dass mich eine Welle von Trauer übergießt. New York war kurzzeitig mein Zuhause. Es hat mir eine völlig neue Seite des Lebens gezeigt und auch, wenn New York mich nicht fair behandelt hat, habe ich das Gefühl, dass es mir viel beibringen konnte. Es hat mir gezeigt, wie es ist, wenn man ganz unten angekommen ist. Aber auch, wie es ist, wenn man Personen um sich herum hat, die alles für einen geben und einen unterstützen, wo sie nur können, obwohl sie selbst vor dem Nichts stehen. Diese Menschen, die ich zunächst als fremd und komisch eingestuft habe, sind zu meiner Familie geworden und auch, wenn ich sie im Moment Stück für Stück verliere, habe ich nicht das Gefühl, dass es ein Verlust ist. Sie ermöglichen mir, einen neuen Weg zu gehen und eine neue Zukunft zu beginnen, die völlig anders aussieht, als sie es vor einem Jahr oder zwei Monaten noch tat und ich freue mich darauf, diesen Weg gehen zu können.

„Ich danke dir für alles", flüstert Hatice und wischt sich eine Träne aus dem Augenwinkel. Raven sieht sie aufmunternd an und klopft ihr auf den Rücken. „Ich komme euch besuchen. Und bis dahin möchte ich, dass ihr das schafft. Wehe, du passt nicht auf sie auf", drohend wedelt sie mit ihrem Zeigefinger vor meiner Nase herum. Ich sehe Hatice an und lächele. Wie könnte ich jemals damit aufhören, auf sie Acht zu geben?

„Nun denn. Ich wünsche eine gute Heimfahrt. Ich danke Ihnen, Mrs", meint Raven nun an meine Mutter gewandt und auch diese nickt gerührt. Wir bewegen uns langsam in die Richtung des Flurs. Jeder von uns setzt zaghaft einen Schritt nach dem anderen. Mir ist bewusst, dass diese Hölle endlich vorbei ist, wenn ich Ravens Wohnung verlasse. Endgültig vorbei.

„Ich hoffe, der Verkehr ist nicht so schlimm", quatscht Raven und während sie einige Schuhe bei Seite schiebt, Hatice einen Arm um die Schulter legt und die Haustüre öffnet, sehe ich, wie meine Mutter die 100 Dollar sorgfältig zusammenfaltet und sie unter die Figur, welche auf der kleinen Kommode im Flur steht, klemmt. Schelmisch sieht sie mich an und läuft an Raven vorbei aus der Wohnung. Ich kann nicht anders als zu grinsen.

„Meldet euch, wenn ihr angekommen seid", meint Raven und nach einer letzten Umarmung verlassen wir schließlich alle die Wohnung und laufen die Treppen herunter.

„Nun denn, Kinder. Wir fahren nach Hause und dann kochen wir erstmal was Schönes. Ich denke, die anderen werden bis dahin auch wieder zuhause sein", sagt Mum und legt dann einen Arm um Hatice. „Ich habe gehört, du magst Kuchen?"

Hatice bekommt große Augen und nickt. „Was hältst du davon, wenn wir uns zuhause etwas Schönes backen? Du könntest mir helfen, wenn du möchtest", schlägt meine Mum vor und Hatice sieht sie lächelnd an. „Das wäre sehr schön. Ich würde Ihnen gerne helfen."

Ich bin gerührt davon, wie liebevoll meine Mutter mit Hatice umgeht. Eine Person, die sie erst vor einer Stunde zum ersten Mal gesehen hat. Eine Person, die noch viel Schlimmeres in ihrem Leben durchmachen musste, als ich in den letzten Monaten und die diese Liebe, die sie von meiner Mutter erhält, so sehr braucht.

„Wenigstens eine. Weißt du, Devin ist manchmal ein absoluter Nichtsnutz. Aber ich denke, nachdem du eine Ewigkeit mit ihm in einem Haushalt leben musstest, wirst du das bereits selbst wissen", scherzt meine Mutter und ich schürze beleidigt meine Lippen. „Das ist nicht fair. Ich helfe dir immer", verteidige ich mich und setze mich ins Auto.

„Oh wirklich? Na, das werden wir ja sehen, wenn wir daheim sind", kontert sie und Hatice blickt zwischen uns hin und her. Mit einem traurigen, aber auch erleichterten Blick lässt sie sich auf die Rückbank fallen und murmelt kaum hörbar: „Daheim."

KAPITEL SIEBENUNDZWANZIG

Ich werfe Hatice eine Jacke zu, während ich meine eigene anziehe und meine Schuhe binde.

„Sie ist mir mindestens zehn Nummern zu groß", kommentiert sie grinsend und schlüpft in meine ausgeleierte Winterjacke, die ich seit Jahren besitze. Tatsächlich sieht die Jacke an ihr aus wie ein riesiger Kartoffelsack, weshalb ich ebenfalls lachen muss.

„Wir gehen, Mum", rufe ich laut und reiße die Haustüre auf. Eisig kalter Wind schlägt mir ins Gesicht und eine Gänsehaut breitet sich auf meiner Haut aus. Darauf bin ich nicht vorbereitet gewesen.

„Scheiße, wie kalt", murmelt Hatice und tritt vor mir heraus. Langsam ziehe ich die Tür hinter uns zu und schiebe sie vor mich hin. „Wir müssen nach links", dirigiere ich und sie biegt nach links ab. „Ist es weit von hier entfernt?", fragt sie zähneklappernd.

Ich verneine. „Zwei Straßen weiter kommt eine Bushaltestelle und von dort aus sind es nur wenige Meter bis zum Friedhof", erkläre ich und sie nickt seufzend. Ich war schon lange nicht mehr auf dem Friedhof. Vielleicht, weil mir der Ort Angst einjagt. Weil er Menschen dazu bringt, die Kontrolle über ihre Gefühle und somit über sich selbst zu verlieren und ich möchte mich nicht wieder verlieren. Oder vielleicht auch, weil ich bisher das Glück hatte, noch nie einen geliebten Menschen aufgrund seines Todes verlieren zu müssen.

„Bist du hier aufgewachsen?"

Ich nicke und denke lächelnd an die alten Zeiten zurück.

„Da vorne haben Arwen und ich immer Fangen gespielt", ich zeige auf einen kleinen Park, der fast nur aus Bänken besteht. „In dem Haus hat eine alte Oma gewohnt und sie war so furchtbar verbittert. Bei jeder Gelegenheit kam sie rausgerannt und hat gemeckert. Arwen hatte immer Angst vor ihr." Eine Welle von Traurigkeit überkommt mich, denn alles, woran ich mich erinnern kann, habe ich mit Arwen geteilt. So wird es nie wieder sein. Wir überqueren die Straße und nähern uns unserem Ziel.

„Arwen klingt in deinen Erzählungen so anders als sie auf mich wirkte", meint Hatice nachdenklich und kaut auf ihrer Unterlippe herum. Ich zucke mit den Schultern und halte ihr das Eisentor, welches uns den Weg zum Friedhof versperren soll, auf. „Das sieht so gruslig aus."

Alles wirkt trist und leer, besonders durch den dreckigen Schnee und den kahlen Ästen. Die grauen Grabsteine sind trostlos aneinandergereiht. Mein Blick sucht den gesamten Platz nach ihrem Grabstein ab. Bisher habe ich mich dagegen geweigert, sie hier zu besuchen. Der Gedanke daran, vor ihrem Grab zu stehen, fühlte sich für mich so falsch an, denn ich konnte immer noch nicht wahrhaben, dass sie nicht mehr da ist. Dass sie einfach weg ist. In den letzten Wochen lag ich oft in meinem Zimmer auf meinem Bett und habe zu ihrem Balkon herübergestarrt. Ich habe gehofft, dass die Tür auf der anderen Seite aufgerissen wird und ihre blonde Haarpracht erscheint, um mich aus meinem Bett zu jagen. Aber immer wieder musste ich feststellen, dass es nicht passiert. Dass es nie wieder passieren wird. Arwen ist weg.

„Da hinten müssten die Gräber frischer sein", meint Hatice und deutet auf eine Stelle. Ich laufe und lese die vielen Namen, die künstlerisch in die Steine eingraviert wurden. Es ist traurig zu sehen, wie man versucht, die Erinnerungen an jemanden zu bewahren, der nie wieder zurückkehren wird. All das Geld für jemanden, dessen Herz nicht mehr schlägt.

Fast hätte ich den Grabstein übersehen, auf dem Arwens Name steht. Abrupt bleibe ich stehen und starre auf ihr Todesdatum. Es fühlt sich schrecklich an, jetzt, wo ich es vor mir stehen sehe. Jetzt, wo mir wirklich klar wird, dass sie tot ist. Wie in einem Film laufen die Bilder vor meinem inneren Auge vorbei und ich kann die Tränen kaum unterdrücken. Wir hätten niemals von hier weg sollen. Wir hätten niemals gehen dürfen. Und vor allem hätten wir niemals aufhören sollen aufeinander aufzupassen. Ich kann die Tränen kaum unterdrücken. Ich kämpfe mit mir, doch ich schaffe es nicht.

Schließlich fließen die heißen Tränen über meine eiskalten Wangen, während es beginnt, zu schneien und die Schneeflocken sich mit den Tränen vermischen.

„Es tut mir so leid, dass ich dich im Stich gelassen habe", presse ich hervor und starre dabei wie hypnotisiert auf das Datum, an dem sie verstarb. Ich spüre Hatice's warme Hand an meiner und ihre Finger, die beruhigend über meine streichen. „Du hast sie nicht im Stich gelassen. Sie hat sich für einen anderen Weg entschieden und hat dich fallen gelassen, während sie ihn ging", meint sie. Aber ich möchte nicht, dass sie schlecht über Arwen redet. Nicht jetzt, nicht hier. „Doch, ich habe sie im Stich gelassen. Ich hätte ihr helfen sollen, sie zur Vernunft bringen sollen. Sie hätte nicht so früh sterben müssen."

Ich höre Hatice seufzen und meine ungleichmäßige Atmung. „Mach dir keine Vorwürfe. Wir alle hätten es verhindern können", flüstert sie und sieht mich dann an. In ihren langen Wimpern haben sich ein paar Wassertropfen durch die Schneeflocken gebildet, ihre Haare kleben ihr in nassen Strähnen im Gesicht.

Ohne weiter darüber nachzudenken, beuge ich mich vor und küsse sie.

KAPITEL ACHTUNDZWANZIG
Now

„Und jetzt stehe ich hier. Ich stehe hier und ich habe es geschafft nach einer unfassbar langen Zeit endlich aus diesem unendlich tiefen Loch herauszuklettern. Aber ich habe so Vieles auf diesem Weg verloren. Das war es nicht wert. Für diesen kurzen Moment, in dem ich Farben in meiner grauen Zelle gesehen habe, war es das nicht wert. Ich habe eine andere Realität gesehen. Eine, die ich keinem wünsche. Und ich hoffe, ihr seid stärker als ich. Ein *Nein* rettet Leben."

Ich beende den Vortrag offiziell mit einer Handgeste und lächle in die Runde. Es dauert einen Moment, bis die Schüler realisieren, dass es vorbei ist. Das Klatschen ertönt und mein Herz pocht.

„Vielen Dank, es ist nicht selbstverständlich, dass ihr jemandem so lange zuhört, der so viel zu erzählen hat", füge ich noch schnell hinzu und die Lehrerin kommt grinsend auf mich zu. „Wir danken Ihnen, Mr. Amount", sagt sie und reicht mir die Hand, die ich dankbar annehme. Das Gemurmel setzt ein und ich fühle mich gut. Ich habe es hinter mich gebracht.

„Das war wirklich ausgesprochen rührend", meint sie etwas leiser und ich winke ab. „Ich bin dankbar dafür, dass ich es erzählen kann."

Vor der Tür erwartet mich bereits wieder der Direktor. „Ich erwarte sie dann beim nächsten Mal", sagt er und ich nicke, bevor ich mich verabschiede. Ich fühle mich befreiter, als ich die Treppen herunterstürme und die Spinde hinter mir lasse.

Die kalte New Yorker Luft empfängt mich und ich atme einmal tief ein. Meine Uhr sagt mir, dass mir noch mehr als eine Stunde bleibt, bevor ich zur Universität zurückmuss. Schnell versende ich eine SMS an Hatice und meine Mutter, um ihnen zu erzählen, dass es ein voller Erfolg war. Ich verlasse schlendernd das Schulgelände und überlege, wie ich mir die Stunde vertreiben soll. Mein Handy klingelt und ich blicke lächelnd auf mein Display.

„Na, wie geht es dir heute?", melde ich mich und Hatice lacht. „Gut. Wann kommst du heim? Du weißt, dass meine Eltern bald kommen. Ich habe bereits Lahmacun zubereitet und überlege, was ich noch machen soll", meint sie nachdenklich und ich muss automatisch grinsen. Ich liebe die Gerichte, mit denen mich Hatice Tag für Tag erwartet, wenn ich von einer Lesung nach Hause komme. Und das jeden Tag, seitdem wir zusammen in unsere Wohnung gezogen sind.

„Du weißt, dass alles toll ist, was du machst. Sie werden sich auch so freuen, dich zu sehen. Das letzte Mal ist schon einige Wochen her", sage ich und versuche, den Druck, den sie sich macht, von ihr zu nehmen. Seit dem ersten Treffen mit ihren Eltern, das stattfand, als Hatice in die Klinik eingewiesen wurden, kommen sie uns regelmäßig besuchen. Das Verhältnis zu ihnen ist gut. Nicht perfekt oder geheilt, aber so gut, dass Hatice sich jedes Mal aufs Neue freute, wenn ihre Eltern zu Besuch kamen.

„Mach dir keine Gedanken. Wir sehen uns nachher", sage ich und ich höre sie seufzen. „Beeile dich. Ich brauche deine mentale Unterstützung", lacht sie und ich muss schmunzeln.

Schließlich finde ich mich auf dem Weg zum Gebäude wieder, in dem alles anfing. Meine Schritte sind fest, in einer Stunde sollte es machbar sein. Jetzt, nachdem alle Erinnerungen aufgewühlt wurden, treibt mich meine Neugierde. Ich laufe die Straße entlang, vorbei an der Pizzeria, in der Medea und ich nach dem Vorfall bis heute nicht wirklich gern gesehen sind. Und das, obwohl ich dem Besitzer bereits das Doppelte an Entschädigung und eine Erklärung aufgetischt hatte. Ein Grinsen schleicht sich auf meine Lippen. Ich danke dem Zufall, dass sich die Schule so nah an dem Berg befindet.

Ich laufe und laufe, völlig frei von Gedanken, bis ich in der Straße stehe. Bis ich an diesem Häufchen nichts ankomme. Trümmer liegen dort, wo mal das Haus stand, in dem alles passierte. Riesige Plakate und Bagger stehen herum und zeigen, dass hier bald wieder gebaut wird. Ich hätte es mir denken können, solch ein Gebäude nach der langen Zeit ist nur eine Last, doch dennoch schmerzt es irgendwie, es so zu sehen. Teils war es schließlich mal mein Zuhause, mein Zufluchtsort.

Und jetzt ist es weg.

Der Ort, an dem wir gelacht haben. An dem wir gefeiert haben, als gäbe es kein Ende mehr. An dem wir zusammengehalten haben. Jetzt sind wir verstreut, alle gehen ihren eigenen Weg. Ich seufze und mir wird bewusst, dass es Zeit wird, damit abzuschließen. Das dunkelste Kapitel meines Lebens hinter mir zu lassen.

Ich schließe meine Augen und denke an den Inhalt des Paketes, welches ich heute nach langer Zeit und vielem Überlegen abgeschickt habe. Das Paket, das laut der Angestellten in wenigen Tagen im Gefängnis ankommen würde. Gefüllt mit allem, was Levi ein schlechtes Gewissen bereiten könnte. Gefüllt mit Arwen und den Erinnerungen, die von ihr geblieben sind. Ich wollte und konnte die Sachen nicht mehr behalten, die mir tagtäglich im Herzen wehtaten, wenn ich sie anblickte.

Trotz alldem wussten wir alle, dass Levi sie doch geliebt hat. Und ich möchte ihn den Schmerz spüren lassen, den ich gespürt habe. Ich möchte, dass er nie wieder seine Ruhe findet.

Nach einem kurzen Atemzug drehe ich mich um und lasse es hinter mir. Mein zweites Heim.

Und mit diesem Schritt schließe ich es ab. Mit diesem Schritt schreibe ich den letzten Satz in das Kapitel, das Kapitel über mich und die Tablettenkinder.